KB033713

# 정비서를
# 잡아라!

# 정 비서를 잡아라!

1판 1쇄 찍음 2015년 7월 8일
1판 1쇄 펴냄 2015년 7월 15일

지은이 | 붉은새
펴낸이 | 고운숙
펴낸곳 | 봄 미디어

기획 · 편집 | 정수경, 박혜진

출판등록 | 2014년 08월 25일 (제387-2014-000040호)
주소 | 경기도 부천시 원미구 소향로17, 304(두성프라자) (우)420-864
영업부 | 070-5015-0818 편집부 | 070-5015-0817 팩스 | 032-712-2815
E-mail | bommedia@naver.com
소식창 | http://blog.naver.com/bommedia

**값 9,000원**

ISBN 979-11-5810-062-9 03810

※파본은 구입하신 서점에서 교환하여 드립니다.

# CATCH THE SECRETARY JEONG

# CONTENTS

★★★★★

# 프롤로그

멀리서 지켜볼 생각이었다. 그녀에게 다가갈 자격이 제게 없음을 알기에. 아니, 어쩌면 늘 그녀에게 다가갈 정당한 이유를 찾고 있었는지도 모르겠다.

"수호 오빠한테 부탁하려고. 이 여자 좀 유혹해 달라고."

그 정당한 이유는 뜻밖의 인물을 통해 찾을 수 있었다. 배다른 동생 혜란이 내미는 사진 속 여자는 그가 몰래 지켜보던 그 여자였다.

"미친 짓도 적당히 해."

"그러면 어떻게 해? 이제 내년이면 도훈 오빠 한국 들어올 텐데. 이 여자 아직도 잊지 못하고 있는데."

익숙한 이름에 강욱은 미간을 찌푸렸다.

"그래서 뭘 어쩔 생각인데?"

"어쩌긴. 이 여자가 다른 남자를 사랑하게 만들면 돼. 도훈 오빠가 다시 돌아와도 흔들리지 않도록."

배다른 남매였지만, 사랑 앞에서 잔혹함은 그와 빼닮은 혜란이었다.

"그러니까 좀 도와줘. 내가 보기엔 수호 오빠만 한 인물이 없어. 연애 경험 풍부하고, 얼굴도 그만하면 잘생겼고."

유일한 친구 수호의 이름에 강욱의 눈빛은 더욱 차가워졌다.

소중한 친구였지만 이 여자를 양보하고 싶지 않았다. 아니, 세상 그 누구에게도 뺏기고 싶지 않았다.

"내가 아는 남자들 중엔 쓸 만한 사람이 없단 말이야. 오죽하면 내가 오빠한테 부탁을……."

강욱은 매끈한 손을 뻗어 혜란이 쥐고 있는 사진을 뺏어 들었다.

"도와줄 거야? 수호 오빠한테 부탁할 거지?"

"내가 해."

전혀 예상하지 못한 말이었는지 혜란이 눈을 커다랗게 떴다.

"뭐?"

"그러니까 그 이상한 놈, 이 여자 주변에 붙일 생각하지 마."

"뭐야. 진짜 나 도와주는 거야? 오빠가 웬일이야? 직접 나서서 도와주기까지 하고."

혜란은 몰랐다. 그가 이 여자에게 얼마나 큰 집착을 하고 있었는지.

"시끄러우니까, 그만 가."

무작정 제 집에 쳐들어온 혜란이 마음에 들지 않는다는 듯 강욱은 퉁명스러운 목소리로 말했다.

"이 여자에 대해 알아야 유혹을 하든, 뭘 하든 할 거 아니야."

"알아."

"뭐?"

"이미 알고 있으니까. 네 설명 따위 필요 없어."

세상에 그보다 더 그녀에 대해 잘 알고 있는 사람은 없었다.

"원래 알던 사이였어?"

"알 거 없다고 했지."

"알았어. 뭐, 나야 오빠가 도와준다면 땡큐지. 그럼 부탁해, 오빠."

어울리지 않게 애교를 떠는 혜란을 강욱은 차가운 시선으로 바라보았다.

그러다 사진 속 여자에게로 시선을 돌려 부드러운 미소를 지었다.

드디어 찾았다. 그녀에게 다가갈 정당한 이유를.

이제 그 이유를 찾았으니 결코 멈출 생각은 없었다. 설사 지옥에 떨어진다 해도.

새로 부임한 이사의 얼굴을 보는 순간, 희영은 하얗게 질려 버렸다. 훤칠한 키. 새까만 머리카락. 그 새까만 머리카락과 너무 잘 어울리는 반짝이는 까만 눈. 손바닥으로 가려질 정도의 작은 얼굴. 오목조목한 이목구비. 분명 그 녀석이 맞았다.

이런 혼란스러운 감정을 느끼고 있는 건 비단 희영만이 아니었다. 얼마 전까지 함께 근무했던 다른 직원들 역시 술렁거리기 시작했다. 비서실 인턴이었던 강욱이 이사 자리에 서 있다는 것만으로도 충격적이었으니까.

"많이들 놀라셨죠? 그동안 본의 아니게 속인 점 죄송하게 생각합니다."

강욱의 까만 눈에 반달 눈웃음이 번졌다.

눈빛이 순한 녀석이라고 좋아했었는데, 완전 속았다. 어떻게 이리도 철저하게 자신의 신분을 속일 수가 있단 말인가!

주먹을 꽉 쥐며 희영은 애써 차분한 얼굴을 유지하려고 노력했다. 올해 나이 서른하나. 이 바닥에서 나름 잔뼈가 굵은 그녀였기에 이런 일로 흔들리는 모습을 보일 수는 없었다.

"앞으로 잘 부탁드립니다."

해사한 웃음을 지으며 인사를 마친 강욱이 비서실을 빠져나가고 나서야 희영은 참았던 숨을 내뱉었다. 온몸이 바들바들 떨려 오고 다리가 후들거려 제대로 서 있을 수가 없었다.

"어머! 희영아. 너도 눈치 못 챘어? 너 최강욱 사수였잖아. 그런데도 몰랐어?"

간신히 자리로 돌아와 책상을 붙잡고 심호흡을 하고 있는 희영의 곁으로 수진이 다가와 호들갑스러운 목소리로 물었다.

"몰랐어. 전. 혀!"

이를 악문 희영이 한 글자, 한 글자 힘을 주어 대답했다.

"웬일이니. 우리 비서실 꽃돌이가 회장 아들이었다니! 아, 알았으면 진작 잘 보이는 건데! 그래도 희영이 넌 좋겠다.

최강욱이랑 친하게 지냈잖아."

"잠시만, 나 잠시만 좀 쉬고 올게."

민망함과 분노가 뒤섞인 감정은 좀처럼 진정되지 않았다.

후들거리는 다리로 비서실을 벗어난 희영은 옥상으로 가는 엘리베이터를 탔다.

"으아악!"

옥상 문을 열고 들어가자마자 희영은 억눌렀던 분노를 터트리듯 두 주먹을 꽉 쥐고 소리를 내질렀다. 그럼에도 민망한 감정은 쉬이 사라지지 않았다.

"미쳤어, 미쳤어! 정희영! 이제 어떡하니!"

머리를 세차게 쥐어박으며 희영은 발을 동동 굴렀다. 그리고 초조한 눈빛으로 엊그제 밤 있었던 강욱의 송별회를 떠올렸다.

♫

"어우, 아쉬워서 어떡해! 우리 꽃돌이 이제 못 봐서!"

"그러니까요. 강욱 씨, 그래도 종종 연락해요."

회사 근처 호프집에서 송별회를 마치고 나오며 직원들은 모두 아쉬운 얼굴로 강욱을 향해 한마디씩 했다.

생글거리는 얼굴로 비서실 직원들에게 인사를 건넨 강욱

이 희영의 곁으로 다가왔다.

"선배님."

"응, 강욱 씨. 이제 못 본다니 아쉽네."

그동안 사수로서 엄격한 모습을 보이긴 했지만 똑똑하고, 일 처리 빠르며, 서글서글한 강욱이 희영은 꽤 마음에 들었었다. 그랬던 그가 갑자기 사정이 생겨 일을 그만둔다고 하니 아쉬운 기분이 들었다.

"그렇죠? 이대로 헤어지기 아쉬운데 저 술 한잔만 더 사주시면 안 돼요?"

"그래? 그럼 다른 사람들……."

"둘이서 조용히 마시고 싶어요."

아무래도 그는 사수인 그녀에게 더 각별한 정을 느끼는 것 같았다. 손을 들어 강욱의 어깨를 툭 친 희영이 고개를 끄덕였다.

"그래. 어디 갈까?"

"선배님 좋아하는 포장마차 어때요?"

"좋았어. 가자!"

두 사람은 회사 근처 포장마차로 걸음을 옮겼다. 시원한 바람이 불어와 밤공기가 참으로 상쾌했다.

"이모! 저 왔어요."

"아이고, 예쁜 처자 왔구먼! 예쁜 총각이랑 같이."

종종 포장마차에서 술을 마셨기에 두 사람을 알아본 주

인아주머니가 웃는 얼굴로 반겼다.

"소주랑 오돌뼈 주세요."

주문을 마친 두 사람은 포장마차 안쪽에 자리를 잡았다.

"그래. 새로 일할 곳은 구했고?"

따스한 시선으로 묻는 희영에게 강욱은 생글거리는 얼굴로 고개를 끄덕였다.

"네, 아버지 회사에서 일하려고요."

그땐 그의 아버지 회사가 그저 작은 규모의 사업장일 거라 생각했다. M 리조트같이 거대한 규모의 기업체가 아니라!

"오, 강욱 씨. 있는 집 자식이었구나?"

"그럭저럭요."

"좋겠네. 그럼 애초에 아버지 회사에서 바로 일하지, 왜 우리 회사로 들어온 거야?"

"실무 경험 좀 쌓으려고요. 모든 업무의 기본을 배울 수 있는 곳이잖아요, 비서실이."

"그렇긴 하지."

희영은 소주병을 들어 강욱의 잔에 술을 따르고, 습관처럼 자작을 하려 했다.

"아, 또 이러신다. 자작하지 말라 그랬죠. 앞에 있는 사람 솔로로 늙어 죽이시려고."

강욱은 커다란 손을 뻗어 희영에게서 소주병을 뺏어 들었다.

"미안. 습관이 돼서."

"가뜩이나 모태 솔로라 힘든 사람한테 이러면 안 됩니다."

희영의 잔에 소주가 채워졌다.

"모태 솔로였어? 그 외모에?"

자신보다 두 살 어렸기에 남자로 안 봤을 뿐이지, 그의 꽃미모는 희영 역시 인정하고 있었다.

소문에 의하면 그에게 대시한 회사 여직원들이 꽤 많다던데. 그런 강욱이 모태 솔로라니 그저 신기할 따름이었다.

"제 외모가 어떤데요?"

반달 눈웃음을 지으며 서글서글하게 물어 오는 강욱의 말에 희영은 손을 들어 이마를 살짝 긁었다.

"잘생겼잖아."

"정말 그렇게 생각해요?"

"나만 그렇게 생각하는 거 아닐걸. 비서실 여직원들 최강욱 씨 모태 솔로인 거 알면 다 기절하겠다."

"다른 여직원들 생각은 별로 관심 없어요."

무심하게 툭 내던지는 강욱의 대답에 순간 희영의 심장이 두근거렸다.

술이 너무 과했던 걸까? 별 의미도 없는 그의 말에 심장이 세차게 뛰었다.

두 살 어린 강욱에게 심장이 뛴 게 왠지 모르게 민망해 희영은 재빨리 소주잔에 손을 뻗었다.

"어? 짠도 안 하시고."

단숨에 입안에 술을 털어 넣는 희영을 보며 강욱은 뒤늦게 소주잔을 들었다.

"미안. 이것도 습관이 돼서."

머쓱한 얼굴로 희영이 사과의 말을 던졌다.

"다시 제대로 짠 하죠?"

강욱은 소주병을 들어 다시 희영의 잔에 술을 채웠다.

"그래. 음, 강욱 씨 솔로 탈출을 위해. 건배!"

"건배."

쨍. 소주잔과 소주잔이 부딪치며 경쾌한 소리를 만들어 냈다. 소주를 단숨에 마신 두 사람은 동시에 어묵 국물을 향해 숟가락을 뻗었다.

"내가 소개팅이라도 시켜 줄까?"

"그럴래요?"

생글거리며 묻는 강욱을 향해 희영은 재빨리 고개를 끄덕였다.

"강욱 씨 정도면 믿고 소개시켜 줄 수 있지. 이상형이 어떻게 돼?"

"음, 이상형이라."

강욱의 검은 눈이 생각에 잠긴 듯 더욱 짙어졌다.

"키는 165 정도에……."

뜨끈한 어묵 국물을 먹으며 희영은 강욱의 이야기에 귀를 기울였다.

"계란형 얼굴에 하얀 피부. 눈 색깔은 갈색이면 좋겠고, 입술은 붉었으면 좋겠고."

꽤나 구체적으로 이상형을 나열했지만 이때까지만 해도 희영은 별다른 낌새를 느끼지 못했다.

"목소리는 조곤조곤하지만 웃음은 경쾌하고. 외모는 좀 차가워 보이지만 알고 보면 따뜻한. 포장마차를 좋아하고, 커피를 물보다 자주 마시며, 연한 아메리카노를 좋아하는……."

"……!"

희영의 갈색 눈이 세차게 흔들렸다. 강욱이 말하고 있는 이상형의 여자가 자신이라는 걸 그제야 눈치챈 것이다.

"초조하거나 당혹스러운 일이 있을 때면 손톱을 깨물고."

어느새 손톱 끝을 깨물고 있던 희영은 재빨리 붉은 입술에서 손을 떼어 냈다.

"강욱 씨."

"눈치챘어요?"

희영은 씩 웃으며 답지 않게 능글거리는 얼굴로 물어 오는 강욱을 당황한 눈으로 바라봤다.

"내 이상형이 선배님이라는 거."

"농담 그만해."

"농담 아니에요. 선배님 마음에 담은 지 꽤 오래됐어요."

두 살 어린 연하남의 저돌적인 고백에 희영은 어지러워지고 있었다. 물론 그가 싫은 건 아니었다. 하지만 한 번도 남자로 생각해 본 적은 없었다.

"너 너무 많이 마셨나 보……!"

강욱은 커다란 손을 들어 희영의 팔을 붙잡았다. 그리고 그녀를 당겨 붉은 입술 위에 입술을 포갰다. 이내 천천히 떨어지는 그의 입술을 느끼며 희영은 참았던 숨을 내뱉었다.

"농담 아니라고 했잖아요."

웃음기 하나 없는 강렬한 검은 눈에 온몸에 전율이 일었다.

처음이었다. 첫사랑이었던 지도훈과 5년을 사귀고 헤어진 이후, 키스에 이런 전율이 일어난 것은.

도훈과 헤어진 후, 몇 번의 연애를 해 보았지만 그 누구와의 키스에서도 이런 전율은 일지 않았었다. 그런데 짧고 서투른 입맞춤 한 번에 이런 전율을 느끼다니.

"키스가 너무 어설퍼."

술에 취한 게 분명했다. 자신이 이런 말을 내뱉다니. 그걸 인지하면서도 희영은 순간 불붙은 욕망을 쉽게 가라앉힐 수 없었다.

희영은 두 손을 뻗어 강욱의 작은 얼굴을 붙잡았다. 그리고 천천히 그의 입술에 자신의 입술을 맞추었다. 살짝 입술만 붙였다 멀어지는 그런 입맞춤이 아닌, 조금 더 진한 키스가 이어졌다.

희영은 세차게 강욱의 혀를 휘어 감고 깊이 빨아 당겼다.

어차피 내일이면 안 볼 사이였다. 키스 한 번 했다고 큰일 나는 건 아니란 말이었다.

그의 아랫입술을 세차게 빨던 희영은 서서히 입술을 떼어 냈다.

"키스는 이렇게 하는 거야. 더 배워 와. 풋내 나는 녀석이랑 연애하고 싶은 생각, 난 없으니까."

손을 뻗은 희영은 새까만 그의 머리카락을 가볍게 쓰다듬었다.

"나중에 경험치가 더 쌓이면 연락해. 그때 다시 생각해 볼게."

자연스레 강욱의 고백을 거절한 희영은 먼저 자리에서 일어섰다.

그래도 그와 했던 키스는 나쁘지 않았다. 뒤돌아선 희영은 얼얼한 입술을 손끝으로 살짝 만지며 스스로 했던 대범한 행동이 어이없다는 듯 피식 웃음을 터트렸다.

그날 키스에 대해 떠올리던 희영은 단정하게 묶어 올린 머리카락을 쥐어뜯었다. 이렇게 다시 만날 줄 알았다면 그런 키스는 하지 않았을 것이다.

"미쳤지, 미쳤어. 아무리 굶었어도 그렇지! 도대체 내가 뭔 짓을 한 거야!"

무거운 한숨을 내뱉으며 희영은 옥상 난간을 꽉 붙잡았다. 앞으로 회사에서 강욱의 얼굴을 마주할 것을 생각하니 미칠 것만 같았다.

시간을 되돌릴 수만 있다면 애초에 단둘이 술을 마시러 가지 않았을 것이다. 하지만 후회하기엔 이미 너무 늦어 버렸다.

지잉. 또다시 한숨을 내뱉던 순간, 핸드폰이 요란하게 울어 댔다.

"네. 비서실 정희영 대리입니다."

비서실에서 걸려 온 전화임을 확인한 희영은 재빨리 차분한 목소리로 전화를 받았다.

―김 과장님 호출이에요. 빨리 내려오세요.

과장님 호출이라는 말에 희영은 서둘러 전화를 끊었다.

엘리베이터를 타고 다시 비서실이 있는 8층으로 내려온 희영은 화장실에 들어가 헝클어진 머리를 단정하게 정리했다.

무슨 일로 호출한 걸까. 왠지 모르게 불길한 느낌이 들어 등골이 서늘했다.

"아, 정 비서."

"네, 과장님."

비서실로 들어서자마자 자신에게 다가오는 김 과장을 향해 희영은 가볍게 고개를 숙였다.

"정희영 씨가 새로 온 경영전략 이사님의 비서로 일하게 됐어."

"네?"

"축하해. 다들 노리던 자리라고. 회장님 아들인 거 알지? 특별히 잘 모셔."

머리가 빙빙 돌았다. 어디선가 '왜 슬픈 예감은 틀린 적이 없나~' 하는 노랫말이 들려오는 것 같았다.

부러워하는 다른 여비서들의 시선이 등 뒤에 꽂혔지만 그런 것조차 느낄 수 없을 정도로 희영의 머릿속은 복잡해져 가고 있었다.

♫♫

필름이 끊긴 척할까? 아니, 그건 너무 비겁하다. 술에 취해 실수였다고 할까? 아니면 그냥 쿨하게 정면 돌파?

이런저런 고민을 하던 희영은 붉은 입술을 살짝 깨물었다. 이런 고민을 하고 있는 것이 왠지 모르게 억울했다. 사실 따지고 보면 자신은 피해자였다. 이렇게 강욱과 재회하게 될 줄은 꿈에도 몰랐으니까. 그것도 자신의 상사로.

초조하게 이사실 앞을 서성이던 희영은 비장한 얼굴로

문고리를 붙잡았다.

아무렇지 않게 행동하자. 죄를 지은 건 자신이 아니라, 강욱이다. 앞으로 상사로서 깍듯하게 그를 대하면 될 것이다.

다짐을 해 봤지만 긴장되는 건 어쩔 수가 없었다. 문고리를 돌려 이사실 안으로 들어선 희영의 눈에 화이트 톤으로 깔끔하게 꾸며져 있는 내부 공간이 들어왔다.

책상 위에 챙겨 온 짐을 내려놓은 희영은 유리문으로 되어 있어 안이 훤히 들여다보이는 강욱의 집무실을 조심스레 살펴보았다.

"아, 맞다. 임원 회의 시간이지?"

텅 빈 이사실에 안도감을 느끼던 희영은 벽에 걸린 시계를 바라보며 고개를 끄덕였다. 그가 없다는 것만으로도 마음이 조금은 편안해지고 있었다.

희영은 슬그머니 문을 열고 들어가 강욱의 집무실 안을 둘러보았다. 그중 시선을 사로잡은 것은 한쪽 벽면을 가득 메우고 있는 LP판이었다.

"음악 좋아했었나?"

묘하게 그녀와 취미가 맞았다. 스물두 살 때까지 피아노를 전공했던 희영은 사고로 인해 손에 부상을 입는 바람에 피아노를 포기하고 말았다. 그 후 비서학과로 편입해 M 그룹에 입사를 했지만, 여전히 이루지 못한 꿈인 피아노에 대한 미련은 남아 있었다.

더 이상 피아노를 치진 못했지만 희영은 음악 듣는 걸 즐겼다. 손을 다치면서 꿈도 무너지고, 유일한 사랑이었던 도훈과도 처절하게 끝이 나고 말았다. 그런 그녀를 지탱해 준 것은 바로 음악이었다.

학교 근처 LP 카페에서 학비를 벌기 위해 아르바이트를 하던 희영은 LP의 매력에 푹 빠져 버리고 말았다. CD처럼 선명한 음색을 내지는 못하지만 지지직거리는 LP 특유의 잡음이 마음을 편안하게 만들어 주었다. 따뜻한 아날로그 감성 아래에서 다친 마음을 위로받았다.

그때부터였다. LP 음반을 수집하기 시작한 것은. 수백만 원을 호가하는 비싼 음반은 꿈도 꾸지 못했지만, 가끔 헌책방에 가 저렴한 LP판을 사 들고 오는 것이 그녀가 가진 유일한 취미였다.

그런데 강욱의 진열장에는 비싸서 구경도 못 했던 희귀 음반들이 많이 꽂혀 있었다. 회사에 LP판과 턴테이블 세트까지 구비해 놓다니, 그 역시 LP 음악을 듣는 걸 즐기는 듯했다.

"듣고 싶은 곡 많다."

희귀한 LP판을 둘러보며 희영이 나지막한 목소리로 중얼거렸다.

한쪽에 놓여 있는 턴테이블이 그녀를 유혹했지만, 보스

의 물건을 함부로 건드릴 수는 없는 노릇이었다. 애써 유혹을 이겨 내며 LP판에서 시선을 거두었다.

고개를 돌리니 책상 한쪽에 귀여운 장난감 피규어들이 자리를 차지하고 있는 것이 보였다.

"이런 것도 좋아하는구나. 어쩐지 어울리네."

소년과 남성의 얼굴이 뒤섞여 있는 서글서글한 강욱의 얼굴을 생각하던 희영의 머릿속에 엊그제 밤 그와 나누었던 키스가 멋대로 떠올랐다.

그때 그의 얼굴은 소년보다 남성에 더 가까웠던가. 잘 기억이 나지 않아 그의 얼굴을 떠올리려 애쓰던 희영은 재빨리 고개를 휘휘 내저었다.

"아, 그건 또 왜 떠올려?"

재빨리 피규어에서 시선을 거두며 멋대로 머릿속을 침범한 그날의 생각들을 날려 버렸다.

이렇게 잡생각이 들 때는 일이 최고였다. 자리에 앉은 희영은 강욱에게 보고해야 할 일정 파일을 정리하기 시작했다.

"이건 일단 끝났고……."

중간중간 걸려 오는 전화 응대까지 해 가며 여유롭게 파일 정리를 마친 희영은 우편물 쪽으로 눈을 돌렸다. 베테랑답게 능숙한 손길로 우편물 정리까지 끝낸 후, 책상 위에 놓인 시계를 슬쩍 쳐다보았다.

오전 10시 50분. 곧 회의가 끝날 시간이었다.

탕비실 안으로 들어간 희영은 커피머신 앞에서 걸음을 멈추었다.

"에스프레소 좋아한다고 그랬었지?"

회의를 마치고 오면 그가 바로 마실 수 있게 커피를 내렸다. 그때 이사실 문이 열리는 소리가 들려왔다.

자연스럽게, 자연스럽게.

기도문을 외우듯 그 말을 끊임없이 되새기며 희영은 탕비실 문을 열고 나갔다.

"아, 선배?"

자신을 보자마자 반가운 얼굴로 말을 거는 강욱을 희영은 사무적인 표정으로 바라보았다.

"오셨습니까, 이사님?"

"네. 여기서 선배를 다시 보니까 반가운데요? 많이 놀랐죠?"

서글서글한 반달 눈웃음을 지으며 묻는 강욱의 모습에 희영은 주먹을 꽉 쥐었다.

이 남자, 여유로워도 너무 여유로웠다. 좋아한다 고백했던 그 사람이 맞는 걸까?

그렇게 차였으면 조금 부끄럽고 창피할 만도 한데, 오히려 자신보다 더 여유로워 보이는 강욱의 모습에 희영은 초조해졌다.

혹시 그냥 농담으로 한 말에 자신이 오버한 걸까? 하지만 아무리 생각해도 그날의 키스는 후회되었다.

"선배?"

자신을 부르는 부드러운 강욱의 목소리에 희영은 재빨리 정신을 차렸다.

"앞으론 그냥 정 비서라고 불러 주시죠? 이사님이 그렇게 부르시는 거 부담스럽습니다."

정중하되 냉정한 목소리로 희영이 말했다.

"그래요? 뭐, 정 비서님이 부담스럽다고 하니까 앞으로 호칭은 주의하도록 하죠."

생글거리는 얼굴로 바로 호칭을 고친 강욱은 별다른 말 없이 집무실 문을 열었다.

"아, 에스프레소 한 잔 부탁해요, 정 비서님."

"네, 알겠습니다."

태연한 얼굴로 집무실 안으로 사라지는 강욱의 뒷모습을 슬쩍 보던 희영은 다시 탕비실 안으로 들어갔다.

"고백한 사람 맞아?"

그냥 한번 해 본 말이었던 게 분명했다. 그런 말에 휩쓸려서 키스를 하다니.

"하아."

무거운 한숨을 내뱉으며 희영은 미리 내려놓은 커피를 에스프레소 잔에 담았다.

"차라리 잘됐어."

괜히 좋아한다 어쩐다 해서 사람 불편하게 하는 것보다 이게 나았다. 물론 자신도 키스를 하긴 했지만 그전에 강욱이 먼저 하지 않았는가. 그리고 고백을 받아 준 것도 아니었고 자연스럽게 거절했으니 이렇게 긴장할 이유가 없었다. 앞으로 공과 사를 확실하게 구분해서 자연스럽게 상사로서 강욱을 대하면 되는 거였다.

"그래. 그거면 돼."

혼잣말을 하며 커피와 함께 먹을 쿠키를 쟁반에 담은 희영은 자신의 자리로 가 일정표를 챙겨 들었다. 그리고 떨리는 발걸음을 옮겨 집무실 앞에 섰다.

"들어와요."

유리문을 두드리자 부드러운 강욱의 목소리가 흘러나왔다. 집무실 안으로 들어선 희영은 커피와 쿠키가 담긴 접시를 그의 책상 위에 내려놓았다. 그리고 들고 들어온 일정표를 내밀었다.

"오늘 일정표입니다. 보고 빠진 게 있으면 알려 주세요."

일정표를 찬찬히 살펴보던 강욱은 만족스러운 얼굴로 희영을 바라봤다.

"역시 정 비서님이네요."

"네?"

"한눈에 보기 좋게 정리 잘했는데요?"

"칭찬 감사합니다."

"왜 이렇게 잘해요?"

겨우 일일 일정표를 정리해서 올린 것뿐인데 칭찬이 너무 과했다.

"겨우 일정표 하나에 칭찬이 너무 과하시……."

"그거 말고요."

강욱의 얼굴에서 서서히 미소가 사라졌다. 자신을 뚫어지게 쳐다보는 검은 눈에 희영은 이상하게 속이 울렁거렸다.

"키스 말입니다. 왜 그렇게 잘해요?"

어딘가 모르게 차가운 검은 눈을 보고 있자니 숨이 턱 하고 막혀 왔다. 이런 식으로 기습 공격을 당할 거라고는 상상도 하지 못했는데.

"한 번은 짚고 넘어가야 할 것 같아서 말씀드리는 건데요. 그 키스에 특별한 의미는 없었습니다."

애써 차분한 얼굴로 희영이 입을 열었다.

"인사 같은 거였어요, 그 키스."

순간 당황해 말이 멋대로 튀어 나갔다. 아뿔싸, 하는 생각이 들었지만 이미 튀어 나간 말을 다시 주워 담을 수는 없었다.

"인사라……."

매끈한 손가락을 들어 강욱이 입술 주변을 매만지자 희영은 눈을 질끈 감았다. 이렇게 된 거 이판사판이었다. 자신을 향한 강욱의 감정을 딱 끊어 내야겠다는 생각에 희영은 조용히 주먹을 불끈 쥐었다.

"그만큼 아무 의미 없는 가벼운 스킨십이었다는 거죠. 그러니까 그 일은 이제 그만 잊죠? 이렇게 상사와 비서로 다시 만났는데 어색하게 지내고 싶지 않습니다."

곧은 시선과 다르게 주먹을 꽉 쥔 희영의 손은 땀으로 촉촉하게 젖어 갔다.

"인사였다는 거죠? 알겠습니다. 이만 나가 봐요."

'인사'라는 단어를 내뱉으며 살짝 올라가는 입술에 불길한 느낌을 받았지만 이내 덤덤한 얼굴로 서류에 시선을 돌리는 강욱을 보며 희영은 안도의 한숨을 내쉬었다.

"네, 시키실 일 있으시면 불러 주세요."

가볍게 고개를 숙이고 집무실 밖으로 나온 희영은 곧장 탕비실 안으로 들어가 땀에 젖은 손부터 닦아 냈다. 생각보다 쿨한 강욱의 태도를 보아하니 역시 그 고백엔 별다른 의미가 없었던 것 같았다.

"다행이네."

그 고백으로 인해 어색하게 지내는 것보단 나았다. 매일 얼굴을 맞대고 지내야 하는 보스와 어색한 관계가 되는 것만큼 답답하고 숨 막히는 일은 없었다.

희영은 포장마차에서 있었던 모든 일들을 오늘부로 깨끗하게 잊기로 했다. 어차피 이런 식으로 다시 강욱과 만나지 않았다면 웃고 지나갔을 가벼운 해프닝이었다. 추억의 한 페이지에 고이 묻어 놓았을 예쁜 꿈. 그 이상도, 이하도 아니었다.

희영의 말뜻을 완벽하게 이해했는지 강욱은 더는 귀찮게 굴지 않았다.

점심시간이 되어서야 이사실 밖으로 나온 그는 점심 맛있게 먹어요, 라는 한마디를 던진 채 사라졌다.

지갑을 챙겨 든 희영은 고등학교 때부터 친구인 은아와 점심을 함께하기 위해 구내식당으로 향했다.

먼저 와서 자리를 맡아 놓고 있던 은아가 손을 들어 희영을 반겼다.

"회사가 아주 시끌시끌해."

궁금한 게 많은 눈빛으로 은아가 입을 열었다. 주어를 생략한 말이었지만 그녀의 물음이 강욱에 관한 이야기임을 직감할 수 있었다.

"비서실 꽃돌이가 실은 회장 아들이었다며?"

점심 메뉴로 나온 얼큰한 된장국을 한술 뜨며 희영은 덤덤한 얼굴로 고개를 끄덕였다.

"그렇더라."

"대박. 그것 때문에 기획실도 난리 났어."

은아는 기획 1팀 과장으로 근무하고 있었다. 여자가 살아

남기 힘든 대기업에서 최연소 과장 타이틀을 움켜쥔 대단한 여인이었다.

"그런데 왜 하고 많은 부서 중에 비서실 인턴으로 있었던 거래? 그 엄청난 스펙으로 말이야."

"그 속을 누가 알겠니. 뭐, 모든 업무의 기본을 배울 수 있어서 선택했다는 말을 들은 것도 같고."

포장마차에서 강욱과 나누었던 대화를 떠올리며 희영이 심드렁한 목소리로 중얼거렸다.

"마인드는 훌륭하네. 그래, 소감이 어때?"

뭐가 그리 궁금한 게 많은지 밥도 제대로 먹지 않은 채 은아가 질문을 계속 던졌다.

"불고기가 좀 짜다."

뭘 묻는지 뻔히 알고 있으면서도 희영은 자연스레 화제를 돌렸다.

"그거 말고."

"뭐가 궁금한데."

"최강욱이 비서로 널 콕 집었다며? 혹시 너한테 마음 있는 거 아니야? 최강욱 노리던 여직원들 다 배 아파서 죽으려고 해. 알지? 비서실 꽃돌이였을 때도 엄청 인기 많았던 거."

알다 뿐인가. 사수로 있으면서 그에게 고백했다 차인 여자들을 수두룩 빽빽하게 많이 봐 왔다. 그렇기에 강욱의 고백이 더욱 당황스러웠다. 하도 여자한테 관심이 없어서 혹시 게이가 아니냐는 소문까지 돌았던 그가 마음에 품은 여자가 하필 자신이라니.

"나랑 최강욱, 아무 사이 아니니까 관심 끊고 밥이나 먹어."

"진짜 아니야? 알지, 내 촉 무지하게 좋은 거. 예전부터 느낀 거지만 꽃돌이가 너한테 꽤 관심 있는 것 같은데."

"관심 있으면 뭐. 그렇다고 뭐가 달라지는데?"

요란하고, 시끄럽고, 버거운 연애는 한 번으로 족했다.

온 마음을 다해서 사랑해도 결코 뛰어넘지 못할 벽이 있다는 걸 희영은 도훈과의 이별에서 배웠다.

21세기 대한민국은 알고 보면 철저한 계급사회라는 것을 5년 동안 투항하다 처절하게 짓밟히고 나서야 깨닫고 말았다.

"혹시 지레 겁먹고 도망치는 중?"

"뭐 비슷해. 못 오를 나무는 아예 쳐다도 안 보는 중."

도훈을 처음 사랑했을 때는 지금처럼 세상에 찌든 30대가 아닌 파릇파릇한 10대였다. 무참히 짓밟혀도 '사랑밖에 난 몰라요'를 외치며 몇 번이나 다시 일어날 열정이 있었다. 물론 그 열정도 잔혹하게 짓밟히긴 했지만.

그렇기에 애초에 강욱과는 시작조차 하고 싶지 않았다. 그런 어마 무시한 집안의 아들인 줄 알았다면 절대 키스 따위는 하지 않았을 것이다.

“나쁜 지도훈. 애 하나 완전히 망쳐 놨다니까.”

과거 도훈과의 연애사를 전부 알고 있는 은아가 시큰둥한 희영의 대답에 바르르 떨었다.

“왜? 난 지금이 편한데. 사랑에 목숨 걸 때보다 훨씬 즐거워.”

“축하한다고 해야 되는 건지. 씁쓸하다고 해야 되는 건지.”

“그냥 내 연애사에 관심을 꺼. 그거면 돼. 그리고 최강욱이랑 절대 엮일 일 없으니까, 더는 궁금해하지도 말고. 오케이?”

“독한 것. 그런 꽃돌이를 옆에 두고도 마음이 동하지 않다니.”

더 캐 봐야 나올 게 없다는 걸 깨달았는지 그 뒤로 은아는 식사에만 열중했다. 덕분에 희영은 편안하게 식사를 마무리할 수 있었다.

다시 이사실로 돌아온 희영은 자신의 책상 위에 올려진 아이스 아메리카노를 발견했다. 쪽지 한 장 놓여 있지 않았지만 강욱이 놓고 간 것임을 직감할 수 있었다.

그녀가 사수였을 때도 그는 늘 이렇게 점심 식사 후 책상에 커피를 올려 두곤 했었다.

“그냥 좋은 후배로 남았으면 좋았을 텐데.”

하루아침에 뒤바뀐 강욱과의 관계가 희영은 아직 어색하

기만 했다. 그래도 감사 인사는 해야겠다는 생각에 이사실 앞으로 걸어가던 희영은 유리문 사이로 흘러나오는 노랫소리에 굳은 듯 멈춰 섰다.

제일 좋아하는 가수인 故김광석의 '너무 아픈 사랑은 사랑이 아니었음을' 이란 노래가 희영의 심장을 울렁이게 했다.

누구에게나 잊지 못할 노래가 있다. 지금 흘러나오는 이 노래를 희영이 절대 잊지 못하는 것처럼 말이다.

도훈과 헤어진 후 1년 동안 희영은 저 노래만 들었었다. 아픈 사랑은 사랑이 아니라고 스스로 세뇌시키며 수없이 반복해서 들었다. 1년을 그렇게 세뇌시키고 나니 상처가 조금은 둔해진 듯했다. 그 뒤로는 일부러 저 노래를 듣지 않았었는데.

스피커를 통해 흘러나오는 노래를 듣자 기억은 멋대로 과거를 향해 흘러갔다. 도훈이 오기만을 애처롭게 기다렸던 병실 풍경이 떠오르자, 희영은 초조한 얼굴로 손톱을 깨물었다.

더 이상 피아노를 칠 수 없게 된 상처 입은 손을 붙잡고 얼마나 긴 시간 동안 그를 기다렸던가.

분명 제게 올 거라고, 비록 피아노는 못 치게 되었지만 그가 있으니 된 거라고 스스로를 위안하던 바보 같던 제 모습이 떠올랐다.

그 기다림의 대가로 받은 건 구역질 나는 차가운 돈 봉투와 다시는 사랑 같은 건 믿지 못하게 된 쓰라린 배신의 상처뿐이었다.

"휴……."

떠올리지 않으려고 애를 썼던 과거의 기억이 멋대로 희영의 심장을 흔들었다. 벌써 9년 전의 일이건만 불과 한 달 전에 겪은 일처럼 생생했다.

다 잊은 줄 알았는데 아직도 잊지 못한 자신이 싫어 마음이 아렸다.

그때였다. 유리문 앞에 강욱의 모습이 보인 건. 지금 무슨 생각을 하는지 다 꿰뚫어 보고 있는 듯한 검은 눈에 희영은 당황한 눈빛으로 그를 바라보았다.

"여기서 뭐해요?"

슬며시 유리문을 열며 묻는 강욱의 말에 희영은 책상 위에 놓인 커피를 가리켰다.

"커피 감사합니다. 하지만 앞으론……."

"습관이 돼서 올려 둔 것뿐이에요. 정 비서님 밑에서 일 배울 때 늘 내가 챙기던 거니까."

"이젠 제 후배 아니시잖아요."

"상사가 비서 커피 챙기면 안 된다는 법이라도 있어요?"

특유의 생글거리는 웃음을 지으며 강욱이 물어 오자 희영은 고개를 저었다.

"그건 아니지만. 제가 좀 불편해서요."

"왜요? 내가 정 비서님 보스가 되어서?"

잠시 말을 멈춘 강욱은 날카로운 턱 선을 매만지며 희영을 내려다보았다.

"아니면 내가 정 비서님을 좋아하는 남자라서?"

그는 예상하지 못한 타이밍에 치고 들어오는 나쁜 버릇이 있었다. 생글거리는 강욱의 모습이 얄밉게 느껴져 희영은 붉은 입술을 깨물었다.

"그냥 마셔요."

"이사님."

"커피 하나에 감정이 들어가면 얼마나 들어갔겠어요. 자꾸 이렇게 의식하면 오히려 내가 오해할지도 몰라요. 정 비서님도 나한테 끌리고 있는 거라고."

"감사히 잘 마시겠습니다."

이야기를 나누면 나눌수록 휘말리는 기분이 들었다. 더 길게 대화해 봤자 손해라는 생각에 희영은 순수하게 감사를 표하고 자리로 돌아가려고 했다.

"음악 좋아하죠?"

함께한 1년의 시간은 결코 짧지 않았나 보다. 희영은 자신에 대해 생각보다 잘 알고 있는 듯한 강욱을 말없이 바라보았다.

"듣고 싶은 곡 없어요? 점심시간 끝나려면 10분 정도 남았는데."

시계를 들여다보며 묻는 강욱의 말은 지나치게 유혹적이었다.

아침에 벽장을 가득 메우고 있는 LP판을 봤을 때부터 희영은 음악이 듣고 싶었다. 언뜻 살펴보았을 때도 구하기 힘든 희귀 LP들이 상당히 많았기 때문이었다.

"사이먼 앤 가펑클 'The Sound Of Silence' 있어요?"

"기다려요."

말이 끝나기 무섭게 LP판 수납장으로 다가간 그는 낡은 LP판 하나를 꺼내 들었다. 그리곤 턴테이블에 놓여 있던 김광석 LP판을 꺼내고 방금 찾은 LP판을 조심스레 올려놓았다.

희영이 신청한 트랙에 톤암을 올려 두자 LP판 특유의 정겨운 잡음과 함께 익숙한 반주가 집무실 안에 울려 퍼졌다.

영화 '졸업'의 OST로 잘 알려진 이 노래는 예전에 LP 카페에서 일할 때 자주 듣던 곡이기도 했다.

커피와 함께 LP로 이 곡을 들으니 희영은 더없이 좋기만 했다. 마치 이곳이 집무실이 아닌 푸른 하늘이 보이는 들판처럼 느껴졌다.

"좋네요."

곡이 끝날 때까지 숨죽여 음악 감상을 하던 희영이 생긋 웃는 얼굴로 말했다.

“나도 좋네요. 다시 정 비서님의 웃는 모습을 볼 수 있어서.”

그러고 보니 오늘 강욱을 향해 한 번도 웃지 않았다. 그가 후배였을 땐 꽤 편하게 이야기를 나누곤 했었는데. 이제 그렇게 하지 못한다는 게 조금 아쉬웠다.

“그럼 남은 시간도 열심히 일해 줘요. 정 비서님.”

후배가 아닌 상사로서의 강욱도 그리 나쁘진 않은 것 같았다. 다정하고 젠틀한 남자였으니까. 후배일 땐 귀엽게만 보이던 그였는데 상사가 되니 나이 차이를 느끼지 못할 만큼 묵직한 느낌을 주었다.

“나쁘지 않네.”

강욱의 비서로 발탁됐을 땐 마냥 부담스럽기만 했는데 사적인 감정으로 엮이지만 않는다면 생활하는 데 불편하지 않을 것 같았다.

하지만 이게 아주 큰 착각이었다는 걸 희영은 얼마 지나지 않아 깨닫고 말았다.

♫

시곗바늘은 어느덧 저녁 6시를 가리키고 있었다. 책상에 앉아 일만 하던 강욱은 고급스러운 블랙 재킷을 걸치고 집무실 밖으로 나왔다. 그리곤 해외에서 온 영문 메일을 번역

하느라 정신이 없는 희영의 책상을 기다란 손가락을 들어 톡톡 두드렸다.

"이제 그만 퇴근해요."

"아, 아직 할 일이 남았습니다."

"내일 와서 해요. 보스도 없는 사무실 혼자 지키지 말고요."

"괜찮……."

"보스 말 좀 듣죠?"

생글생글 웃고 있는 얼굴과 다르게 목소리엔 거역하기 힘든 힘이 실려 있었다.

"나중에 야근할 일 수두룩하게 많을 테니까 벌써부터 힘 빼지 마요."

"네, 수고하셨습니다."

인사를 건네는 희영을 향해 강욱은 가볍게 손을 흔들었다. 그렇게 나갈 거라 생각했던 그가 갑자기 뒤로 돈 것은 정말 찰나의 순간이었다.

"참, 잊은 게 있는데."

"네?"

다시 희영의 앞으로 다가온 강욱은 그녀의 하얀 얼굴로 손을 뻗었다. 갑작스레 커다란 손에 얼굴을 붙잡힌 희영은 당황해 느릿하게 눈을 깜박였다.

"인사하려고요."

나지막하고 섹시한 목소리가 귓가에 들려옴과 동시에 말캉한 강욱의 입술이 붉은 희영의 입술 위에 포개졌다.

"인사 같은 거라고 했죠, 그 키스? 정 비서님 인사 방식 아주 마음에 들어요."

귓가에 또다시 나른한 강욱의 목소리가 들려왔다.

양평에 위치한 엄마가 운영하는 가게에 가기 위해 차를 몰고 있는 이 와중에도 희영의 정신은 제자리로 돌아오지 못하고 있었다.

그렇게 느닷없이 입술을 부딪쳐 온 강욱은 내일 봐요, 라는 한마디를 남겨 놓은 채 사라졌다.

"뭐, 뭐야. 그 녀석?"

자신에게 벌어진 엄청난 일을 떠올리며 희영은 넋이 나간 목소리로 중얼거렸다.

뺨이라도 시원하게 내려쳤어야 했는데 스스로 내뱉은 말이 있어 이러지도 저러지도 못했다. 하필 핑계를 대도 그런 핑계를 대서.

잠시 차가 신호에 걸린 틈을 타 희영은 핸들에 머리를 박았다.

누굴 원망하겠는가, 스스로 무덤을 판 것을. 순진하고 착한 줄로만 알았는데 강욱은 생각보다 훨씬 더 영악한 녀석이었다.

그리고 이 순간 더욱 몸서리치는 이유는 그 짧은 입맞춤에도 또다시 전율이 일었다는 사실 때문이었다.

"미쳤지. 미쳤어."

가게로 가는 내내 희영은 스스로를 향한 자학의 말을 내뱉었다. 나중엔 혼자 중얼거리는 것에 지쳐 입을 꾹 다문 채 그 일을 머릿속에서 지우려고 애를 썼다. 계속 떠올려 봤자 괴로운 건 그녀 자신이었다.

'희영이네' 라는 정겨운 식당 간판 앞에 차를 세운 희영은 애써 밝은 얼굴로 내렸다. 회사와 상당히 멀었기에 그녀는 어쩔 수 없이 엄마와 따로 살고 있었다. 일주일에 두세 번씩 찾아와 엄마 혜옥의 얼굴을 보는 게 유일한 희영의 낙이었다.

"왔어?"

차를 발견하고 나와 환하게 웃으며 반겨 주는 혜옥의 품에 희영은 말없이 달려가 안겼다.

이 식당의 유일한 메뉴인 선지 해장국 냄새가 배어 있는 포근한 엄마의 품에 안기자 희영은 마음이 편안해지는 기분이 들었다.

"배고파."

"그러게 주말에 오면 되지. 힘들게 밥도 안 먹고 여길 왜 와? 길도 막힐 텐데."

걱정 섞인 타박에 희영이 빙그레 미소를 지었다.

"그래도 나 보니까 좋지?"

희영의 애교에 핀잔을 주던 혜옥도 이내 웃음을 터트렸다.

"그래. 좋다, 좋아. 어서 들어가서 앉아. 해장국 금방 내올게."

사람이 한창 붐비는 저녁 시간이 지나서 그런지 식당 안은 한산했다.

"엄마, 장사 잘되는 거 맞아? 뭐 이리 손님이 없어?"

"밤 9시 넘어서 밥 먹으러 오는 사람이 얼마나 되겠어? 너도 얼른 먹고 다시 올라가. 내일 출근해야 하잖아."

뜨끈한 선지 해장국과 매일 담그는 신선한 겉절이, 그리고 아삭한 깍두기를 함께 내오며 혜옥이 잔소리를 하자 희영은 볼에 바람을 넣었다.

"가기 싫다. 그냥 여기서 자고 새벽에 출발할까?"

"뭐하러 그래. 길 안 막힐 때 가야 너도 편하지. 이것만 먹고 얼른 가."

"아쉬워서 그렇지."

"외로운 게 아니라?"

"외롭긴. 내가 앤가?"

"하는 짓 보니까 딱 애구만. 아직도 엄마 찾고."

다정한 혜옥의 눈빛에 희영은 절로 미소를 지었다. 역시 마음이 복잡할 땐 엄마만 한 약이 없었다.

"엄마가 좋은 걸 어떡해. 그러니까 식당 접고 나랑 같이 살자, 응?"

"그렇게 엄마만 찾다간, 시집 아예 못 간다?"

"못 가면 어때. 엄마랑 살면 되지."

"끔찍한 소리 한다. 너 그거 최고의 불효야."

불효란 말에 희영의 심장이 뜨끔했다. 일찍 돌아가신 아버지를 대신해 한평생 국밥을 팔아 가며 그녀를 키운 혜옥이었다.

그런 혜옥의 가슴에 대못을 박은 적이 한두 번이 아니었다.

기껏 비싼 등록금을 내 가며 음대에 보내 놨더니 사고로 피아노를 못 치게 된 게 첫 번째 불효였다. 두 번째 불효는 도훈과 사귀면서 온갖 험한 말을 듣게 했던 일이었다.

홀어머니 밑에서 자라 애가 분수를 모른다느니, 자식 교육 똑바로 시키라느니, 식당까지 찾아와 얼굴에 물을 끼얹으며 도훈의 모친이 혜옥에게 내뱉었던 가시 돋친 말들이 아직도 희영의 귓가에 생생했다.

"너 아직도 도훈이 못 잊은 거 아니지?"

물에 많이 닿아 까칠해진 손으로 자신의 손을 붙잡으며 묻는 혜옥의 말에 희영은 재빨리 고개를 내저었다.

"당연히 아니지. 이미 예전에 잊었어."

그런 험한 말을 고스란히 듣게 해 놓고도 도훈을 포기하지 못했던 것을 떠올리면 희영은 아직도 목이 메어 왔다.

사랑 그까짓 게 뭐라고 세상에서 가장 귀한 사람인 엄마를 고통 속으로 몰아넣었던 걸까.

"그러면 연애해. 이번엔 평범한 사람으로. 너 아껴 주고, 평생 네 곁에 함께할 사람으로."

"노력할게."

"말로만 노력하지 말고. 올해 가기 전에 꼭. 알겠지?"

씁쓸한 미소를 지으며 희영은 고개를 끄덕였다. 순간 머릿속에 떠오르는 강욱의 얼굴을 깊게 밀어 넣으면서. 그는 평범함과 거리가 멀어도 너무 먼 남자였다. 나이, 직업, 배경, 외모. 무엇 하나 평범한 게 없었으니까.

♫

호박색 양주가 담긴 잔을 강욱에게 내밀며 수호는 고개를 휘휘 내저었다.

"아주 호러가 따로 없다."

진지한 얼굴로 책을 읽고 있는 강욱을 보며 기가 막힌다는 듯 수호가 중얼거렸다. 하지만 그런 말에도 강욱은 책에서 눈을 뗄 생각을 하지 않았다.

"키스 잘하는 법? 이런 걸 책으로 배우는 사람은 너밖에 없을 거다."

말없이 차가운 눈빛으로 자신을 응시하는 강욱의 검은 눈에 수호는 이내 어색한 미소를 지었다.

"아니. 그냥 난 좀 도움을 줄까 해서. 차라리 내가 한번 해 줄까? 키스하면 이 김수호 님을 따라올 자가 없지."

입술을 느끼한 손길로 훑으며 내뱉는 수호의 말에 강욱은 피식하며 웃고 말았다. 올라간 입매와 다르게 차가운 그 미소에 수호는 재빨리 손을 들었다.

"농담, 농담."

"웃기지도 않는 농담 따위 집어치워."

"하여튼 살벌한 자식. 그 여자도 너 이렇게 성격 더러운 거 아냐?"

희영을 떠올리고 있는지 방금 전 차가웠던 미소와는 정반대의 따스한 미소가 강욱의 입가에 번졌다.

"뭐야, 너 이렇게도 웃을 수 있는 인간이었어?"

못 볼 것을 봤다는 듯 수호는 바삐 손을 움직여 소름 돋은 팔을 문질렀다.

"조용히 하지? 독서하는 데 방해돼."

하여튼 까칠한 자식. 그래도 그 여자한테 정말 호감이 있긴 한 것 같았다. 열일곱 살 때부터 지금까지 12년이란 긴 시간 동안 강욱을 봐 왔지만 저렇게 웃는 모습은 수호도 처음이었다.

인간미가 없는 인간이라 해야 할까. 특별히 하고 싶은 것도, 갖고 싶은 것도, 무언가에 열정을 쏟는 것도, 한 번도 본 적 없었는데.

그랬던 그가 다른 무엇도 아니고 여자에게 저런 반응을 보이다니. 수호는 놀랍기만 했다.

도대체 희영이 어떤 여자인지 궁금증이 커질 수밖에 없었다.

“저 남자 정말 괜찮지 않아?”

유난히 밝은 수호의 귀에 바(Bar) 근처 테이블에 자리를 잡은 여자들의 목소리가 들려왔다.

“그러게. 재즈 바에 와서 독서라니. 스마트한 분위기도 풍기고.”

그 소리에 강욱이 읽고 있는 책의 제목을 다시 한 번 보며 수호가 고개를 절레절레 흔들었다.

“혼자 온 것 같은데 말 걸어 볼까?”

그러지 말라고 진심으로 말리고 싶었다. 이런 식으로 강욱에게 접근했다가 상처 받은 여자들을 수없이 많이 봐 왔던 수호였기에.

하지만 수호의 마음속 외침은 끝내 그녀들에게 전달되지 않았다.

입고 있는 레드 원피스만큼이나 섹시한 외모를 가진 여자가 자신만만한 걸음으로 강욱을 향해 다가왔다.

"저기, 실례가 안 된다면 잠시 옆에 앉아도 될까요?"

수호의 귀엔 선명하게 들리는 여자의 목소리가 강욱에겐 도통 들리지 않는 모양이었다. 읽고 있는 책에 집중한 채 강욱은 시선조차 주지 않았다.

철저하게 무시하는 강욱의 태도에 자존심이 조금 상했는지 여자의 얼굴은 처음과 다르게 딱딱하게 굳어져 있었다. 그럼에도 그가 진심으로 마음에 들었는지 여자는 포기할 생각이 없는 듯했다.

"무슨 책 읽고 계세요? 저도 요즘 책에 관심이 많아서요."

자신만만한 미소를 지으며 여자가 또다시 강욱에게 말을 걸었다. 하지만 계속해서 여자의 말을 무시한 채 강욱은 책에서 시선을 떼지 않았다.

"이봐요. 내 말 안 들려요?"

그쯤에서 포기하면 좋으련만 여자는 참으로 끈질겼다.

하지만 더 대단한 건 강욱이었다. 옆에 서 있는 섹시한 여자를 투명인간 취급하면서 시선 한 번 주지 않고 있었으니까.

“와, 아예 없는 사람 취급을 하시네.”

포기를 모르고 진격하는 여자가 슬슬 귀찮아졌는지 드디어 책에서 눈을 뗀 강욱이 수호를 쳐다보았다.

“요즘 바 관리 제대로 안 하나 보네. 수준 낮은 사람이 드나드는 걸 보면.”

여자 쪽은 아예 쳐다보지도 않았지만 그 말이 그녀를 겨냥한 것임을 수호는 단번에 알아챌 수 있었다. 물론 그걸 알아챈 건 그 주위에 있던 사람들도 마찬가지였지만.

“뭐, 뭐예요. 지금 그거 나한테 하는 말이에요? 얼굴 좀 반반해서 관심 가졌더니만. 뭐 이런 사람이 다 있어?”

조용한 재즈 바가 소란스러워지려고 하자 수호는 상황을 수습하기 위해 영업용 미소를 지으며 여자에게 다가갔다.

“기분 푸세요. 이 녀석이 원래 좀 그래요. 술값 안 받을 테니 그만 자리로 돌아가시죠. 제가 아주 고급스러운 안주를 서비스로…….”

“됐어요! 술맛 떨어져서 마시고 싶은 생각도 없어요!”

수호에게 대신 화풀이를 한 여자는 신경질적인 걸음으로 바를 빠져나갔다.

“같이 가!”

친구로 보이는 다른 여자가 가방을 챙겨 들며 재빨리 그녀의 뒤를 쫓았다.

“저 여자들이 마신 술값은 네가 내라.”

이를 악문 수호가 이 시끌벅적한 상황 속에서도 독서에 집중하고 있는 강욱을 노려보며 말했다.

저 인간의 몸속엔 파란 피가 흐르고 있을 게 분명했다. 그렇지 않고서야 어찌 이리도 차가울 수 있단 말인가.

"냉정한 자식."

여자란 자고로 사랑으로 대해 줘야 하는 존재인 것을. 저러니 여태 그 흔한 연애 한 번 못 해 봤지. 물론 강욱은 못 한 것보다 안 한 것에 가까웠지만.

"진짜 궁금하단 말이야."

저런 강욱의 마음을 녹인 존재가 수호는 다시 한 번 궁금해졌다. 물론 그런 마음을 강욱에게 내색하지 않았다. 그녀에게 관심을 가졌단 이유로 어떤 험한 꼴을 당할지 모르는 일이었으니까.

생전 처음 소유욕을 내비치고 있는 강욱을 절대 건들지 말아야겠다고 다짐하며 수호는 묵묵히 여자들이 떠난 테이블을 치웠다. 강욱의 앞으로 여자들이 마신 술값을 달아 놓는 것을 잊지 않은 채.

♫

나한테 접근하지 말아요, 라는 분위기를 물씬 풍기는 회색 정장을 골라 입은 희영은 이사실에 들어가기 전 화장실에 들러 옷매무새를 점검했다.

"절대 휘말려서는 안 돼."

차분한 말투와 다르게 희영은 엄지손톱을 깨물고 있었다. 아무리 자기최면을 걸어 보아도 긴장되는 건 어쩔 수 없었다.

이사실로 들어섰지만 다행히 출근 전인지 강욱의 모습은 보이지 않았다.

가방을 내려놓은 희영은 곧장 탕비실로 들어가 그가 도착하면 바로 마실 수 있도록 커피머신을 예열했다.

그때, 이사실 문이 열리는 소리가 귓가에 들려왔다. 그가 도착했음을 직감한 희영은 땀이 나기 시작하는 손을 치마에 닦으며 조심스레 탕비실 문을 열고 나갔다. 답은 오로지 정면 돌파뿐이었다.

"좋은 아침입니다."

생긋 웃으며 인사를 건네는 강욱의 잘생긴 얼굴이 점차 희영을 향해 다가왔다.

"인정, 인정해요. 내가 말실수를 했어요."

손을 들어 강욱의 얼굴을 막으며 희영이 재빨리 외쳤다.

"흐음. 그래요?"

이런 반응을 예상이라도 했다는 듯 그가 여유로운 눈빛으로 되물었다.

"네. 그때 그 키스가 인사였다는 말, 취소할게요."

"그럼 왜 했어요? 키스."

나지막한 목소리로 묻는 강욱을 희영은 어색한 표정을 지으며 바라봤다.

"실수였어요. 술에 취해서."

"술에 취하면 그렇게 아무 남자한테나 키스합니까?"

원하던 답이 아니었는지 강욱의 검은 눈이 날카롭게 빛났다.

"죄송했습니다. 키스해서."

"죄송하다고 끝날 문제가 아니죠."

그의 날카로운 검은 눈동자가 바로 코앞으로 다가왔다. 점점 다가오는 강욱을 피해 희영은 슬금슬금 뒷걸음질을 치기 시작했다.

"제 첫 키스를 가져가 놓고서."

'첫 키스' 라는 단어에 힘을 주며 그가 검은 눈을 느릿하게 깜박였다. 순진한 어린양 같은 그 표정에 희영은 한숨을 쉬었다.

아무리 생각해도 억울했다. 분명 키스는 그가 먼저 했는데 왜 자신이 덮친 것처럼 상황이 역전됐는지 알 수 없었다.

"이런 거 따지는 게 웃기는 건 아는데, 사실 키스는 이사님이 먼저 하셨잖아요."

"그건 뽀뽀였죠. 키스가 아니라. 정 비서님이 나한테 한

게 키스고."

변명이 떠오르지 않았다. 그의 말은 사실이었으니까. 스치듯 부딪쳤다 금세 떨어졌던 강욱의 입술을 떠올리며 희영은 초조한 얼굴로 아랫입술을 깨물었다.

"그래서요?"

"책임지세요."

달콤한 목소리와 다르게 눈빛은 사나웠다. 그 눈빛에 희영은 얼굴을 붉히며 혼란스러운 눈으로 강욱을 올려다보았다. 그런 희영을 내려다보며 강욱은 또다시 매혹적인 미소를 지었다.

"표정을 보아하니 책임질 마음이 있는 것 같은데요?"

바로 반박하지 못한 채 희영은 멍하니 서 있을 뿐이었다. '술김에 욕망을 이기지 못한 자, 그 무게를 견뎌라' 라고 누군가가 귓가에 속삭이고 있는 듯했다.

♫

뽀얀 자태를 드러내며 돌아가는 싱싱한 회전 초밥들의 아름다운 자태도 희영을 유혹하지는 못했다.

"나랑 한 달간 점심 먹어요."

서글서글한 미소를 지으며 건네던 강욱의 말을 떠올린 희영은 나지막하게 한숨을 내쉬었다.

첫 키스를 빼앗은—그게 첫 키스라는 증거는 없지만—책임으로 그가 한 달간의 점심 식사를 제안했다.

물론 그 책임을 왜 자신이 져야 하냐며 반항도 해 보았다. 하지만 곧 돌아오는 답에 조용히 그의 말을 따르기로 했다.

"회사에 소문내려고요. 정 비서님이 제 첫 키스를 빼앗았다고."

웃고 있는 입과 다르게 사뭇 진지한 검은 눈을 보니 그는 그러고도 남을 사람이라는 것이 느껴졌다. 결국 희영은 백기를 들 수밖에 없었다.

그의 말대로 연애를 하자는 것도 아니고, 결혼을 하자는 것도 아니고, 그냥 한 달간 같이 점심을 먹자는 건데 무슨 일이 있겠는가.

그럼에도 강욱과 함께할 점심을 떠올리니 왠지 모르게 마음이 착잡해졌다. 도통 속을 읽을 수 없었다. 예전엔 그의 검은 눈을 보고 있노라면 마음이 참 편안해졌었는데. 지금은 그 눈을 볼 때마다 심장이 덜컥거렸다.

어쩌면 그는 변한 게 없는데, 자신이 변한 건지도 몰랐다.

강욱이 후배였을 땐 점심은 아니더라도 저녁을 종종 함께하곤 했었다. 그땐 그의 감정을 몰랐기에 함께 식사하는 자리가 불편하지 않았다. 아니, 그는 꽤 좋은 식사 파트너였다.

말이 많지는 않았지만 늘 편안한 미소를 지으며 그녀의 이야기에 귀를 기울여 줬다. 그래서 유독 그를 예뻐했는지도 모른다.

"무슨 생각을 그렇게 해. 왜 안 먹어? 기껏 사 준다고 해서 신나게 따라왔건만. 물주가 이렇게 안 먹으니, 내가 어디 마음 편하게 먹겠어?"

말과 다르게 은아 앞엔 벌써 다 먹어 치운 접시들이 산처럼 쌓여 있었다. 그것도 제일 비싼 색깔의 접시들이.

"편하게 먹어. 난 입맛이 별로 없어."

"미안해서 그렇지. 그런데 웬일이야? 내가 늘 밖에서 먹자고 졸라도 구내식당만 고집하던 짠순이 여사께서."

"한동안 너랑 점심 같이 못 먹을 것 같아서."

"뭐? 왜. 그럼 난 누구랑 먹어?"

커다란 눈을 부릅뜨며 묻는 은아의 어깨를 희영이 다정한 손길로 토닥였다.

"너희 부서에 네 친구 있잖아. 박찬영."

"미쳤니? 그 원수랑 밥을 먹게."

"이번 기회에 다시 친해져. 둘이 예전엔 꽤 친했잖아."

대학 다닐 땐 그렇게 붙어 다니더니 그동안 무슨 일이 있었는지 회사에서 다시 만난 두 사람은 어느새 원수가 되어 있었다.

미주알고주알 모든 걸 다 털어놓는 은아였지만 찬영과 있었던 일에 대해서만큼은 굳게 입을 다물고 있었다.

"됐다. 그냥 혼자 먹고 말지. 그런데 왜 같이 못 먹어?"

"한 달만이야. 우리 보스가 아주 중요한 일을 맡아서, 한 달간은 이사실에서 먹으면서 일해야 될 것 같아."

"무슨 일인데?"

"일급비밀. 나중에 말해 줄게."

대충 둘러댄 희영은 은아가 제일 좋아하는 연어 초밥을 집어 그녀의 앞에 놓아 주었다.

"많이 먹어. 알았지?"

"힝. 한 달 동안 나 외로워서 어떡해."

"찬영이랑 먹으라니까."

"야!"

그것만은 죽어도 싫다는 듯 버럭 소리를 내지르는 은아의 어깨를 희영은 조용히 두드려 주었다.

그래, 싫으면 어쩔 수 없지. 싫어도 강욱과 점심을 먹어야 하는 자신의 처지를 생각하며 희영은 조용히 한숨을 내뱉었다.

♫

"이만 퇴근하죠?"

정각 6시가 되자 집무실 문을 열고 나오며 강욱이 희영을 향해 말했다.

"네, 수고하셨습니다."

"정 비서님도 수고했어요. 아, 그 인사를 못 하게 된 건 좀 서운하네요."

서글서글한 미소를 지으며 강욱은 이사실 문을 열었다. 자신을 기다리는 듯한 그 동작에 희영은 재빨리 가방을 챙겨 들고 밖으로 나왔다.

"희영 누나!"

그 순간 익숙한 목소리가 들려왔다. 깜짝 놀란 희영이 뒤를 돌아보자 은아의 동생 은혁이 달려와 그녀의 팔짱을 꼈다.

"다행이다. 내가 타이밍 하나는 기가 막히다니까. 누나, 나 밥 좀 사 주라."

"은아는?"

"원래 우리 누나가 사 준다고 해서 왔는데 갑자기 일이 생겼대. 칫."

은아와 일곱 살 터울인 은혁은 늦둥이로 태어나서 그런지 애교가 철철 넘쳤다. 희영 역시 은혁을 자신의 친동생처럼 귀엽게 여겼다.

“그래. 가…….”

“그건 안 되겠는데요.”

자신보다 훨씬 키가 큰 은혁의 머리를 쓰다듬으며 희영이 입을 열려고 하는데 딱딱한 목소리 하나가 끼어들었다. 차가운 눈빛으로 돌변한 강욱이 천천히 두 사람을 향해 다가오고 있었다.

“갑자기 중요한 일이 생겨서요. 이거 미안해서 어쩌죠?”

은혁을 내려다보며 강욱은 부드러우면서도 정중한 미소를 지었다.

비서실에선 저 미소가 천사의 미소로 통했었다. 저 미소로 그가 무언가 부탁해 올 때면 그 누구도 거절하지 못했다. 물론 희영 역시 저 미소에 자주 당하곤 했다.

“아, 괜찮습니다.”

“제가 안 괜찮아서 그러는데, 혹시 M 레스토랑 좋아하세요?”

M 레스토랑은 M 리조트에서 강력하게 밀고 있는 패밀리 레스토랑으로 젊은 사람들에게 많은 사랑을 받고 있는 곳이었다.

“아, 좋아하죠.”

“제 명함입니다. 제가 미리 회사 근처 본점에 연락해 둘 테니, 같이 가서 드실 분 있으면 그곳에서 식사하시죠. 계산은 물론 걱정 안 하셔도 됩니다. 명함을 내밀면 직원들이 알아서 해 줄 테니까요."

"정말요? 여자 친구가 여기 진짜 좋아하는데."

"아, 여자 친구가 있으시군요. 좋은 시간 보내세요."

금세 은혁의 여자 친구 유무까지 파악한 강욱은 싱긋 웃으며 희영을 바라보았다.

"들어가죠."

"네? 아, 네."

정말 할 일이 있긴 한 걸까? 일부러 은혁과 저녁을 먹으러 가지 못하도록 방해를 한 게 아닌가, 하는 생각이 강력하게 들었지만 그렇다고 대놓고 물어볼 수는 없었다.

"하와이 리조트 쪽에서 연락이 왔어요. 잠시 후에 중요한 메일을 발송할 예정이니 확인 바란다는군요. 아무래도 메일을 보고 처리를 한 다음에나 퇴근할 수 있을 것 같은데. 괜찮습니까?"

이사실 문을 열고 안으로 들어서는 강욱을 뒤따르며 희영은 고개를 끄덕였다.

"네, 이사님."

"일단 간단하게 저녁을 먹어야 할 것 같은데. 1층에서 샌드위치 좀 사 올게요."

"아, 제가 가겠습니다."

"됐어요. 메일 기다리는 동안, 듣고 싶은 음악이나 듣고 있어요."

진짜 메일이 오긴 오는 걸까? 여전히 희영은 의심을 거두지 못하고 있었다.

하지만 보스를 의심하고 몰아붙일 수는 없었기에 묵묵히 그의 말에 따라 이사실을 지켰다. 샌드위치와 함께 마실 커피를 내리면서.

잠시 후, 희영이 좋아하는 치킨 샌드위치를 사 온 강욱은 소파 앞 테이블 위에 샌드위치를 내려놓았다.

"먹어요. 배고플 테니."

"아, 네. 감사합니다."

"음악은 왜 안 듣고 있어요? 그냥 기다리기 지루했을 텐데."

"괜찮습니다."

희영의 대답에 강욱은 말없이 몸을 일으켜 LP판 앞으로 갔다.

김광석 앨범 중에서도 그녀가 제일 좋아하는 4집 수록곡이 조용한 집무실 안에 울려 퍼졌다. 하지만 LP판에 수록된 전곡을 다 들을 때까지, 하와이 리조트 쪽에선 아무런 연락이 없었다.

역시나 갑작스럽게 일이 생겼다는 건 거짓말인 듯했다.

"이사님."

희영은 또 다른 LP판을 고르러 자리에서 일어난 강욱을 조심스레 불렀다.

"네."

뒤를 돌아보는 강욱을 향해 희영은 이마를 긁적였다.

"이젠 그만하셔도 됩니다."

"뭘 말입니까?"

"늦었는데 그만 가죠. 어차피 하와이 리조트에서 연락 온다는 건……."

그런데 그 순간 전화벨이 울렸다.

"Hello."

유창하게 영어로 전화를 받으며 강욱은 책상 앞으로 걸어갔다. 통화하는 내용을 들어 보니 정말 하와이 리조트에서 걸려 온 전화인 듯했다. 급한 일이 있다는 게 사실이었다니. 희영은 설레발을 친 자신이 미치도록 창피하고 부끄러웠다.

"헬로? 야, 헬로는 무슨 헬로야. 전화하라고 해서 했더니만."

수화기 너머 들려오는 강욱의 유창한 영어에 수호가 인상을 팍 찌푸리며 대꾸했다.

"뭐라고? 도대체 뭐라는 거야? 야, 한국말로 해라. 알지? 나 영어 울렁증 있어서 29년 동안 해외 땅 한 번도 밟아 보지 않은 거."

그 말에도 끊임없이 영어로 중얼거리는 강욱 때문에 짜

증이 난 수호는 신경질적인 손길로 머리를 쓸어 넘겼다.

"뭔데. 왜 이러는데? 미치려면 곱게 미쳐라, 최강욱. 아, 이 자식이. 왜 안 하던 짓을 하지? 야, 진짜 이럴 거야?"

전화기를 붙든 채 서로 각자 하고 싶은 말만 하고 있는 두 사람이었다.

희영은 전화를 끊고 자신을 바라보는 강욱을 향해 어색한 미소를 지었다.

"괜히 기다렸군요. 하와이 리조트 전담팀에 급한 일이 생겨서 메일은 나중에 발송한답니다."

그가 말해 주지 않아도 이미 통화 내용을 엿들었기에 대충 상황은 파악하고 있었다. 진짜 일이 생겼는지도 모르고 설레발을 친 것이 부끄러워져 희영은 머쓱한 얼굴로 이마를 긁적였다.

"그런데 무슨 말 하려던 거였죠? 그만해도 된다, 라고 했던 거 같은데……."

비서실 여직원들이 봤으면 꽥꽥 소리를 질러 댔을 정도

로 그는 상큼한 미소를 짓고 있었지만, 그 미소 때문에 희영의 마음은 더욱 불편해졌다.

"아, 아닙니다. 그냥 내일 일찍 출근하셔야 하는데 너무 늦게까지 기다리시는 것 같아서. 저 혼자 남아서 처리하고 갈 생각에……."

차라리 무슨 말이라도 해 주면 좋으련만, 저를 보며 싱긋 웃고 있는 강욱의 모습에 희영은 주저리주저리 내뱉던 변명의 말을 멈추었다.

"솔직히 오해했습니다. 이사님이 일 핑계 대고 절 붙잡아 두는 게 아닌가 하는. 죄송합니다."

횡설수설하는 사과의 말이 끝나기도 전에 나지막한 웃음소리가 귓가에 들려왔다. 희영은 숙이고 있던 고개를 들어 슬그머니 강욱을 바라봤다. 단정한 검은 앞머리가 웃음소리를 따라 흩날리며 천진난만한 소년 같은 그의 얼굴이 드러났다.

비웃음인 걸까? 좀처럼 멈출 줄 모르는 그의 웃음에 민망함은 더욱 극대화되고 있었다.

한참 후에야 간신히 웃음을 멈춘 강욱은 따뜻한 시선으로 희영을 내려다보았다.

"생각보다 눈치가 아예 없지는 않군요. 1년 동안 내 마음을 몰라주기에 무지 둔한 줄 알았는데."

잠시 말을 멈춘 그가 다시 한 번 진지한 검은 눈으로 희영을 바라보았다.

무슨 폭탄을 터트리려고 저렇게 뜸 들이는 걸까? 희영의 머릿속에서 시끄럽고 요란한 경고음이 울려 대기 시작했다.

"오해는 아닙니다. 정 비서님이랑 더 오래 같이 있고 싶었던 건 사실이니까."

귓가를 파고드는 부드러운 로우 톤 목소리에 희영은 긴장된 눈빛으로 강욱을 바라보았다. 더 이상 그에게 휘말려서는 안 되었다.

"정신이 없어 제대로 말하지 못했는데, 한 가지 확실히 해 둘 게 있어요."

자신을 향한 그의 관심을 이쯤에서 확실히 끊어 줄 필요가 있었다.

"알아요. 무슨 말 하려는지."

기껏 용기를 내어 운을 뗐건만 그는 한순간에 희영의 말을 끊어 버렸다.

"그런데 그 말은 한 달 뒤에 듣기로 하죠. 그때까지 정 비서님 마음이 변함없다면 깨끗하게 포기할게요."

고개를 푹 숙이며 포기한다 말하는 강욱의 모습은 주인에게 버림받은 강아지처럼 처량하기 그지없었다. 남동생같이 그를 예뻐했던 그녀였기에 그 모습을 보고 있자니 마음이 절로 약해졌다.

도대체 최강욱은 뭐가 아쉬워서 저 같은 여자를 좋아하

는 걸까? 인물 잘났겠다. 어마어마한 재력도 갖추었겠다. 더군다나 대부분의 잘난 남자들과 다르게 성격까지 착해 빠진 녀석이었다. 저 좋다는 여자가 분명 한둘이 아닐 터인데. 희영은 아무리 생각해도 이해가 되지 않았다.

"알겠습니다. 물론 한 달 뒤에도 제 마음은 변함없겠지만, 일단 대답은 그때까지 보류하도록 하겠습니다."

차마 더 차갑게 말할 수는 없었다. 후배였을 때부터 그의 저런 표정에 유난히 약했으니까.

어색한 얼굴로 가방을 챙겨 든 희영은 강욱을 향해 고개를 숙였다.

"그럼 이만 가 보겠습니다."

일단 이 자리를 피하는 것이 최선이라고 생각했다. 그래서 미처 보지 못했다. 그녀가 이사실을 빠져나가자마자 강욱의 눈이 날카롭게 반짝이는 것을. 강아지 같던 모습은 온데간데없고 서늘한 맹수만이 그 자리에 홀로 남아 있다는 것을.

♫

바를 찾아온 강욱을 보며 수호는 인상을 팍 찌푸렸다.

"도대체 그 전화는 뭐야?"

"그렇게 됐어."

누가 과묵하고 차가운 최강욱 아니랄까 봐 설명 또한 간략하기 그지없었다.

"너, 나 영어 울렁증 있는 거 알아, 몰라. 너랑 전화 끊고 오바이트까지 할 뻔했어, 인마."

"그러면서 팝송은 잘도 틀지?"

바 안에 잔잔하게 울려 퍼지고 있는 팝송이 무색해지는 순간이었다.

"그, 그거야 있어 보이려고 그러는 거지."

"미친놈."

나지막하게 중얼거렸지만 귀에 정확하게 꽂힌 강욱의 욕설에 수호는 발끈한 얼굴로 그를 내려다보았다. 욕이라곤 하나도 모를 것처럼 천사 같은 얼굴을 해 가지고는 은근히 입이 거칠었다.

"어쨌든! 난 누가 나한테 영어로 말 걸면 온몸에 두드러기가 나는 사람이야. 이것 봐, 빨갛지?"

박박 긁어 댄 흔적을 보여 주는데도 무심한 강욱의 표정은 바뀔 생각을 하지 않았다.

피도 눈물도 없는 자식. 강욱의 잘난 외모에 약한 자신이 죄라면 죄였다. 저 얼굴만 아니었다면 진작 이 질긴 인연을 끊었을 텐데. 수호는 예쁘고 잘생긴 것만 보면—인간, 동물, 물건 등 가리지 않는다—사족을 못 쓰는 자신이 그저 원망스러울 뿐이었다.

"됐고. 당할 때 당하더라도 사정이나 좀 알고 당하자. 혹시 그 여자 때문이야? 네가 반했다던 그 여자……."

말이 채 끝나기도 전에 강욱의 얼굴에 부드러운 미소가 번졌다.

자신뿐만이 아니라 바 안에 있던 사람들조차 넋을 놓고 바라볼 정도로 아름다운 강욱의 미소에 수호는 소름이 끼쳤다. 다른 사람도 아니고 최강욱이 저런 미소를 짓다니. 천사의 얼굴을 한 악마 같았다.

"너 설마, 그 여자 앞에서 늘 그런 얼굴인 거 아니지?"

"왜?"

다시 특유의 무표정으로 돌아온 강욱이 퉁명스러운 목소리로 되물었다.

"그 여자 진짜 궁금하다. 도대체 어떤 여자이기에 네 본성까지 억누르는지. 제발 한 번만 우리 바에 데려오면 안 돼?"

"싫어."

단번에 거절하는 강욱의 목소리는 무척이나 서늘했다. 목소리만 들어도 그 여자를 향한 무시무시한 독점욕이 느껴졌다.

이 녀석의 마음을 뺏은 게 그 여자에게 불행인 걸까, 축복인 걸까? 수호는 누군가가 저한테 묻는다면 불행 쪽에 손을 들어 줄 거라 생각했다. 소유욕이 없던 사람이 소유욕을 가지게 되면 더 무서운 법이었다.

수호는 속으로 얼굴도 모르는 희영에 대한 애도의 시간을 가졌다. 물론 이런 속내를 안다면 강욱이 그를 죽이려 할 테지만.

♫

아침 일찍 출근한 희영은 긴장된 얼굴로 이사실 안을 살폈다. 다행히 강욱은 출근 전인 것 같았다. 이미 깔끔하게 청소가 되어 있는 집무실이었지만 마른 걸레를 꺼내 다시 한 번 꼼꼼히 먼지를 닦아 냈다.

책상 위에 일렬로 놓인 피규어의 먼지를 조심스레 닦으며 희영은 소년과 남자의 얼굴이 공존하고 있는 아름다운 강욱의 얼굴을 떠올렸다. 확실히 아이 같은 면이 있는 남자였다. 그래서 그만 보면 약해지는 건지도 모르겠다.

하지만 그의 마음을 받아 줄 수는 없는 노릇이었다. 그가 평범한 집안의 남자였다면 고려해 봤을지도 모른다. 키스했을 때의 느낌은 나쁘지 않았으니까.

하지만 신분이 차이 나는 사랑의 결말이 얼마나 처절한지 누구보다 잘 아는 희영이었기에 마음을 열지 않았다. 가시밭길인 줄 뻔히 알면서 걸음을 내딛는 멍청한 짓은 두 번 다시 하고 싶지 않았기 때문이다.

그때 똑똑, 하는 낮은 노크 소리가 들려왔다. 혹시 강욱이 도착한 걸까? 서둘러 집무실을 빠져나온 희영은 막 이사실 문을 열고 들어오는 찬영의 모습에 긴장한 얼굴을 풀고 입가에 따뜻한 미소를 지었다.

"무슨 일이세요, 박찬영 대리님?"

웃으면서 인사를 건네는 희영을 보며 찬영 역시 낮게 웃음을 흘렸다.

"둘뿐인데 그렇게 딱딱한 인사는 치우지, 친구?"

"그래도 회사잖아."

대답은 그렇게 하면서도 어느새 희영은 자연스레 말을 놓고 있었다.

대학 때부터 알고 지낸 찬영은 희영의 오랜 친구였다. 물론 같이 어울리던 은아와 찬영이 어색해지면서 예전처럼 자주 만나지는 못했지만 그래도 종종 함께 차를 마시며 사회생활에 대한 고충을 털어놓는 사이였다.

"이사님은 아직 출근 전?"

"응, 결재받을 거 있어?"

"오시면 이거 전해 드려."

찬영이 내미는 서류를 받아 들며 희영은 고개를 끄덕였다.

"일은 할 만해? 예전 네 후배라며?"

회사에 파다하게 퍼진 소문을 들었는지 찬영이 조심스레

물었다.

"응, 괜찮아."

"그래. 넌 잘할 거야. 언제 한번 밥이나 먹자. 점심은 은아랑 먹으니 안 될 테고……."

"아, 맞다. 찬영아, 이참에 너도 은아랑 화해 좀 해라. 무슨 일인지 모르겠지만 너희 둘 진짜 친했잖아."

희영의 말에 찬영은 머쓱한 얼굴로 이마를 긁적였다.

"그게 말처럼 쉽지 않네."

"나, 한 달간 바빠서 은아랑 점심 못 먹어. 네가 같이 점심 먹으면서 화해도 하고 그래. 언제까지 어색하게 지낼 거야. 한 부서에서 얼굴 보고 지내면서."

"그래? 은아가 분명 싫다고 할 텐데."

"보기엔 매서워도 은근히 마음 약한 거 잘 알잖아. 내가 은아가 좋아하는 맛집 리스트 뽑아 줄 테니까. 이번 기회에 잘해 봐."

내심 은아와 화해를 하고 싶었던 건지 찬영의 멀끔한 얼굴이 순간 환해졌다.

"고맙다. 역시 너밖에 없다."

어깨를 토닥이며 인사를 건네는 찬영을 향해 웃고 있을 때였다. 순간 이사실 문이 열리며 강욱이 걸어 들어왔다.

갑작스러운 강욱의 등장에 놀란 두 사람은 재빨리 자세를 바로잡고 그를 향해 고개를 숙였다.

"오셨습니까, 이사님."

두 사람을 훑어보는 차가운 강욱의 눈빛에 희영은 긴장된 얼굴로 인사를 건넸다.

"아침부터 분위기가 꽤 좋군요. 무슨 일로 온 거죠?"

강욱의 차가운 시선이 찬영에게 집중되었다.

"아, 결재받을 서류가 있어서 왔습니다."

"알겠습니다. 살펴보도록 하죠. 그럼 이만."

조용한 축객령이었다. 희영을 향해 눈짓으로 인사를 건넨 찬영은 서둘러 이사실을 빠져나갔다.

"커피 한 잔 부탁해요."

"네, 이사님."

탕비실로 들어가 커피를 준비한 희영은 찬영이 들고 온 서류와 일일 일정표를 챙겨 집무실 문을 두드렸다.

"들어와요."

어딘지 모르게 서늘하게 느껴지는 강욱의 목소리가 문틈 사이를 비집고 흘러나왔다. 조심스레 문을 열고 들어간 희영은 책상 위에 커피와 함께 서류들을 내려놓았다.

"오전 9시 30분에 전략기획팀과 회의 있습니다. 오후 3시엔 미주팀 팀장과 미팅 잡혀 있고요. 이외에 더 추가되는 스케줄 있으면……."

"앞으로 특별한 일이 없는 한 오전 11시 스케줄은 비워 주세요."

"네?"

"개인적으로 처리해야 할 일이 있어서요."

"아, 알겠습니다."

보스의 개인적인 스케줄은 비서가 신경 쓸 부분이 아니었기에 희영은 조용히 고개를 끄덕였다.

"그럼 이만 나가 보겠습니다. 시키실 일 있으면 불러 주세요."

"사적인 질문 하나 해도 됩니까?"

몸을 돌려 나가려는데 강욱의 물음이 희영의 발목을 붙잡았다. 그답지 않은 딱딱한 모습이 조금 이상했었는데 다행히 돌아본 강욱의 얼굴엔 평소처럼 밝은 미소가 번져 있었다.

"박찬영 대리와는 무슨 사입니까? 예전에도 둘이 종종 함께 있는 걸 봤는데."

희영은 싱긋 웃으며 가볍게 묻는 그의 말에 날을 세울 필요는 없을 것 같다고 생각했다.

"대학 동창입니다."

"아, Y대?"

자신이 졸업한 대학을 그가 정확하게 알고 있다는 사실에 놀랐지만 그거야 인사 기록표를 보면 알 수 있는 일이었기에 희영은 대수롭지 않게 여겼다.

"네, 사적인 질문은 끝나신 거죠?"

"그래요."

"나가 보겠습니다."

작은 일 하나에 일희일비하는 모습을 보이는 게 그를 더 자극하는 일일지도 몰랐다. 그보다 나이가 더 많은 인생 선배답게 여유로운 모습을 보이며 거리를 두자는 게 희영의 생각이었다. 사실은 전혀 여유롭지 못했지만.

우편물 정리를 마친 희영은 고개를 들어 시계를 바라봤다. 점심시간까지 채 5분밖에 남지 않았건만 강욱은 돌아올 생각을 하지 않았다.

무슨 개인적인 스케줄이 생긴 걸까? 여전히 강욱과의 점심 식사가 불편하게 느껴지는 그녀였기에 차라리 그가 늦게 들어왔으면 좋겠다는 생각을 했다.

그 순간 문이 열리며 강욱이 커다란 쇼핑백을 들고 들어왔다. 서둘러 그녀가 자리에서 일어서자 집무실로 따라 들어오라는 듯 그가 손짓했다.

도대체 저 쇼핑백의 정체는 뭘까? 희영의 의문은 얼마 지나지 않아 풀렸다.

쇼핑백에서 하나둘씩 꺼내지는 정갈한 한정식에 희영은 놀란 눈으로 강욱을 바라보았다. 한 시간 동안 자리를 비운다더니 이걸 준비하기 위해서 그런 듯했다.

"예전에 같이 갔었던 본가라는 한정식집 기억나요?"

놀란 기색을 숨기지 못하는 희영을 보며 강욱이 다정한 목소리로 물었다.

"네? 아, 네."

언젠가 같이 저녁을 먹자며 강욱이 데리고 갔었던 곳이었다. 깔끔한 음식 맛에 반해 그 뒤로도 가끔 생각나곤 했었는데. 이런 곳을 알려 줘서 고맙다며 그에게 말했던 것이 순간 머릿속에 떠올랐다.

"그때 무척 맛있게 먹었잖아요. 여기 음식."

"네, 그렇긴 한데……."

그렇다고 이렇게 직접 가서 포장까지 해 올 줄은 몰랐다.

"먹어요."

수저를 건네주는 강욱을 향해 희영은 천천히 고개를 숙였다.

"잘 먹겠습니다. 이사님도 드세요."

"네, 잠시만요."

갑자기 몸을 일으킨 강욱은 LP판들이 꽂혀 있는 진열대로 걸음을 옮겼다. 그리고 가벼운 손놀림으로 음반을 찾아 턴테이블 앞으로 향했다.

잠시 후, 슈만의 '헌정'을 프란츠 리스트가 편곡한 피아노 연주곡이 조용한 실내에 울려 퍼졌다. 지지직거리는 LP 특유의 잡음과 아름다운 피아노 연주가 묘한 조화를 이루어 내고 있었다.

귀를 사로잡는 아름다운 음악이었지만 떠오르는 옛 기억에 마음이 울렁거려 희영은 좀처럼 집중할 수가 없었다.

그 곡은 대학 피아노 발표회 때 그녀가 연주했던 곡이였다. 그것이 마지막이었다. 무대 위, 사람들 앞에서 연주를 했던 것은. 하지만 그보다 희영의 마음을 아리게 하는 것은 저 곡이 가지고 있는 추억 때문이었다.

클라라와의 결혼 전에 슈만이 쓴 곡으로 알려진 '헌정'은, 아내를 향한 그의 사랑이 담긴 곡이었다. 3년 동안 두 사람의 결혼을 반대하던 클라라의 아버지를 법정 싸움 끝에 이겨 내고 사랑하는 여인을 아내로 맞이할 수 있었던 슈만. 도훈을 사랑하던 자신의 모습과 비슷한 그 사연에 희영은 마음이 갈 수밖에 없었다.

그래서 그 곡을 발표회 연주곡으로 선택했었다. 해를 더해 갈수록 더욱 격렬하게 두 사람의 사이를 반대하는 도훈의 어머니로 인해 지친 서로의 마음을 위로하고자 선택한 곡이었다.

그날 희영은 오직 도훈만 생각하며 그 곡을 연주했었다. 자신을 향한 수많은 시선 속에서도 선명하게 느껴지던 따뜻한 그의 시선이 떠올랐다.

슈만과 클라라처럼 버텨 내면 언젠가는 그와 함께할 수 있을 거라 믿었다. 지치고 힘들었지만 도훈을 향한 자신의 마음만큼은 포기하고 싶지 않았다.

세상 물정 모르고 철없기만 했던 제 순정이 떠오르자 희영은 가슴이 먹먹해졌다.

그런데 그 순간 갑자기 음악이 멈추었다. 깜짝 놀라 고개를 들던 희영은 자신의 눈에서 떨어지는 눈물에 또 한 번 놀라고 말았다.

희영의 눈가에 강욱의 커다란 손이 와 닿았다.

“애초에 이 곡을 별로 안 좋아하긴 했지만 이젠 더 싫어질 것 같습니다.”

상처 입은 듯한 검은 눈과 의미를 알 수 없는 강욱의 말에 희영은 느릿하게 눈을 깜박였다. 그러다 이내 정신을 차렸다. 그 앞에서 울었단 사실에 민망한 기분이 들었다.

“죄송해요. 놀라셨죠? 갑자기 울어서……. 저 원래 이렇게 감수성 풍부한 사람 아닌데, 창피하네요. 사춘기도 아니고 이런 모습을 보여서.”

자연스레 강욱의 손길을 피하며 희영은 어색한 미소를 지었다.

“뭐, 제 선곡 미스입니다. 다른 곡 틀죠.”

진열대 앞으로 걸어간 강욱은 곧장 다른 LP판 하나를 꺼내 들었다. 그리고 잠시 후, 영화 ‘중경삼림’의 OST로 유명한 ‘California Dreaming’이 스피커를 통해 흘러나왔다. 듣는 것만으로도 기분 좋아지는 음악에 희영은 미소를 지었다.

"이번 선곡은 마음에 드나 보네요."

부드러운 강욱의 시선에 희영이 살짝 얼굴을 붉혔다. 불편하게만 느껴졌던 그와의 식사가 생각보다 편안해지고 있었다. 음악이 있어서 그런지 평상시보다 더욱 느긋하게 식사를 즐길 수 있었다.

"LP 수집은 언제부터 하셨어요? 꽤 많이 모으신 것 같은데."

"스무 살 때부터요. 우연히 누군가를 따라 LP 카페에 가게 되었는데, 그때부터 푹 빠졌죠. 운명처럼."

"한번 빠지면 헤어 나오기가 쉽지 않죠."

"맞아요. 정 비서님처럼."

그는 예상하지 못한 타이밍에 기가 막히게 치고 들어오는 신기한 능력이 있었다. 여전히 적응하기 힘든 그의 말에 희영은 어색한 얼굴로 손톱을 깨물었다.

"그 버릇 나온 거 보니 당황했나 봅니다."

손톱을 깨물고 있다는 걸 인식하지 못했던 희영은 그의 말에 재빨리 손을 내렸다. 식성부터 습관까지 생각보다 저를 잘 파악하고 있는 그가 부담스러웠다.

"제 말에 부담 가지지 말아요. 한 달간은 부담 가질 자격도 없으니까."

또다시 속마음을 들켜 버리고 말았다. 꿰뚫어 보는 듯한 검은 눈에 희영은 말문이 막혀 버렸다.

"제 첫 키스를 가져간 대가치곤 싼 겁니다."

이내 어린아이같이 천진난만한 미소를 지으며 강욱은 소파에서 몸을 일으켰다.

"점심시간도 끝나 가는데 마지막 곡 듣죠."

강욱은 진열대에서 엘비스 프레슬리의 LP판을 꺼내 턴테이블 위에 올려 두었다.

잠시 후, 'Love Me Tender'가 조용한 집무실 안에 울려 퍼졌다. 후식으로 준비해 두었던 커피를 마시며 희영은 노래에 흠뻑 빠져들었다.

Love me tender Love me sweet
부드럽고 달콤하게 사랑해 주세요

노랫말에 자주 등장하는 그 가사가 마치 주문처럼 귓가에 박혔다. 절대 강욱을 향해 뛰어서는 안 되는 희영의 심장을 자극하면서.

♫

부드럽게 피아노 건반을 향해 뻗어지는 손. 그와 동시에 손가락 끝에 와 닿는 공기. 자신을 향해 내리쬐는 조명 아래 희영은 행복한 얼굴로 연주를 하고 있었다.

관객들이 내쉬는 고요한 숨소리와 연주회장 특유의 묵직한 공기가 어우러진 그 공간 아래, 그녀는 세상에서 제일 행복한 사람이었다.

연주가 끝남과 동시에 쏟아지는 박수갈채에 환한 미소를 지으며 일어선 희영은 관중석을 둘러보며 하나의 얼굴을 찾았다. 세상 누구보다 그녀를 따뜻한 눈빛으로 지켜봐 주던 도훈을 습관적으로 찾고 있었다.

아무리 많은 사람들 사이에 섞여 있어도 희영은 단번에 도훈을 찾아낼 수 있었다. 하지만 관중석 그 어디에서도 그의 모습은 보이지 않았다.

그때, 익숙한 다른 얼굴 하나가 희영의 눈에 들어왔다. 강욱이었다.

깜짝 놀란 희영을 향해 강욱은 부드러운 미소를 지었다. 저를 보고 있는 새까만 그의 눈동자에 그녀의 심장이 덜컥거렸다.

그 순간 요란한 진동 소리가 귓가에 들려왔다. 감고 있던 눈을 스르르 뜬 희영은 머리맡에 놓아두었던 핸드폰으로 손을 뻗었다.

꿈이었구나.

그제야 꿈인 것을 자각한 희영은 통화 버튼을 눌러 전화를 받았다.

—잤니?

귓가에 들려오는 다정한 혜옥의 목소리에 희영은 입가에 미소를 지었다.

"아니야. 방금 깼어."

—그래. 엄마는 이제 출발하려고.

주말엔 늘 양평에 내려가는 그녀였지만 친목회에서 여행을 간다는 혜옥의 말에 이번 주는 조용히 집에서 휴식을 취하고 있었다.

"잘 다녀와요. 좋은 구경 많이 하고."

—응, 양평 안 내려온다고 대충 먹지 말고. 끼니 잘 챙겨먹어.

"내가 앤가. 걱정하지 마요."

서른이 넘은 딸이건만 엄마 눈엔 늘 어린애인가 보다.

—그래. 다음 주엔 꼭 내려오고.

"응, 그럴게요. 내 걱정 말고 재미있게 놀다 와."

—알았어. 나중에 또 전화할게.

"네."

전화를 끊은 희영은 물끄러미 손을 들여다보았다. 꿈에서 피아노를 연주하던 제 모습이 선명하게 떠올랐다. 이런 꿈을 꿀 때면 늘 가슴이 아릿했다. 현실이 아니라는 걸 알면서도 꿈에서나마 피아노를 연주했던 자신의 모습이 너무나 그리웠다.

침대에서 몸을 일으켜 침실 문을 열고 나온 희영은 천천히 거실에 있는 피아노 앞으로 걸음을 옮겼다. 피아노를 그만두고 나서는 소용이 없어졌지만 그럼에도 차마 버릴 수가 없었다.

피아노 뚜껑을 열고 그 앞에 앉은 희영은 건반을 덮고 있는 부드러운 천을 걷어 냈다. 그리고 잠시 주춤하다 천천히 검지를 뻗어 건반을 하나하나 두드리기 시작했다.

조율을 한 지 오래되어 엉망이었지만 오랜만에 듣는 피아노 소리에 가슴이 뛰었다. 여전히 피아노는 그녀의 심장을 두근거리게 하는 존재였다.

피아노를 그만두게 되었을 땐, 한동안 매일 피아노를 치는 꿈에 시달렸다. 그러다 사고가 나는 부분에서 깼다. 그런 꿈을 꾸고 나면 아이처럼 엉엉 눈물을 터트리곤 했다. 믿기지 않는 현실이 너무나 서글퍼서.

그런데 이번 꿈은 기분 나쁘지 않았다. 무대 위에서 연주하던 제 모습을 떠올리며 희영은 조심스레 건반 위에 두 손을 올려 두었다.

손이 굳어 제대로 움직이지 않을 테지만 지금 이 순간, 너무나 간절히 연주가 하고 싶었다.

하도 많이 연주해서 아직도 머릿속에 악보가 선명한 '녹턴 2번'을 천천히 연주해 나가기 시작했다. 예전에 비해 서툴고 이제 막 걸음마를 뗀 아이처럼 볼품없는 연주였지만, 웃으면서 피아노를 치고 있다는 사실 하나만으로 희영은 이 순간이 즐거웠다.

꿈결을 거니는 듯한 몽환적인 멜로디를 느끼며 희영은 또다시 꿈을 떠올렸다. 그러자 무대 위에 있는 듯해 저절로 미소가 지어졌다.

그런데 그 순간, 관객석에서 도훈이 아닌 강욱을 봤던 게 기억났다. 선명하게 떠오르는 잘생긴 강욱의 얼굴에 희영은 화들짝 놀라 연주를 멈추었다.

"미쳤나 봐."

도훈이 아닌 다른 사람이 꿈에 나온 적은 단 한 번도 없었다. 피아노를 연주하는 꿈을 꿀 때면 늘 그녀의 곁에 있는 사람은 도훈이었다. 하물며 다른 남자들과 연애를 할 때도 그랬었는데.

"요즘 너무 붙어 있어서 그런 거겠지."

변명하듯 혼잣말을 내뱉은 희영은 피아노 의자에서 몸을 일으켰다. 그리곤 괜스레 심란한 기분이 들어 가볍게 조깅이라도 하러 가기 위해 화장실로 걸음을 옮겼다.

♫

제 집 소파에 편안히 앉아 커피를 마시며 여유로운 얼굴로 신문을 보고 있는 강욱의 모습에 수호는 화들짝 놀라 뒷걸음질 쳤다. 혹시 지금 헛것을 보고 있는 걸까? 아직 잠에서 덜 깬 건지도 몰랐다.

고개를 갸웃거리던 수호는 곧장 주방으로 걸어가 냉장고를 열어 생수를 꺼냈다. 벌컥벌컥, 단숨에 물을 마신 수호는 커다란 눈을 더욱 크게 뜨며 방금 전 강욱이 앉아 있었던 소파를 다시 쳐다보았다. 그런데 그곳에 강욱의 모습이 보이지 않았다.

"역시 잘못 봤나 보네."

그럼 그렇지. 이 시간에 강욱이 자신의 집에…….

"뭐하냐?"

귓가에 들리는 강욱의 목소리에 수호는 '으아악' 소리를 지르며 뒷걸음질 쳤다.

"뭐, 뭐야? 왜 네가 여기 있어?"

"이 집에 내 지분이 반 이상 들어갔다는 거 잊지 마라."

여자 여럿 울릴 만큼 강욱은 상큼한 미소를 짓고 있었지만 수호는 그게 더 무섭게 느껴졌다. 어쩐지 집 구할 때 순순히 거금을 빌려주더라니.

그것도 형편 되면 갚으라며 무이자로 떡하니 돈을 내놓을 때 이상하게 여겼어야 했는데. 아니, 애초에 형편에 맞지도 않는 이런 집을 권할 때부터 의심을 해 봤어야 했다.

하늘 높은 줄 모르고 치솟는 전세값에 내 집 마련을 꿈꾸던 수호에게 강욱은 이 집을 강력히 추천했었다.

얼마 전 바 리모델링을 하면서 목돈이 나가는 바람에 돈이 부족해 망설이는 수호를 향해 강욱은 돈다발을 흔들며 끊임없이 유혹을 해 왔고, 결국 넘어가 버렸다.

그래, 모든 것은 자신의 죄였다. 그나저나 비밀번호는 알려 준 적 없는데 어떻게 들어온 걸까?

"7777. 네 비번이야 항상 똑같지."

수호가 묻기도 전에 무덤덤한 목소리로 답한 강욱은 다시 소파로 가서 앉았다.

"그래도 이사 온 지 하루 만에 네가 내 집에 놀러 올 줄은 몰랐다."

이 아파트에 이사를 온 게 어제였다. 아침 일찍 이사를 하고, 바에 나갔다가 새벽 늦게 들어와 잠깐 눈을 붙였건만. 하루 만에 예상하지 못한 손님을 맞이하고 말았다.

수호는 당장 도어록 비밀번호부터 바꿔야겠다고 생각했다. 더 이상 이런 깜짝 방문을 당하지 않으려면.

"집들이 선물 사 왔다."

소파 아래를 가리키는 강욱의 손짓에 수호의 표정은 금세 환해졌다. 기존에 가지고 있던 콘솔 게임기가 고장 나 새로 살까 고민하고 있었는데 어떻게 딱 알고 사 왔다. 더군다나 최신형 모델이었다.

"역시 넌 내 최고의 친구다. 아니, 아니. 가족이나 마찬가지야. 앞으로 언제든지 와. 으하하."

단순하다 욕을 해도 어쩔 수 없었다. 재빨리 콘솔 게임기를 품에 안은 수호는 그것을 쓰다듬으며 흐뭇한 얼굴로 강욱을 바라보았다.

그때였다. 피아노 소리가 두 사람 귓가에 들린 것은.

"뭐지? 옆집에서 치는……."

"쉿."

입에 검지를 가져다 대며 조용히 하라는 강욱의 행동에 수호는 자연스럽게 입을 다물 수밖에 없었다.

이 곡이 뭐였더라? 익숙한 곡인데. 꽤 듣기 좋은 피아노 연주에 귀를 기울이며 곡 이름을 생각하고 있는 순간, 연주가 뚝 끊겼다.

"끝난 건가? 아쉽네. 꽤 듣기 좋았는데. 근데 옆집에 혹시 여자 사는 건가? 피아노 치는 여자가 내 이상형……."

순간 수호를 바라보는 강욱의 눈빛이 살벌해졌다.

"유부녀더라."

"어?"

"남편이 한 덩치 하던데."

"그래? 관심 딱 끊고 살아야겠네. 내가 원래 남의 여자는 돌같이 보잖아."

그제야 살벌하게 반짝이던 강욱의 검은 눈이 조금은 부드러워졌다. 그때, 옆집 문이 열리는 소리가 두 사람의 귀에 들려왔다.

"간다."

"응?"

"또 보자."

붙잡을 틈도 주지 않고 현관 밖으로 사라지는 강욱을 수호는 황당한 눈으로 바라보았다. 테이블에 올려져 있는 커피 잔과 읽다 만 신문이 강욱이 왔다 간 게 꿈이 아니라는 듯 존재감을 뽐내고 있었다.

"하여튼 속을 알 수가 없는 녀석이라니까."

12년을 알고 지냈건만, 강욱은 여전히 수호에게 파악하기 힘든 사람이었다.

♫

이어폰을 귀에 꽂고 엘리베이터를 기다리며 고개를 숙이는데, 라디오에서 노래가 흘러나왔다.

점심시간이 끝날 때쯤 늘 마지막으로 강욱이 트는 엘비스 프레슬리의 'Love Me Tender'가 희영의 귀를 사로잡았다.

이젠 이 노래를 들으면 자동적으로 강욱의 얼굴이 떠올랐다. 저를 바라보는 따뜻한 눈빛과 함께.

정말 미쳤구나. 한 달 동안 무슨 일이 있어도 절대로 흔들리지 말자 다짐해 놓고 불과 2주 만에 마음이 살랑거리는 자신이 한심했다.

"가시밭길이다, 가시밭길. 쳐다보지도 말자."

"뭘 그렇게 혼자 중얼거려요?"

무의식중에 혼잣말을 하고 있던 희영은 귓가에 들리는 익숙한 목소리에 화들짝 놀라 굳어 버렸다. 옆을 보지 않아도 누군지 알 수 있었다. 최근 가장 자주 듣는 익숙한 목소리였으니까.

"살다 보니 이렇게 우연하게도 만나지네요."

웃음기 섞인 강욱의 말에 희영은 어색한 미소를 지었다.

하필이면 이 아파트에서, 더군다나 같은 층에서 만나다니. 이상해도 너무 이상했다.

"혹시 저 때문에 저 집을 샀다거나."

맞은편에 위치한 집을 가리키며 희영이 조심스레 물었다. 그러자 피식하는 그의 비웃음이 귓가에 들려왔다.

"은근히 도끼병 심한 거 알아요?"

이미 비웃음을 들었을 때부터 달아오르기 시작한 희영의 뺨이 더욱 붉게 달아올랐다.

드라마를 너무 많이 봤다. 하긴, 아무리 좋아도 억 단위의 돈을 투자해 접근하려는 남자가 어디 있겠는가. 그런 건 드라마와 영화, 소설에서나 존재하는 이야기였다.

"친구 집이에요."

"네? 아, 그럼 이 집에 새로 이사 온 남자분이랑 친구세요? 윗집 아주머니 말로는 엄청난 훈남이라고 하던데."

때마침 도착한 엘리베이터에 올라타며 희영은 어젯밤 우연히 마주쳤던 윗집 아주머니가 한 말을 떠올렸다. 그러자 반듯한 강욱의 이마에 살짝 주름이 잡혔다.

"엄청난 훈남인 건 모르겠고. 엄청난 바람둥이인 건 아는데."

강욱의 말에 희영은 웃음을 삼켰다.

"친한 친구 아니에요?"

"맞아요. 음, 그래서 말인데. 우리 앞으로 더 자주 보겠네요."

"네?"

"자주 놀러 올 예정이라."

"아, 그러시구나."

회사에서 하루 종일 함께 있는 것도 위험한데 이제는 퇴근해서도 봐야 될지 모른다니. 희영은 왠지 모르게 두려웠다.

"안 좋아요?"

"네?"

"난 좋은데. 자주 볼 수 있어서."

시무룩한 희영을 향해 강욱은 아이같이 해맑은 미소를 지었다. 천진난만, 순진무구. 머릿속에 떠오르는 사자성어에 희영은 마음이 무거웠다.

알면 알수록 그는 좋은 사람이었다. 착하고 다정하며 세심한 남자였다. 그동안 연애를 못 해 본 게 이상할 정도로 멋있었다.

평범한 집안의 남자였다면 벌써 그가 내민 손을 붙잡았을지도 몰랐다. 신분 차이 나는 남자를 사랑한 대가로 다친 제 손을 내려다보며 희영은 입술을 깨물었다.

그 순간, 그녀의 입술에 부드러운 그의 손길이 와 닿았다.

“손톱 안 깨문다 했더니. 이번엔 입술이에요? 하지 마요. 예쁜 입술 망가지겠네.”

다정한 강욱의 목소리가 귓가에 맴돌았다. 그때 띵, 하는 소리가 들리며 엘리베이터가 1층에 멈춰 섰다.

“아, 그럼 이만.”

황급히 강욱을 향해 고개를 숙인 희영은 엘리베이터 밖으로 나갔다.

“다음에 봐요. 차라도 한잔 같이하고 싶지만 그런 말을 할 분위기는 아닌 것 같네요.”

부담스러워하는 희영의 마음을 눈치챘는지 강욱은 씁쓸한 미소를 지었다. 그 얼굴에 마음이 약해졌지만 희영은 단호하게 몸을 돌렸다.

위험했다. 그와 길게 시간을 보내는 것은. 이미 빠르게 뛰기 시작한 자신의 심장을 애써 외면하며 희영은 공원을 향해 달렸다.

지금 심장이 빠르게 뛰는 이유는 강욱이 아닌 달리기 때문이라 생각하며 힘껏 달아났다.

♫

회사 근처에 위치한 오피스텔에 들어간 강욱은 제 집 앞에 서 있는 불청객의 모습에 인상을 찌푸렸다.

"안녕, 오빠. 오랜만이다."

강욱은 생긋 웃으며 인사를 건네는 혜란을 차가운 눈으로 바라보았다.

"누가 네 오빠야?"

"왜 이래? 적어도 아빠는 같잖아."

"그건 모를 일이지."

"설마 우리 엄마 의심하는 거야?"

"됐고. 피곤하니까 그만 가라."

귀찮다는 듯 강욱은 혜란을 향해 손을 내저었다. 우연을 가장한 희영과의 만남에 모처럼 좋아진 기분을 방해받고 싶지 않았다.

"나도 오고 싶지 않았다, 뭐. 아빠가 이거 갖다 주래서 온 거지."

일하는 아주머니가 만들었을 게 분명한 반찬 통이 강욱의 눈에 들어왔다.

"필요 없어."

"매정하기는. 그나저나 어떻게 되고 있어?"

"뭐."

"왜 모른 척하시나. 그 여자, 비서로 들인 것까지 다 알고 있는데."

도를 넘어선 혜란의 참견에 강욱은 미간을 찌푸렸다.

"좋게 말할 때 꺼지지?"

"치, 말은 그렇게 하면서 은근히 나 위해 주고 있는 거 다 알거든. 그렇지 않고서야 오빠가 그런 일을 할 사람이야? 여자라면 아주 지긋지긋해하는 사람이. 아니면, 진짜 진심인 건가?"

"최혜란."

나지막하게 깔린 강욱의 목소리는 뼈가 시릴 정도로 차가웠다. 그제야 혜란은 입을 다물었다.

"너무 야박하게 굴지 마라, 오빠야. 난 그냥 고맙다고. 이제 곧 도훈 오빠 미국에서 돌아오는 거 알지? 그때까지 그 여자 마음 확실하게 잡아야 해. 뭐, 진심이라면 이런 충고 안 해도 어련히 알아서 잘하겠지만."

대꾸도 하지 않은 채 강욱은 도어록을 열고 집 안으로 들어갔다.

지도훈. 떠올리기도 싫은 그 이름을 생각하며 눈을 질끈 감았다. 조바심 내고 싶지 않았지만 자꾸만 조바심이 났다. 태어나서 무언가를 이토록 간절하게 갖고 싶은 적은 처음이었다.

수호는 희영에게 보여 주는 제 모습이 가식이라고 했다. 하지만 가식이 아니었다. 그녀에겐 정말 좋은 남자이고 싶었다.

정희영이 자신을 사랑해 준다면 평생 그 모습으로만 살아갈 수 있을 것 같았다. 세상에서 제일 좋은 남자로.

잔뜩 경계하는 태세로 희영은 현관문을 열고 나갔다.

요 근래 패턴으로 보면 분명 집 앞에서 강욱이 기다리고 있을 터였다. 하지만 예상과 다르게 그의 모습은 보이지 않았다.

다행이란 생각이 들면서도 한편으론 서운한 감정이……! 아니지, 서운한 감정이 들면 안 되지.

고개를 휘휘 내저으며 희영은 엘리베이터 버튼을 눌렀다. 그러면서도 자꾸 옆집을 흘끔거리게 되는 건 어쩔 수 없었다.

그도 그럴 것이 저번 주엔 거의 이틀에 한 번씩 강욱을 현관문 앞에서 마주쳤다. 집 앞에 있는 그를 보고 얼마나 놀랐던가.

"이제 나와요?"

씩 웃으며 인사를 건네는 그 모습에 하마터면 심장이 튀어나올 뻔했다. 그게 바로 지난주 월요일이었다.

"여, 여기 왜 계세요?"

당황한 그녀의 물음에 친구네 집에서 잤다고 그가 여유롭게 웃으며 대답했다.

이렇게 만난 김에 회사까지 차 좀 같이 타고 가자는 그의 부탁을 차마 거절할 수가 없었다. 졸지에 두 사람은 같이 출근하게 되었다. 함께 차를 타고 가는 그 30분이 어찌나 길게 느껴지던지.

그런데 그 한 번으로 끝이 아니었다. 수요일 아침에도 강욱은 희영을 기다리고 있었다. 아니, 얼마나 친한 친구이기에 이틀에 한 번 꼴로 남의 집에서 잠을 잔단 말인가.

정작 새로 이사 왔다던 옆집 남자의 얼굴은 한 번도 마주친 적이 없었다.

지난주만 해도 월, 수, 금 3일을 강욱과 함께 출근했다. 차가 없다는 보스를 그냥 두고 갈 수는 없는 노릇이라 어쩔 수 없이 태웠건만, 어찌나 그윽한 눈으로 저를 바라보는지. 출근하는 30분 동안 몸이 녹아 없어질 것 같은 그런 기분이 들었다.

그래서 오늘도 잔뜩 긴장하며 문을 열고 나왔다. 집 앞에 분명 강욱이 있을 거란 확신을 가지고. 없어서 다행이긴 한데 왜 자꾸 뒤를 돌아보게 되는 걸까.

"정신 차려, 정희영."

차 앞에도 그가 없음을 확인한 희영은 나지막하게 혼잣말을 중얼거리며 운전석 문을 열었다. 자신을 보던 그윽한 강욱의 눈빛을 떠올리지 않기 위해 애를 쓰면서.

♫

회사에 도착한 희영은 강욱을 기다리며 바쁘게 몸을 움직였다. 다양한 종류의 주스를 냉장고에 채워 넣고, 주문해야 하는 비품이 있는지를 점검했다. 그리고 선물로 들어온 각양각색의 난들을 돌보며 쉬지 않고 몸을 움직였다. 유난히 할 게 많은 월요일 아침이었다.

비서실에서 넘어온 주간 일정표를 살펴보던 희영은 문득 이상한 느낌에 벽에 걸린 시계를 올려다보았다. 9시 10분. 규정된 출근 시간이 지나 있었다.

임원 회의가 있는 날을 빼놓고는 항상 8시쯤 출근하던 그가 이렇게 늦은 적은 한 번도 없었다.

“무슨 일 있는 걸까?”

혼잣말을 중얼거리던 희영이 연락을 해 봐야겠다는 생각에 핸드폰을 집어 드는 그 순간, 이사실 전화가 울렸다. 혹시 그에게서 온 연락인가 싶어 희영은 재빨리 수화기를 들었다.

“네. 경영전략본부 이사실입니다.”

—미주팀 김진혁 팀장입니다. 회의 들어가기 전에 최 이사님께 여쭈어 볼 게 있는데. 자리에 계십니까?

그러고 보니 오늘 오전 9시 30분에 미주팀과 회의가 잡혀 있었다.

“지금 자리에 안 계십니다. 제가 이사님께 전화드린 다음, 다시 연락드리겠습니다.”

—네, 알겠습니다.

전화를 끊은 희영은 핸드폰을 들어 곧장 강욱에게 전화를 걸었다. 엘비스 프레슬리의 ‘Love Me Tender’가 컬러링으로 흘러나왔다.

점심시간마다 이 곡을 트는 강욱에게 제일 좋아하는 곡이냐고 물은 적이 있었다.

그는 부드러운 미소를 지으며 답했다.

“일종의 주문 같은 거죠. 나를 사랑해 달라는.”

기억을 떠올리는 중에도 그의 목소리는 들려오지 않았다. 정말 무슨 일이 있는 걸까? 걱정이 더해지고 있을 때 '여보세요' 라는 말 대신 거친 기침 소리가 수화기를 통해 들려왔다.

"여보세요? 이사님, 괜찮으세요?"

다급한 물음에도 그의 목소리는 쉽사리 들려오지 않았다. 수화기를 통해 전해지는 기침 소리에 희영의 걱정은 커져만 갔다.

"아프세요?"

—……정 비서님.

그녀를 부르는 쉰 목소리엔 기력이라곤 하나도 없었다.

"집에 계신 거죠? 제가 갈까요?"

그가 회사 근처 오피스텔에 따로 나와 살고 있다는 것을 희영은 알고 있었다. 강욱과 회장님의 사이가 그리 좋지 않다는 건 이미 회사 내 소문을 통해 들은 지 오래였다.

M 리조트를 한국의 최고 리조트 회사로 올려놓은 장본인은 지금의 최 회장이 아닌 전대 회장, 즉, 강욱의 어머니였다.

정략결혼으로 최 회장과 결혼한 그녀는 강욱을 낳고 얼마 지나지 않아 그가 바람을 피우고 있다는 사실을 알게 되었다고 했다.

바람난 여자 사이에서 딸을 하나 낳은 최 회장은 전대 회장인 유영은 여사와 별거 상태에 접어들었다. 그러다 병으로 세상을 떠나기 전, 유영은 여사는 어린 강욱을 위해 어쩔 수 없이 최 회장에게 회사를 넘겼다고 했다.

강욱이 이사로 부임하자마자 떠돌던 소문이었지만 어느 정도 신빙성은 있어 보였다. 회장님 이야기가 나올 때마다 강욱의 표정은 그리 밝지 않았으니까.

—그래 줄래요?

그 말이 끝나기 무섭게 또다시 그는 거친 기침을 쏟아 냈다.

"간단한 일 몇 가지만 처리하고 바로 가겠습니다."

수화기를 내려놓은 희영은 곧장 미주팀 팀장에게 전화를 걸었다. 사정을 말하고 양해를 구한 후, 내일 다시 회의 일정을 잡아 알려 드리겠다고 말했다. 다행히 오늘은 오후 일정이 비어 있어 따로 미룰 스케줄은 더 이상 없었다.

이사실에 걸려 올 전화를 비서실로 돌려 놓은 희영은 책상 마지막 서랍을 열었다. 혹시나 하는 상황에 대비해 종류별로 구비해 놓은 약상자를 꺼내 가방에 넣었다.

강욱의 상태가 어떤지는 직접 가서 봐야 알 것 같았다. 통화 목소리로 볼 때 병원을 가야 할 듯했기에 회사 임원들이 다니는 종합병원도 예약해 두었다.

혹시 빠트린 것이 있나 꼼꼼히 점검을 해 보고 나서야 희영은 이사실을 빠져나왔다.

♫

일주일에 세 번 강욱의 오피스텔을 청소해 주는 아주머니로부터 비밀번호를 받아 두긴 했지만 그전에 자신이 왔다는 걸 알리기 위해 희영은 초인종을 눌렀다.

잠시 틈을 둔 다음, 도어록으로 손을 뻗자 비밀번호를 누르기도 전에 현관문이 열렸다.

한눈에도 강욱의 상태는 그리 좋지 않아 보였다. 하루 사이에 열에 들떠 핼쑥해진 얼굴은 그가 얼마나 아픈지를 말해 주고 있었다.

그런데 그 와중에도 머리를 감은 건지 머리카락에 촉촉하게 물기가 남아 있었다.

“씻으셨어요? 그냥 누워 계시지. 몸도 안 좋으시면서.”

“그래도 엉망인 모습을 보일 수는…….”

말을 채 끝내지도 못하고 그가 거친 기침을 쏟아 내자 희영은 재빨리 팔을 뻗어 강욱을 부축했다. 불덩이처럼 뜨거운 그의 몸이 느껴졌다.

“열이 많이 나네요. 일단 침대에 가서 좀 누우시는 게 좋을 것 같아요.”

침실로 들어가 침대에 강욱을 눕힌 희영은 곧장 주방으

로 걸어 나왔다. 상태를 보아하니 빨리 약을 먹여야 했지만 빈속에 먹일 수는 없는 노릇이었다.

일단 기침을 가라앉히고 열을 내리는 게 우선일 것 같아 냉동실을 열어 얼음주머니를 준비했다. 그리고 회사에서 챙겨 온 생강차를 타서 쟁반에 받치고는 침실 안으로 들어갔다.

기침이 심해서인지 침대에 반쯤 기대어 앉아 있는 강욱의 모습은 몹시 힘들어 보였다.

"이사님, 일단 생강차부터 드세요. 기침이 좀 가라앉을 거예요."

"고마워요."

그가 받아 든 생각차를 홀짝홀짝 마시기 시작했다. 순간, 슬쩍 이마로 손을 뻗어 열을 재는 희영의 행동에 그의 검은 동공이 흔들렸다.

"열 진짜 많이 나네요. 차라리 병원으로 바로 갈까요?"

죽을 먹이고 병원에 가려고 했는데 생각보다 상태가 좋지 않았다. 그 말에 강욱은 병원은 싫다며 고개를 내저었다.

"좀 자면 괜찮을 거예요."

"그럼 얼음주머니 이마에 대고 누워 계세요."

희영의 말에 강욱은 고개를 끄덕이며 침대에 누웠다.

이마에 얼음주머니를 올려놓자 차가운지 그가 인상을 살짝 찌푸렸다. 하지만 치울 힘도 없는지 이내 가만히 눈을 감았다.

하얀 얼굴이 더 창백해진 강욱은 만화책에서나 보던 병약한 미소년의 분위기를 한껏 풍기고 있었다.

스물아홉 살 남자가 이런 분위기를 풍겨도 되는 걸까. 어딘가 위험하게 느껴지자 희영은 얼굴을 붉히며 침실을 빠져나왔다.

아픈 보스를 두고 도대체 무엇을 상상하는 건지.

스스로를 향해 타박을 쏟아 낸 희영은 주방으로 들어가 죽을 끓일 준비를 했다. 오기 전에 마트에 들러 사 온 재료들을 꺼내 미역과 찹쌀부터 불리기 시작했다.

어릴 적, 감기에 걸리면 엄마가 자주 끓여 주던 미역들깨죽을 끓일 생각이었다. 열이 펄펄 끓고 온몸이 아프다가도 이 죽을 먹고 나면 감기가 금방 떨어지곤 했다.

미역과 찹쌀이 불기를 기다리며 희영은 침실 앞으로 다가갔다. 거친 기침 소리가 잦아든 걸 보니 잠이 든 것 같았다. 일단 기침이 잦아들었다는 사실에 안도의 한숨을 내쉬며 다시 주방으로 돌아왔다.

식탁 의자에 앉아 깔끔하게 정리된 거실을 둘러보던 희영은 이사실보다 훨씬 많은 LP가 꽂혀 있는 진열장을 발견했다. 이렇게 모은 걸 보니 정말 LP를 좋아하는 모양이었다.

눈으로 LP판들을 훑던 희영은 다시 몸을 일으켜 싱크대

쪽으로 걸음을 옮겼다.

볶은 미역에 물을 붓고 팔팔 끓기를 기다렸다가 믹서로 미리 갈아 둔 찹쌀을 넣었다. 들깨 가루와 소금으로 마무리한 희영은 살짝 죽의 간을 보았다.

"조금 싱거운가?"

간장으로 간을 더할까 하다가 싱거운 편이 나을 것 같아 불을 껐다. 그릇에 죽을 담고 숟가락을 올려 둔 쟁반에 죽 그릇을 올렸다. 그리고 너무 차갑지 않은 생수를 컵에 따른 후 조심스레 쟁반을 들었다.

천천히 걸음을 옮겨 침실 안으로 들어가자 잠에 빠져 있는 강욱의 모습이 보였다. 거추장스러웠는지 얼음주머니는 침대 옆 협탁 위에 놓여 있었다.

거친 숨을 쉴 때마다 뜨거운 열기가 같이 흘러나오는 것이 아까보다 열이 더 오른 듯했다.

쟁반을 협탁 위에 올려 둔 희영은 조심스레 강욱의 몸을 흔들어 깨웠다. 하지만 열에 취해 잠이 든 그는 쉽사리 일어날 생각을 하지 않았다.

"이사님, 이사님."

조용히 자신을 부르는 희영의 목소리에 그가 몸을 뒤척였다. 그리고 천천히 감고 있던 눈을 떴다. 아직 잠이 덜 깼는지, 아니면 열 때문에 힘이 든 건지 그는 한참 동안 멍한 눈으로 희영을 바라만 보았다.

"이사님. 정신이 좀 드세……."

말을 채 끝내기도 전에 제 얼굴을 향해 뻗어지는 그의 뜨거운 손에 희영은 순간 입을 다물었다.

"꿈인가?"

살짝 탁한 목소리로 중얼거리는 강욱의 모습에 심장이 떨려 왔다. 꿈이 아니라고 말을 해야 하는데 아무 말도 할 수가 없었다.

"……꿈이니까."

희영을 보며 싱긋 웃는 강욱의 미소엔 묘한 색기가 담겨 있었다. 천천히 몸을 일으킨 그가 가까이 다가왔다.

"이사님……!"

그 모습에 놀란 희영은 입을 열었지만 입술을 그대로 덮쳐 버리는 붉은 입술에 이내 말문이 막히고 말았다. 입안 가득 차오르는 뜨거운 열기에 그녀의 정신은 어느새 몽롱해지고 있었다. 열감이 가득한 뜨거운 혀가 그녀의 혀를 휘어 감았다.

숨조차 쉴 수 없는 진한 키스가 이어졌다. 처음 그녀에게 했던 서툰 입맞춤이 아니었다.

볼을 감싸고 있는 뜨거운 그의 손, 강렬하게 휘어 감는 그의 혀 때문에 뜨거운 사막 아래 서 있는 듯 온몸이 달아올랐다.

그 뜨거운 욕망이 희영의 이성을 멀리 날아가게 만들고

있었다.

"하아."

입술이 떨어지고 나서야 희영은 참았던 숨을 내뱉을 수 있었다.

"깨기 싫다. 이 꿈에서."

희영의 어깨에 얼굴을 기댄 강욱이 나른한 목소리로 중얼거렸다. 잠시 후, 또다시 잠에 빠진 듯 일정한 그의 숨소리가 귓가에 들려왔다.

아직 이 남자는 꿈속에 있는 듯했다. 그리고 그녀 또한……. 영원히 깨기 싫은 꿈속에 있는 것만 같았다.

터질 듯이 두근거리는 그녀의 심장만이 이건 꿈이 아니라고 말해 주고 있었다.

식어 가는 죽을 보면서도 희영은 강욱을 깨우지 못했다. 그저 이마에서 얼음주머니가 떨어지지 않도록 붙잡고 있는 것이 전부였다. 그때 띠리릭, 하고 현관문 열리는 소리가 들렸다.

일하시는 아주머니가 온 걸까? 얼음주머니에서 조심스레 손을 떼고 일어난 희영은 침실 문을 열고 나갔다.

그런데 전혀 예상하지 못한 인물이 거실에 서 있었다. 비서실에서 일할 때 자주 마주쳤던 최 회장이 날카로운 눈으로 그녀를 바라보고 있었다.

"회, 회장님."

"오랜만이군, 정 비서."

"네. 아, 이사님 뵈러 오셨습니까? 지금 많이 편찮으셔서 주무시고 계세요."

저도 모르게 죄지은 사람마냥 움츠러드는 건 어쩔 수 없었다. 아마도 최 회장은 비서실을 통해 그가 아프다는 이야기를 전달받은 듯했다.

"뭐, 겸사겸사. 잠시 앉지."

거실에 놓인 소파를 가리키며 최 회장이 말했다.

"차 내올까요?"

"됐네. 회사도 아닌데."

예전부터 생각했지만 강욱은 아버지를 별로 닮지 않은 듯했다. 날카로운 인상의 최 회장과 서글서글한 인상의 강욱은 풍기는 분위기부터가 달랐다.

긴장된 얼굴로 옷매무새를 바로잡은 희영이 소파에 앉았다. 차가운 최 회장의 눈빛으로 보아하니 결코 좋은 이야기는 아닐 듯했다.

"그래. 일은 할 만하고?"

"네."

"그렇다면 다행이구먼. 비서실에서 일할 때 개인적으로 정 비서를 많이 아꼈었네."

말과 다르게 그의 눈빛은 여전히 차가웠다.

"감사합니다."

"감사할 건 없고. 앞으로도 내가 아끼는 비서로 계속 남아 주었으면 좋겠는데……."

말끝을 흐렸지만 그 속에 내포된 의미를 희영은 정확하게 유추해 낼 수 있었다.

"내 말 이해가 되는가?"

확인하듯 묻는 최 회장을 향해 희영은 느릿하게 고개를 끄덕였다.

"이해……했습니다."

"그래. 역시 눈치 빠른 친구라 금방 알아듣는구먼. 미안하네. 아들놈 뜻은 못 꺾으면서 괜히 자네에게 이런 말이나 하고 있고."

아마도 최 회장은 희영을 향한 강욱의 마음을 알고 있는 듯했다. 헛된 줄 알면서도 이제 막 꿈을 꾸려던 그녀를 몇 마디 말로 깨우고 있었다.

"이미 한 번 겪어 봤지 않은가. 이쪽 세계가 어떤 세계인지. 사람은 각기 분수에 맞게 살아야 한다네."

이미 희영에 대한 조사가 끝난 모양이었다. 덜덜 떨려 오는 손을 감추며 그녀가 어색한 미소를 지었다.

"주의하겠습니다."

"그래. 내 자네 능력만큼은 믿고 있다네. 앞으로 우리 강욱이 많이 도와주고."

"네, 알겠습니다."

"오늘은 이만 퇴근하지. 어차피 강욱이 녀석 아파서 일도 못 할 테니 곧장 집으로 가게나. 곧 주치의가 올 테니 걱정은 하지 말고."

조심스레 몸을 일으킨 희영은 최 회장을 향해 고개를 숙였다. 그리고 가방을 챙겨 들고 곧장 오피스텔을 빠져나왔다.

다리가 후들거리고 손이 떨려 왔다. 생각보다 꽤 많이 강욱에게 마음이 흘러갔었나 보다. 마음이 없었다면 최 회장의 말이 이토록 아프지는 않았을 텐데.

떨리는 다리로 걸음을 옮기며 희영은 엘리베이터 버튼을 눌렀다.

지금은 멈출 수 있을까? 머릿속에 깃드는 생각에 희영은 입술을 깨물었다. 그러자 다정하게 자신의 입술을 매만져 주던 강욱의 손길이 떠올랐다.

불과 3주라는 시간 만에 그는 너무 깊게 그녀의 삶에 파고들어 와 있었다.

"멈춰야 해, 정희영. 멈춰야 해."

도착한 엘리베이터에 올라타며 나지막하게 중얼거리고 있을 때, 손에 들고 있던 핸드폰이 울어 댔다. 액정에 뜨는 반가운 이름에 조금은 편안한 마음으로 희영이 전화를 받았다.

"응, 엄마."

—일하는 중이니?

"그렇긴 한데. 얼떨결에 오후엔 쉬게 생겼어."

—왜, 무슨 일 있니?

걱정하는 엄마의 목소리를 들으니 왈칵 눈물이 쏟아질 것 같았다. 자신 역시 엄마에게 이토록 소중한 딸인데, 이리 귀한 사람인데.

"아니. 보스한테 일이 좀 생겨서."

—그렇구나. 참, 너희 회사 비서실에서 오늘 사람이 다녀갔어.

"뭐?"

—네가 워낙 일을 잘해서 그런지 회장님이 보냈나 보더라. 글쎄 한우 세트를 주고 가지 뭐니.

그 말에 희영의 손이 떨려 왔다. 이건 분명 선물이 아니라 경고였다. 부모님 가게 위치 정도는 손쉽게 알 수 있다는, 그러니 알아서 조심하라는 최 회장식의 경고가 분명했다.

"엄마. 지금 내가 갈게."

—그럴래? 안 그래도 이거 보니까 네 생각이 나서 같이 먹고 싶었거든.

"바로 갈게요."

멈추는 것 말고는 방법이 없었다. 안 그랬다간 또다시 엄마에게 상처를 입히게 될 테니까.

♫

희영이 도착할 시간에 맞추어 가게 문을 닫은 혜옥은 한우를 굽고 있었다. 저를 보자마자 환한 미소를 지으며 반기는 혜옥의 모습에 희영은 심장이 아려 왔다.

"우리 딸 덕분에 엄마가 호강하네."

잘 구운 한우를 상 위에 올리며 혜옥은 어서 와서 앉으라고 손짓했다. 희영은 저 고기를 먹었다간 그대로 체할 것 같은 기분이 들었다. 하지만 기뻐하는 혜옥을 보니 안 먹고 버틸 수가 없었다.

"어서 먹어. 비싼 건데 맛있을 때 먹어야지."

"이런 한우 먹고 싶으면 언제든지 얘기해. 나 이 정도 사 줄 능력은 충분히 있어."

"우리 딸이 회사에서 인정받는 것 같아 그게 기쁜 거야."

차마 진실을 말할 수 없어 희영은 조용히 밥만 먹기 시작했다. 연신 환한 미소를 지으며 제 수저 위에 고기를 올려놓는 혜옥을 그녀는 씁쓸한 눈으로 바라보았다.

"그런데 우리 딸 얼굴이 왜 이렇게 안 좋아? 일이 많이 힘든 거야?"

"아니야."

"그렇다면 다행이지만. 너 많이 부려 먹는 게 미안해서 준 뇌물은 아닐까 해서."

"그런 거 아니니까 걱정하지 말고 많이 드세요."

그때 희영의 핸드폰이 울어 댔다. 액정에 뜨는 '최 이사님' 이라는 글자에 순간 목이 메었다.

주치의가 온다더니 몸은 좀 괜찮아졌을까? 걱정을 하던 희영은 한숨을 쉬며 핸드폰을 뒤집어 놓았다.

"무슨 전화인데 안 받아? 회사에서 연락 온 거 아니야?"

"아니야. 스팸인 것 같아."

"하긴, 요즘 스팸 전화 엄청 오더라. 다들 내 번호는 어떻게 알고 전화를 하는 건지."

"그러니까 말이야."

시답지 않은 대화를 주고받으며 희영은 끈덕지게 울리는 전화벨 소리를 끝까지 외면했다. 아픈 사람에게 매정한 말을 쏟아 내고 싶지 않았다. 어차피 내일이면 차갑게 그의 마음을 거절해야 하니까.

억지로 먹은 한우 때문에 단단히 탈이 났다. 혜옥은 계속 화장실을 들락날락거리는 희영을 걱정스러운 눈길로 바라보았다.

"지금이라도 응급실 갈래? 너 서울까지 운전하고 가려면 힘들 텐데. 어쩌니?"

핼쑥해진 얼굴을 만지는 혜옥을 향해 희영은 고개를 내

저었다.

“괜찮아. 자고 가면 돼.”

“자고 갈래? 그럼 새벽에 출발해야 할 텐데. 피곤하지 않겠어?”

“응, 지금부터 자면 괜찮아. 그거나 해 줘, 엄마.”

희영은 까칠한 혜옥의 손을 끌어 자신의 배 위에 올려놓았다.

“엄마 손은 약손, 그거?”

“응.”

“우리 딸 아프더니 애가 됐네.”

그러면서도 내심 딸의 이런 투정이 반가운 모양이었다. 누우라는 듯 다리를 툭툭 치는 혜옥의 손짓에 희영은 못 이기는 척 무릎을 베고 누웠다.

“우리 아기 예쁜 배, 엄마 손은 약손. 쓱쓱 만져 주면 뭐든지 다 낫는다. 우리 아기 동그란 배, 엄마 손은 약손. 궁글구글 쓸어 주면 뭐든지 다 낫는다.”

어릴 때 배가 아프면 항상 엄마가 이 노래를 부르며 배를 쓸어 주었다. 그 따뜻한 기억을 떠올리며 희영은 스르르 눈을 감았다.

쉽사리 오지 않을 것 같았던 잠이 노랫소리와 함께 찾아왔다. 비록 길게 못 자고 깨 버린 게 문제라면 문제였지만.

방 안이 어두컴컴한 것을 보아하니 꽤 늦은 시간인 것 같았다.

곁에서 잠든 혜옥이 깨지 않게 슬그머니 몸을 일으킨 희영은 가방을 열어 꺼 놓은 핸드폰을 찾았다.

계속해서 걸려 오는 강욱의 전화에 핸드폰 배터리를 아예 분리해 놓았었다. 그럼에도 핸드폰에 계속 신경이 쓰였지만.

전원 버튼을 길게 누르자 핸드폰 액정에 환한 불빛이 들어왔다. 혹시나 혜옥이 깰까 희영은 핸드폰을 들고 안방을 빠져나왔다. 그 와중에 캐치콜이 왔음을 알리며 핸드폰은 연신 울어 대고 있었다.

발신자는 예상대로 강욱이었다. 연속해서 보이는 그의 이름에 희영의 입에선 무거운 한숨이 흘러나왔다. 끝내 통화 버튼을 누르지 못한 채 희영은 힘없이 핸드폰을 내려놓았다.

시간은 밤 12시 22분이었다. 일찍 잠이 들어서 그런지, 아니면 마음이 복잡해서 그러는 건지 쉽게 다시 잠들 수 없을 것 같았다.

차라리 덜 피곤할 때에 운전을 하고 올라가는 게 나을 것 같다는 판단에 희영은 곧장 욕실로 가 세수와 양치질을 했다. 그러고는 조심스레 안방 문을 열고 들어가 가방을 집어 들었다.

"가게?"

깨우지 않으려고 조심조심 움직였건만 소용없었나 보다. 스르르 몸을 일으키는 혜옥을 보며 희영은 어색한 웃음을 지었다.

"미안. 나 때문에 깼지?"

"아니야. 근데 올라가기에 시간이 너무 어정쩡한 거 아니니? 더 자고 가지."

"잠이 안 올 것 같아서."

"하긴, 일찍 잤으니까. 내가 괜히 내려오라고 했나 보다. 너 피곤하게."

희영은 재빨리 고개를 내저었다.

"아니야. 엄마 봐서 좋았어."

"그렇다면 다행이고."

"갈게요. 나오지 말고 그냥 자요."

"그래도."

"그러다 엄마까지 잠 설쳐. 푹 자요. 내일 연락할게."

"알겠어. 도착하면 메시지 하나 보내 놓고 자."

"응."

제 걱정뿐인 혜옥을 보며 희영은 약해지려는 마음을 다잡았다. 엄마의 가슴에 또다시 대못을 박을 순 없었다. 그런 바보 같은 짓은 한 번으로 족했다.

그녀에게 세상에서 제일 소중한 사람은 누가 뭐래도 엄마였으니까.

♫

여름이 성큼 다가오고 있음에도 새벽 공기는 여전히 차가웠다. 하지만 희영은 오히려 이런 공기가 마음에 들었다. 지금은 차가운 공기를 마셔서라도 정신을 차려야 할 때였으니까.

다행히 밤이라 그런지 길은 막히지 않았다. 창문을 살짝 열어 차가운 공기를 마시며 집으로 바삐 차를 몰았다.

양평에서 출발한 지 한 시간 만에 아파트에 도착할 수 있었다. 차를 주차한 희영은 때마침 도착한 엘리베이터에 타 8층 버튼을 눌렀다.

더 이상 전화가 오지 않는 핸드폰을 보며 아침에 강욱을 마주하면 해야 할 말들을 머릿속으로 정리했다. 하지만 그 말들을 미처 다 정리하기도 전에 희영은 강욱을 마주하고 말았다.

언제부터 여기서 기다리고 있었던 걸까? 엘리베이터 문이 열리자마자 보이는 강욱의 얼굴에 희영은 당황한 얼굴로 그를 올려다보았다.

"안 내릴 겁니까?"

차분한 목소리로 묻는 강욱을 보며 희영은 떨리는 걸음을 내딛었다.

"이사님이 왜 여기에?"

"도대체 지금까지 어디서 뭘 한 겁니까? 사고라도 났어요? 아니면, 집에 무슨 일이라도 생겼어요?"

다그치는 강욱의 물음에 희영은 마른침을 삼켰다.

"아닙니다, 그런 거."

"그런데 왜!"

목소리를 높이던 강욱은 크게 숨을 내쉬며 차분한 눈빛으로 희영을 응시했다.

"이렇게 연락이 안 되는 겁니까? 미치는 줄 알았어요. 당신한테 무슨 일이라도 생긴 건 아닐까. 불안해서 죽을 뻔했다고요, 나."

진심이 담겨 있는 그의 목소리에 희영은 눈을 질끈 감았다. 자꾸만 마음이 약해지려고 했다. 또다시 이 남자에게 심장이 두근거렸다.

"이사님, 걱정해 주신 건 감사하지만 이제 사적인 관심은 끊어 주셨으면 좋겠습니다."

"혹시 우리 아버지 만났어요? 아버지가 뭐라 그랬어요?"

이상한 느낌을 받았는지 강욱이 검은 눈을 날카롭게 빛내며 물었다.

"아닙니다, 그런 거. 솔직히 말하자면 오래전부터 부담스러웠습니다."

"아직 일주일 남았어요."

그가 제안한 한 달의 시간 중 일주일이 남아 있음을 희영도 잘 알고 있었다. 하지만 길게 끌수록 서로에게 좋을 게 없었다. 마음만 더 아플 테니까.

"일주일이든, 2주일이든 제 마음은 변하지 않습니다."

"선배!"

다급했는지 예전에 희영을 부르던 호칭이 강욱의 입에서 튀어나왔다.

"갑자기 왜 이래요. 무서웠어요, 내가 한 키스가? 도망치고 싶을 만큼……."

잠결에 한 키스라 기억하지 못할 줄 알았는데. 이 남자도 기억을 하나 보다. 그 가슴 떨렸던 키스를……. 하지만 그 키스에 얼마나 설레었는지 희영은 차마 말할 수가 없었다. 그랬다간 그의 손을 놓을 수 없을 것 같았으니까.

"네, 솔직히 말하면 그래요. 말했죠. 서툰 남자 별로라고. 그걸 떠나서 일주일이 지나도 이사님이 좋아질 것 같지 않아요. 그러니 괜한 시간 낭비 말고……!"

그 순간, 그가 그녀의 얼굴을 두 손으로 감쌌다. 그리고 집어삼키듯 그녀의 입술을 덮쳤다.

거칠게 파고든 그는 그녀의 입안을 어지럽게 헤집어 놓았다. 예전과 전혀 다른 거친 키스였다.

거친 소유욕과 열망이 느껴지는 키스. 그 감정을 알면서도 희영은 그를 밀쳐 낼 수밖에 없었다. 거칠게 밀어내는 손길에 강욱은 어두운 눈빛으로 희영을 내려다보았다.

“정희영.”

그가 부르는 그녀의 이름은 애달프기만 했다.

“정희영, 제발 나 좀 봐. 어떻게 하면 날 볼래? 내가 뭘 해 주면 돼? 원하는 걸 말해 봐. 뭐든지 다…….”

“아무것도 안 하는 거요. 저한테 아무것도 안 하셨으면 좋겠어요, 이사님.”

서늘할 정도로 차가운 말투에 강욱의 입가에 허탈한 미소가 번졌다.

“아무것도 안 하는 거라……. 나한테 세상에서 제일 어려운 일이네.”

상처 입은 얼굴로 강욱은 고개를 푹 숙였다. 그러더니 이내 다시 고개를 들어 씁쓸한 눈으로 희영을 바라보았다.

“알겠어요. 나한테 원하는 게 그것뿐이라니. 할 수 없죠.”

희영을 보는 강욱의 눈빛은 차가웠다. 이런 눈빛도 지을 줄 아는 사람이었던 걸까.

“들어가요, 정 비서님.”

그 인사를 끝으로 그는 뒤돌아섰다. 차가운 그의 등을 보며 희영은 고개를 숙였다.

잘했다. 잘했다. 잘했다. 쉼 없이 스스로를 향한 주문을 외우며 희영은 현관문을 열었다. 절대 후회하지 말자고 다짐하는 이 순간에도 그녀의 후회는 이미 시작되어 버렸다.

♫

살벌한 분위기를 풍기며 독한 술을 마셔 대는 강욱을 수호는 불안한 눈으로 바라보았다. 그의 몸에서 뿜어져 나오는 냉기가 어찌나 살벌한지 손님들도 못 버티고 나갈 정도였다.

"왜 이러는 건데? 말 좀 해 주지."

바에 들어온 순간부터 강욱은 술 달라는 말을 빼고는 지금껏 한마디도 하지 않았다. 그러니 수호는 속이 탈 수밖에 없었다.

"정말 말 안 할 거야? 무슨 일인데? 실연이라도 당했……."

말을 채 끝내기도 전에 강욱의 검은 눈이 날카롭게 반짝였다.

설마, 진짜 짝사랑하던 그 여자한테 실연을 당한 걸까? 도대체 어떤 여자이기에 최강욱을 거절한 걸까. 그 여자한텐 진짜 성격도 숨기고 한없이 착하게 군 것 같았는데.

여태껏 여자를 차는 그의 모습은 많이 봤지만 차인 것을 본 적은 처음이라 신선하긴 했다.

물론 미운 정도 정이라고 괴로워하는 강욱을 보니 수호는 영 마음이 편치 않았다.

"와, 웃기는 여자네. 왜 네가 싫대?"

"닥쳐."

"네."

이럴 때 강욱의 심기를 건드려 봐야 좋을 것 없다는 걸 수호는 오랜 경험을 통해 알고 있었다.

궁금한 건 많았지만 강욱이 먼저 얘기할 때까지 아무것도 물을 수가 없었다. 그저 말없이 잔에 술을 채워 주는 것이 그가 할 수 있는 일의 전부였다.

"아무것도……."

취했는지 강욱이 먼저 입을 열었다.

"하지 말라더라."

서글픈 강욱의 목소리에 수호는 인상을 찌푸렸다. 이토록 풀이 죽은 그의 모습은 처음이었다.

"그래서? 네, 알겠습니다, 하고 포기했냐? 너답지 않게?"

언젠가 그가 차이는 것을 보고 싶다며 장난스럽게 노래를 부르긴 했지만 막상 차인 모습을 보니 기분이 그다지 좋지 않았다.

"……무서워서. 짓밟아서라도 가지고 싶어질까 봐."

술에 취해 내뱉는 강욱의 고백이 믿기지 않아 수호는 눈을 느릿하게 깜박였다. 도대체 이 녀석은 어떤 사랑을 하고 있는 걸까.

"그래서 아무것도 할 수가 없다."

나지막한 목소리로 중얼거리던 강욱이 갑자기 피식 웃음

을 삼켰다.

"잘됐네. 바라는 대로……."

그 말을 남기고 강욱은 기절하듯 쓰러지고 말았다.

"잘한다, 잘해. 술 먹고 뻗기나 하고."

투덜거리면서도 수호는 강욱을 부축하기 바빴다. 손님들에게 이만 가게 문을 닫아야겠다는 양해의 말을 구하며.

몸이 으슬으슬 떨릴 때부터 이상하더라니 제대로 감기에 걸린 것 같았다. 거친 기침을 토해 내며 출근 준비를 하던 희영은 가방을 열어 어제 강욱의 집에 갈 때 챙겨 간 약통을 꺼냈다.

입맛이 없어 아침을 걸렀는데 빈속이라도 약을 먹어 둬야 버틸 수 있을 것 같았다. 주방으로 걸어 나와 냉장고 문을 연 희영은 생수병을 꺼내 약과 함께 물을 단숨에 삼켰다.

"꼴좋네."

엄한 사람 상처 입힌 벌을 톡톡히 받는 것 같았다. 그래, 벌 받는 거라 생각하자. 이 정도 아픈 걸로 죄책감을 덜 수 있다면 그것으로 충분했다.

더 이상 아무 생각도 하지 말아야지. 다시 한 번 마음을 다잡은 희영은 가방을 챙겨 집을 나섰다.

금방 약 기운이 돌아 어지러울 테니 아무래도 운전은 무리일 것 같았다. 큰길로 나간 희영은 택시를 잡아탔다. 다행히 길이 막히는 시간대가 아니라 빨리 회사에 도착할 수 있었다.

계속되는 기침에 몸을 가누는 것조차 힘들었지만 아프다고 회사에 빠질 수는 없는 노릇이었다. 더군다나 이런 상황에서.

아픈 몸을 추스르며 희영은 곧장 비서실로 걸음을 옮겼다. 일찍 출근해 있던 몇몇 비서들이 손을 들어 그녀를 반겼다.

"감기야? 이사님한테 옮은 거 아니야?"

기침하는 희영을 보며 현지가 걱정스러운 목소리로 물었다.

"괜찮아. 어제 걸려 온 전화 리스트 받으러 왔어."

"아, 여기 있어."

"고마워. 고생 많았어."

생긋 웃으며 인사를 건네는 희영의 어깨를 현지가 가볍게 두드렸다.

"우리 사이에 별말씀을. 그나저나 어때? 꽃돌이 후배. 아니, 이사님이랑은 잘 지내?"

"그렇지, 뭐. 좋은 분이니까."

"으, 기분 이상하다. 심부름하던 우리 팀 막내가 이사님이라니."

그 말에 희영은 어색하게 웃으며 손을 흔들었다.

"가 볼게. 너도 감기 조심하고."

"그래. 요즘 여름 감기 독하다더라."

정말 그랬다. 몸뿐만 아니라 마음까지 어지럽게 만들었다. 열 때문에 으슬으슬 떨려 오는 몸을 추스르며 희영은 한 층 아래에 있는 이사실로 내려왔다.

이른 시간인 만큼 당연히 그가 출근하지 않았을 거라고 생각하며 문을 여는데, 이사실 안에 서 있는 강욱의 모습이 눈에 들어왔다.

"오셨…… 콜록, 콜록, 습니까?"

갑자기 그를 봐서 놀랐는지 기침이 더욱 거세졌다. 그 앞에서 아픈 티를 내고 싶지 않았는데 다 틀렸다. 다행히 그는 가볍게 미간을 찌푸릴 뿐 아무 말도 하지 않았다.

다만 늘 따뜻하다 생각했던 그의 새까만 눈이 얼음장처럼 차가웠고 서글서글한 미소가 떠나지 않던 입매는 딱딱했다. 이런 표정도 지을 수 있는 사람이었구나.

"커피 말고, 차 한 잔 가져다줘요."

아무 감정도 들어 있지 않은 무미건조한 목소리 역시 낯

설었다. 하지만 이젠 그런 그의 모습에 익숙해져야 했다. 그를 저렇게 만든 사람은 바로 자신이었으니까.

애써 덤덤한 얼굴로 희영은 탕비실 안으로 들어갔다.

아직 감기 기운이 남아 있을 테니 유자차가 좋을 것 같았다. 냉장고에서 시원한 유자청을 꺼내 투명한 유리잔에 담고 커피포트로 끓인 뜨거운 물을 부었다. 옆에 자신의 것도 따로 한 잔 타서 내려놓고 먼저 탄 유자차를 쟁반에 받쳐 들었다.

책상으로 간 희영은 보고할 일정표와 비서실에서 받아온 전화 리스트를 챙겨 파일에 넣었다.

터져 나오려는 기침을 힘겹게 참으며 집무실 문을 두드렸다.

"들어와요."

문을 열고 집무실 안으로 들어간 희영은 강욱의 책상 위에 유자차를 내려놓았다. 그리고 그가 보기 편하게 파일을 열어 일정표를 건넸다.

"오전 9시 임원 회의, 오후 4시 간담회 일정 있습니다. 그리고 원래 어제 오전으로 예정되었던 미주팀과의 회의는 새로 일정을 잡으셔야 할 것 같은데, 몇 시로 하는 게 좋을까요?"

강욱은 덤덤한 시선으로 희영을 올려다보았다.

"오전 11시로 잡아 줘요."

11시는 희영과 점심을 함께하기 위해 강욱이 늘 비워 두었던 시간이었다. 이제 그럴 필요가 없어졌지만.

"……알겠습니다."

또다시 기침이 나와 잠시 말을 멈췄던 희영은 막았던 입에서 손을 떼었다.

"더 추가할 일정은 없으십니까?"

"없어요."

"네, 나가 보겠습니다."

사적인 대화는 단 한마디도 오가지 않았다. 희영이 아파 보이거나 피곤해 보일 때 걱정해 주던 다정한 강욱의 모습은 그 어디에도 없었다.

다행이라고 생각하면서도 희영은 왠지 모르게 서글퍼졌다. 그럴 자격도 없으면서.

♬

임원 회의를 마치고 돌아온 강욱은 곧장 미주팀과의 회의 자료를 챙겨 들었다.

"점심은 알아서 먹어요."

"알겠습니다."

고개를 숙여 강욱을 배웅한 희영은 지친 얼굴로 의자에 앉았다. 약을 먹었는데도 약효가 별로 없는지 속만 쓰리고 나아질 기미가 보이지 않았다. 버티고 앉아 있는 게 신기할 정도로 컨디션은 최악에 가까웠다.

똑똑. 잠시 책상에 엎드려 쉬고 있던 희영은 귓가에 들리는 노크 소리에 자세를 바로잡았다. 곧이어 결재받을 서류를 들고 들어오는 찬영의 모습이 보였다.

"뭐야, 너 어디 아파?"

희영은 그제야 얼굴을 보자마자 아픈 걸 알아챌 정도로 자신의 상태가 엉망이라는 것을 깨달았다.

"응, 감기."

"여름 감기는 개도 안 걸린다던데."

"개보다 못한 사람인가 보지."

씁쓸한 얼굴로 희영이 중얼거렸다. 어떨 땐 개가 더 부럽기도 했다. 적어도 감정을 숨길 필요는 없으니까. 감정이 가는 대로, 하고 싶은 대로 살아갈 수 있으니까. 한낱 미물인 개도 그렇게 살아가는데 정작 인간인 자신의 삶은 왜 이리 고달픈 건지.

"많이 아프긴 한가 보다. 우리 스마일 정 여사가 이토록 까칠한 걸 보니."

"됐고. 결재 서류나 놓고 가세요."

"알았어. 참, 언제 내가 한번 저녁 살게."

"왜? 내가 뭐 착한 일이라도 했나?"

고개를 갸웃거리며 묻는 희영을 향해 찬영이 씩 웃었다.

"네가 준 맛집 리스트 쓸 만하더라."

"은아랑 화해했어?"

"거의?"

"잘됐네. 이제 싸우지 말고 잘들 지내."

"노력할게. 오늘은 거기 가 보려고. 네 맛집 리스트에 적힌 냉면집. 더운 날에 딱이지."

저렇게 신이 난 찬영을 보니 차마 그들의 점심 식사에 낄 수가 없었다. 아무래도 한동안 혼자 밥을 먹어야겠다고 희영은 생각했다.

"잘 다녀와."

"그래. 넌 보양식 좀 챙겨 먹어라. 가뜩이나 마른 애가."

"알겠어."

"간다."

어깨를 가볍게 두드리고 사라지는 찬영을 향해 희영은 힘없이 손을 내저었다. 곧 점심시간이 다가오는데 아무것도 먹고 싶지 않았다. 병원에 가서 링거라도 맞고 오면 좋을 텐데. 하필이면 근처 병원들도 그때가 점심시간이었다.

일단 죽이라도 챙겨 먹고 다른 약을 사 먹어야겠다고 생각하며 희영은 무거운 몸을 일으켰다. 감기만 나아도 좀 살 만해질 것 같았기 때문이다.

회사 근처 죽집에서 점심을 먹은 희영은 약국에 들러 감기약을 샀다. 입맛이 없어 죽을 거의 먹지 못해 그런지 점심 시간은 아직 꽤 많이 남아 있었다. 회사로 돌아가려다 잠시라도 쉬는 게 나을 것 같다는 판단에 근처에 있는 작은 공원으로 걸음을 옮겼다.

데이트 장소로 유명한 곳답게 꽤 여러 커플들이 공원 벤치에서 커피를 마시며 여유를 즐기고 있었다.

커플들을 부러운 눈으로 보던 희영은 지그시 눈을 감았다. 그러자 곁에 앉아 다정한 눈빛으로 자신을 보고 있는 강욱의 모습이 떠올랐다. 저도 모르게 입가에 미소를 짓던 희영은 깜짝 놀라 번쩍 눈을 떴다.

"미쳤구나, 정희영."

스스로가 한심해 휘휘 고개를 내저으며 벤치에서 일어났다. 첫사랑의 열병에 시달리는 여고생도 아니고 이런 환상이나 떠올리는 제 자신이 창피해 어디론가 숨고 싶었다. 이게 다 눈앞의 커플들 때문이라 생각하며 희영은 바쁘게 걸음을 옮겼다.

차라리 일이나 하는 게 낫겠다는 생각에 회사로 복귀한 희영은 자신의 책상 위에 놓여 있는 약 봉투를 보았다. 아직도 온기가 느껴지는 따끈한 쌍화탕과 종합 감기약을 내려다보며 한숨을 내쉬었다. 그때 이사실 문이 열리며 강욱이 들어왔다.

"저기……."

아는 체도 하지 않고 걸음을 옮기는 강욱을 향해 희영은 조심스레 입을 열었다.

"성의는 감사하지만 저도 약을 사 와서요. 이건 괜찮습니다."

이런 상황에서도 자신을 챙겨 주는 강욱이 고마웠지만 그럴수록 감정 정리를 하는 게 어려울 것 같았다.

"무슨 소리를 하는 겁니까?"

하지만 강욱은 이해가 안 된다는 듯 삐딱한 시선으로 약 봉투를 노려보며 차가운 말투로 되물었다.

"네? 아니. 약 봉투……."

그때 핸드폰에서 띠릭, 하는 소리와 함께 메시지가 왔음을 알려 댔다. 이상한 예감에 희영은 떨리는 손으로 메시지를 확인했다.

〈친구. 많이 아픈 것 같아서 내가 약 사다 놓았다. 얼른 낫고 조만간 저녁 먹자. 오늘 하루도 수고해! 파이팅!〉

곰인지, 개인지 구분하기도 힘든 동물 이모티콘까지 넣어 가며 전송된 찬영의 메시지를 확인한 희영의 얼굴은 금세 붉게 달아올랐다.

이런 메시지는 약 봉투 갖다 놓기 전에 미리 보냈어야지, 친구야. 희영은 속으로 절규하며 어색한 미소를 짓고 강욱을 바라보았다.

"아닙니다. 제가 오해를 해서. 죄, 죄송합니다."

강욱을 향해 고개를 숙인 희영은 사죄의 말을 건넸다.

"챙겨 주는 사람 많아서 좋겠습니다."

돌아오는 건 강욱의 차가운 비웃음뿐이었다. 그녀와 더는 상대하기 싫다는 듯 집무실 안으로 들어간 강욱은 문을 쾅 소리 나게 닫았다. 그리고 잠시 후, 아주 시끄러운 락 음악이 문을 타고 흘러나왔다.

비틀거리는 걸음으로 탕비실 안에 들어간 희영은 손에 쥐고 있는 약 봉투를 노려봤다.

"약은 먹어서 뭐하니. 죽자, 그냥 죽어."

탕비실 벽에 머리를 콩콩 박으며 희영은 한동안 괴로워했다.

희영은 째깍째깍 흐르는 시계 초침을 뚫어지게 노려보고 있었다. 이런 성의를 봐서라도 시간이 빨리 가 주면 좋으련만 1분이 한 시간처럼 느껴졌다. 그래도 다행인 것은 이제 곧 강욱이 간담회에 참여하기 위해 이사실을 나선다는 것이었다.

어서 빨리 그가 회의실로 가길 원하는 그녀의 마음을 알고 있던 걸까. 가방을 챙겨 든 강욱이 집무실 문을 열고 나왔다.

"이제 나가십니까?"

의자에서 재빨리 몸을 일으킨 희영이 조심스레 물었다.

"간담회 갔다가 바로 퇴근할 겁니다. 정 비서님도 6시 되면 퇴근하세요."

"네, 알겠습니다."

고개를 숙여 강욱을 배웅한 희영은 지친 얼굴로 의자에 앉았다. 조금 민망한 사건도 있었지만 어쨌든 오늘 하루를 잘 버텨 낸 것 같았다. 이렇게 버티다 보면 언젠가 이 감정에 둔해지지 않을까 생각했다. 세상에 영원한 감정은 없었으니까.

"콜록!"

강욱이 있을 땐 맘 놓고 하지 못했던 기침을 토해 내며 희영은 이마를 붙잡았다. 감정이고 뭐고 이 지긋지긋한 감기부터 좀 끝났으면 좋겠다. 여름 감기가 사람 잡는다는 걸 아주 절실하게 깨닫고 있는 중이었다.

그런데 그때 똑똑 하는 노크 소리와 함께 이사실 문이 열렸다. 그리고 커다란 가방을 든 부드러운 인상의 중년 남자가 안으로 들어왔다.

"어디서 오셨죠?"

의자에서 몸을 일으켜 조심스레 묻는 희영을 향해 남자는 안경을 고쳐 쓰며 편안한 미소를 지었다.

"정희영 비서님 맞죠?"

"네, 어떻게 제 이름을?"

"최 이사님이 부탁하셨어요. 정 비서님 진료 좀 봐 달라고."

"네?"

눈을 동그랗게 뜨며 희영이 반문했다. 그러자 남자는 병원 이름이 적힌 명함을 내밀었다.

"최 이사님 주치의입니다."

명함에는 김윤혁 원장이라 적혀 있었다. 희영은 그제야 아, 하는 소리를 내며 고개를 끄덕였다. 그런데 언제 그가 이런 부탁을 한 건지 궁금했다. 아픈 걸 신경도 안 쓰는 눈치였는데.

"아침 일찍 전화 오셨어요. 사실 더 빨리 와 달라고 했는데 바빠서 좀 늦었습니다."

마음이 이상했다. 신경 안 쓰기를 바라면서도 내심 챙겨주길 원했던 걸까? 왜 이렇게 마음이 붕 뜨는지 모르겠다. 정신 차려, 정희영.

"그럼 먼저 진료부터 볼까요?"

"네? 아, 네."

"의자에 앉아요."

그의 말에 희영은 고분고분하게 의자에 앉았다. 막대를 꺼내 들어 입안을 여기저기 살펴보던 그가 싱긋 웃으며 입을 열었다.

"이사님하고 증상이 똑같네요. 아무래도 한공간에 오래 있다 보니 옮았나 봅니다."

물론 그게 이유의 전부는 아니었다. 뜨거웠던 어제의 키스가 떠오르자 희영의 얼굴이 달아올랐다.

"최 이사님이 많이 아끼나 봐요. 원래 다른 사람 신경 쓰시는 분이 아닌데."

팔에 링거 바늘을 꽂으며 하는 그의 말에 희영은 어색한 미소를 지었다.

"많이 아팠을 텐데 잘 참네요. 다음부턴 이렇게 아프면 조퇴시켜 달라고 해요. 꾹 참는 게 능사는 아니니까."

"네."

"두 시간 정도 맞아야 해요. 너무 빨리 맞으면 무리가 올 수 있거든요."

"감사합니다."

"그럼 링거 맞는 김에 푹 쉬어요."

고개를 숙여 그를 향해 인사를 건넨 희영은 책상 위에 올려 둔 핸드폰을 바라보았다. 강욱에게 고맙다는 인사를 해야 할까? 아무것도 하지 말아 달라고 부탁한 주제에 바로 고맙다고 하는 건 너무 속 보이는 게 아닐지 고민되었다.

"그래도 고맙다는 말은 해야겠지?"

핸드폰을 들었다 놓았다를 수십 번 반복한 끝에 희영은 메시지를 보내기로 결정했다.

〈이사님.〉

여기까지 자판을 누른 희영은 눈을 질끈 감고 나머지 메시지를 적었다.

〈고맙습니다.〉

이 말을 하는 게 왜 이리 힘이 드는 건지. 희영은 재빨리 전송 버튼을 누르고 핸드폰을 내려놓았다. 그래도 고맙다는 말을 하고 나니 마음이 편안했다. 곧 후회하게 될 줄도 모르고.

♫

모처럼 바 영업을 쉬는 휴무일이건만 갑자기 들이닥친 강욱으로 인해 수호의 휴식은 깨지고 말았다. 문을 열자마자 소파에 가방을 던진 강욱은 소금에 절인 오징어마냥 축 늘어져 버렸다.

"네가 이 시간에 어쩐 일이야?"

"그냥. 간담회 일정이 취소되어서."

"뭔 소리야?"

"그런 게 있어."

"그럼 곱게 집에 들어갈 것이지. 왜 또 우리 집인 거냐?"

수호의 물음에 강욱은 입을 굳게 다물 뿐 아무 말도 하지 않았다.

"내가 말해 볼까? 네가 왜 자꾸 우리 집에 오는지?"

눈을 장난스럽게 반짝이며 수호가 강욱의 주변을 서성거렸다.

"네가 짝사랑한다던 그 여자. 여기 앞집 여자 맞지? 나한텐 유부녀라고 뻥치더니."

"어떻게 알았어?"

몸을 일으키더니 인상을 팍 쓰며 묻는 강욱을 향해 수호는 피식 웃었다.

"어떻게 알긴. 네가 어제 술 취해서 다 불었잖아. 나랑 같이 엘리베이터에서 내리자마자, 네가 사랑하는 여자가 저 집에 산다고 아주 애절한 표정으로 말하더니만."

"내가?"

낮게 헛기침을 하며 강욱은 믿기지 않는다는 듯 되물었다.

"어쩐지 이 집을 권할 때부터 수상하더라니. 그런데 그 여자가 그렇게 좋으면 네가 이 집에 들어와 살 것이지. 왜 날 이사시킨 거야? 뭐, 지금도 제 집처럼 들락날락하고는 있지만."

"……예감했는지도 모르지. 차일 걸."

씁쓸한 목소리로 중얼거리던 강욱은 기력 없는 표정으로 다시 소파에 드러누웠다. 비서실에서 1년을 붙어 있었음에도 희영은 강욱을 전혀 남자로 보지 않았다.

사랑을 하던 그녀의 모습이 얼마나 반짝였는지 직접 눈으로 본 적이 있는 그였기에 어쩌면 애초에 자신이 없었는지도 몰랐다.

"왜 차였는지 전혀 감이 안 와?"

"몰라. 싫으니까 찼겠지."

"왜? 싫어할 짓이라도 했나?"

수호의 물음에 강욱은 입을 굳게 다물며 그날의 일을 떠올렸다. 가뜩이나 자신을 불편해하는 사람에게 무슨 짓을 한 건지. 싫다는 여자에게 멋대로 키스나 하고…….

한숨을 내쉬며 강욱은 눈을 질끈 감았다. 그때 띠릭, 하는 소리를 내며 가방 속 핸드폰이 메시지가 왔음을 알려 왔다.

"메시지 온 거 아니야?"

여전히 무기력한 얼굴로 누워 있는 강욱을 향해 수호가 말했다.

"귀찮아."

"중증이구나. 쯧쯧, 네가 어쩌다."

고개를 설레설레 내저으며 수호가 강욱을 대신해 가방을

열어 핸드폰을 꺼냈다. 그러더니 갑자기 피식거리며 웃음을 삼켰다.

"너 왜 차였는지 알았다."

"뭐?"

"자, 봐라."

강욱은 신경질적인 표정으로 핸드폰을 받아 들었다. 희영에게서 온 메시지였다.

〈이사님. 곰같습니다.〉

인상을 찌푸리는 강욱을 보며 수호는 배를 붙잡고 웃었다.

"야, 대박. 너 곰 같다는 거 아니냐? 그래서 차였네. 자고로 말이다. 여자나 남자나 곰 같은 사람은 매력이 없는 법이다. 야, 최강욱. 네가 어쩌다 이렇게 됐냐? 먹이사슬 제일 최상층에 있는 호랑이 같던 녀석이. 어쩌다가."

강욱은 소파에 있는 쿠션을 집어 들어 깔깔거리며 웃는 수호를 향해 던졌다. 그래도 웃음을 참지 못하는 그를 매섭게 노려보다 곧장 통화 버튼을 눌렀다.

―네, 이사님.

그가 전화를 걸 줄은 몰랐는지 희영이 당황스러운 목소리로 전화를 받았다.

"이 메시지 뭡니까?"

—네? 아, 그냥 그렇게나마 감사를…….

예상은 했지만 역시나 오타였다. 피식 웃음이 새어 나오려는 걸 간신히 참으며 강욱이 딱딱한 목소리로 말했다.

"다시 확인해 봐요. 나한테 뭐라고 메시지 보냈는지."

—네? 지금요?

"기다리죠."

—알겠습니다.

소파에 등을 기댄 강욱은 느긋한 얼굴로 그녀가 메시지를 확인하길 기다렸다. 잠시 후, '어!' 하는 놀란 목소리가 수화기를 통해 들려왔다.

—이, 이사님. 제가 실수로 오타를 낸 모양이에요. 저는 단지 고맙다는 말씀을 드리고 싶어서…….

평소 차분한 희영답지 않게 무척이나 당황한 눈치였다. 하긴 애초에 이런 오타를 내는 것 자체가 그녀답지 않긴 했다. 조금은 자신을 의식하고 있는 모양이긴 했다. 이런 실수를 다 하는 걸 보면.

"그래서 고맙다는 겁니까?"

—네, 맞아요. 링거 맞으니까 훨씬 괜찮아지는 것 같고. 이렇게 신경 써 주신 게 감사해서 보낸 문자인데…….

"알겠습니다. 혹시 내일도 아프면 병원 들렀다 출근해요. 괜히 여러 남자 신경 쓰이게 하지 말고."

낮에 약 봉투를 두고 가는 찬영을 강욱은 목격했었다. 그걸 본 순간 어찌나 기분이 안 좋던지. 그럴 자격도 없으면서 치솟는 질투에 신경질이 났다. 요즘 그는 자신이 얼마나 인내력이 없는 놈인지를 절실하게 깨닫고 있는 중이었다.

—네? 아, 네. 알겠습니다.

"그럼 끊습니다."

전화를 끊고도 당황하던 희영의 목소리가 떠올라 자꾸만 웃음이 나왔다.

"진짜 미련 곰탱이구만. 널 찬 여자랑 통화하면서 뭐가 그렇게 즐겁냐?"

그 스스로도 알 수가 없었다. 화가 났다가, 기분이 좋아졌다가, 짜증이 났다가, 또 웃음이 났다. 그리고…… 슬퍼졌다. 가질 수 없는 그녀의 마음이 자꾸만 탐이 나서.

"이 형님이 코치 좀 하자면, 절대 비굴하게 매달리면 안 된다. 여자는 그런 남자에게 매력을 못 느껴요. 잘해 주는 것도 적당히. 밀당이 엄청 중요한 거거든."

잔소리를 늘어놓는 수호의 말도 귀에 잘 들어오지 않았다. 귓가에 맴도는 희영의 목소리 때문에.

♫

메시지를 재차 확인하며 희영은 손톱을 깨물었다. 무슨

이런 말도 안 되는 오타를.

"삽 하나 쥐어 주면 땅굴을 하나 파겠다. 정희영, 너 무슨 삽질을 이렇게 하니?"

오늘따라 유난히 잦은 실수에 머리가 아파 왔다. 링거를 통해 얻은 기운이 싹 빠져나가는 기분이었다.

"휴."

심란함에 무거운 한숨을 내쉬던 희영은 책상 위에 엎드렸다. 고개를 들어 강욱의 집무실을 보던 희영은 문득 저 방에서 듣던 음악이 그리워졌다. 사실 음악보다도 그와 함께 했던 시간이 그리운 거였지만.

링거를 다 맞은 희영은 힘없는 손길로 책상을 정리하고 이사실을 빠져나왔다. 확실히 링거를 맞고 나니 컨디션이 좋아졌다.

버스에서 내린 희영은 아파트 상가 슈퍼에 들러 캔 맥주와 버터구이 오징어를 샀다. 감기 걸렸을 때 술을 마시는 게 좋지 않다는 걸 알지만 도저히 맨정신에 잠을 이루지 못할 것 같았다. 자다가 하이킥할 실수를 두 가지나 저질러 놓고 잠이 잘 오면 그게 신기한 일이었다.

8층에서 내린 희영은 어제 강욱이 서 있던 자리를 바라보았다. 상처 입은 그의 검은 눈이 떠올라 마음이 다시 무거워졌다. 불과 하루도 지나지 않아 이토록 후회를 하다니 스스로가 너무 한심했다.

다친 손을 내려다보며 마음을 다잡고 다잡았지만, 한번 흘러 들어간 마음은 좀처럼 수습되지 않았다. 아니, 자꾸만 더 많은 마음이 흘러 들어가고 있었다. 멈추는 법을 잊어버린 듯.

현관 앞에 한참을 앉아 있던 강욱은 희영의 집 문이 닫히는 소리에 몸을 일으켰다. 소파에 앉아 맥주를 마시며 강욱을 지켜보던 수호는 혀를 쯧쯧 찼다.

"아주 애달프다, 애달파."

비꼬는 말을 내뱉는 수호의 머리를 꾹 누르고 강욱 역시 소파에 앉아 캔 맥주를 땄다. 많이 아파 보이는 모습에 걱정했는데 무사히 집에 도착했으니 그걸로 됐다 생각하면서.

희숙은 못마땅한 눈으로 현락을 쳐다보았다. 강욱과 어울릴 만한 혼처 자리를 알아보라는 그의 말에 떨떠름한 표정이 지어지는 건 어쩔 수 없었다.

"강욱이 마음에 둔 여자 있잖아요."

"곧 정리될 게야."

"왜요? 당신이 정 비서 만났어요?"

동그랗게 눈을 뜨며 희숙이 묻자 현락은 천천히 고개를 끄덕였다.

"그래. 알아듣게 잘 설명했어."

"정 비서 예뻐했잖아요. 일 잘한다고."

"그건 비서로서의 능력을 칭찬한 거지. 우리 며느리로 그런 여자가 말이 돼?"

"강욱이가 알면 가만 안 있을 텐데. 당신, 무서워서 강욱이 앞에선 한마디도 못 하잖아요."

비꼬는 희숙의 말에 현락은 낮게 헛기침을 내뱉었다.

"정 비서가 그 정도로 생각 없는 사람은 아니야. 주제도 제법 잘 파악하는 것 같고. 그러니 그리 걱정하지 않아도 돼."

"괜한 짓 한 건 아닌가 모르겠어요. 강욱이 뒤집어지면 어쩔 거예요? 걔 화나면 나도 무서워요."

"강욱이가 힘을 얻는 게 무서운 건 아니고?"

"이미 우리가 힘에선 밀리거든요? 솔직히 걔가 우리보다 보유한 주식이 많잖아요. 마음만 먹으면, 당신 회장 자리에서 내리는 건 일도 아니지."

희숙이 쏟아 내는 잔소리에 현락은 인상을 찌푸렸다.

"그러니까 당신이랑 사이가 원만한 집안과 붙여 주라고. 뒤에서 괜히 주식 같은 거 몰래 사 모으지 말고."

현락이 나지막한 목소리로 충고했다.

"나 좋으라고 하는 일인 줄 알아요? 다 당신 위해서 하는 일이지."

"그러니까. 날 위해서라도 좋은 혼처 자리 알아 와. 여자 쪽에서 꼼짝을 안 하는데 놈이 별수 있어? 알아서 정리될 거야. 때 봐서 정 비서 다른 지사로 내보내면 되고."

"당신 뜻대로만 되면 얼마나 좋겠어요. 근데 정 비서가 그렇게 예쁜가? 사윗감으로 점찍은 녀석도 그렇고, 강욱이도 그렇고. 왜 그 여자한테 그렇게 목을 매는지."

이해가 안 된다는 듯 희숙이 고개를 내저으며 중얼거렸다.

"뭐, 얼굴이나 성격은 나무랄 곳 없지. 집안이 영 형편없어서 그렇지."

"성격도 보통이 아니라던데요? 도훈 엄마, 지금도 정 비서 얘기만 나오면 치를 떨잖아. 당신도 조심해요. 보통 넘는 거 같아."

"이미 호되게 당해 본 경험이 있는데. 설마 또 그러겠어?"

"하긴. 그때 도훈 엄마 대단했나 보더라고요. 원래 성깔도 보통이 아니잖아요."

목소리를 한껏 낮추며 희숙은 도훈의 모친에 대한 험담을 내뱉었다. 그런 희숙을 보며 현락은 마음에 안 든다는 듯 혀끝을 쯧쯧 찼다.

"당신도 좀 그렇게 해. 배 아파서 낳은 자식 아니라고, 나 몰라라 하지 말고."

"얘기가 왜 그리로 튀어요?"

"혜란이 결혼에만 열 올리고 있잖아. 순서대로라면 강욱이가 먼저 가야지."

"알았어요. 내일부터 알아볼게요."

그제야 잔소리를 멈춘 현락은 보고 있던 신문으로 눈을

돌렸다.

♫

6월을 맞아 하반기 신입 사원들을 뽑으면서 경영전략 이사실에도 새로운 변화가 생겼다. 이번에 새로 뽑힌 신입 비서들은 총 여섯 명으로, 비서가 한 명밖에 없는 임원실에 각각 추가 배정되었다. 그리하여 희영의 옆에도 책상이 하나 더 놓이게 되었다.

“잘 부탁드립니다, 민채율입니다.”

인형같이 예쁜 외모의 채율이 수줍은 목소리로 인사를 건네자 희영은 따뜻한 미소를 지으며 그녀를 반겨 주었다.

“반가워요. 앞으로 잘 지내 봐요.”

희영이 내미는 손을 떨리는 손으로 마주 잡으며 채율은 고개를 숙였다.

스물다섯 살의 채율에게선 풋풋함이 느껴졌다. 조금 소심한 듯했지만 착실할 것 같아 희영은 제 밑에 들어온 채율이 꽤 마음에 들었다.

그러고 보니 작년 이맘때쯤 강욱이 희영의 밑으로 들어왔었다. 잘생긴 외모에 일도 잘해 단숨에 비서실 귀염둥이가 되었던 강욱을 떠올리며 희영은 입가에 미소를 지었다.

그땐 강욱이 자신의 보스가 될 거라곤 꿈에도 상상하지

못했었다. 불과 1년여 사이에 벌어진 엄청난 일들을 되짚어 보며 희영은 감회에 젖어 들었다.

그러다 앞에 뻘쭘하게 서 있는 채율을 보며 얼른 입을 열었다.

"책상은 여기 쓰면 되고, 모르는 거 있으면 뭐든지 물어봐요. 혼자 멋대로 처리해서 사고 나는 것보단 그게 훨씬 나으니까. 묻는 걸 두려워하지 말아요."

"네, 정 비서님."

"짐 정리 끝나면 간단한 업무부터 알려 줄게요."

그때, 이사실 문이 열리며 강욱이 안으로 들어왔다. 사무실 안에 있는 낯선 존재에 그가 의아한 눈으로 희영을 바라보았다.

"오셨습니까, 이사님."

바로 인사를 건네는 희영과 다르게 채율은 긴장한 모습으로 강욱과 제대로 눈도 못 마주치고 있었다. 희영은 슬쩍 채율의 팔을 건드려 인사를 하라는 신호를 보냈다.

"아, 안녕하세요. 이번에 겨, 경영전략 이사실로 배정받은 민채율이라고 합니다."

강욱은 떨리는 목소리로 인사를 건네는 채율에게 시선조차 주지 않고 희영만을 바라보았다. 이게 어떻게 된 일인지 설명해 보라는 듯이.

"이번에 새로 입사한 신입 비서입니다."

"인원 충원 요청한 적 없는데."

까칠한 강욱의 말투에 채율은 더욱 긴장한 태도를 보였고, 희영은 어색한 미소를 지었다. 요즘 좀 까칠해진 그였지만 오늘따라 까칠 게이지가 더욱 충만한 것 같았다.

"인원 충원해 주면 좋죠. 가뜩이나 요즘 하와이 리조트 건으로 많이 바쁘지 않습니까."

쏟아지는 일 덕분에 그나마 강욱과 어색하지 않게 지낼 수 있어 다행이긴 했다. 물론 잠깐의 틈을 비집고 새어 나오는 감정을 추스르는 게 쉬운 일은 아니었지만.

특히 혼자 점심을 먹을 때마다 마음이 심란했었는데 좋은 식사 파트너가 생긴 것 같아 희영은 한편으로 마음이 놓였다.

"일 덜어 줄 사람 생기니까 좋습니까?"

강욱의 까만 눈은 오직 희영만을 향해 있었다. 옆에 서 있는 채율의 존재는 새까맣게 잊은 듯이.

"네. 저야 당연히 좋죠."

"정 비서님이 좋다면 됐습니다. 커피나 한 잔 가져다줘요."

"네."

희영은 그가 집무실로 들어가고 나서야 참았던 숨을 내쉬는 채율을 귀엽다는 눈으로 바라보았다. 채율을 보니 자신의 신입 시절이 생각났다. 처음 모시는 보스가 낯설고 무서워 자신도 많은 긴장을 했었다.

"탕비실부터 알려 줄게요. 따라와요."

"네."

긴장된 얼굴로 채율은 희영을 따라 탕비실 안으로 들어갔다. 탕비실이 신기한지 이곳저곳 둘러보는 채율의 옆에서 희영은 강욱에게 줄 커피를 내리기 시작했다.

"커피머신 사용할 줄 알아요?"

"네."

"이사님은 에스프레소를 좋아하세요. 보통 아침엔 에스프레소를 내가고, 오후엔 냉장고에 있는 과일 주스 드리면 돼요. 컨디션에 따라서 허브티나 유자차, 이런 걸 원하실 때도 있어요."

"아, 네."

"오전에 내방하시는 손님들에겐 주로 커피를 내가면 되고, 오후엔 허브티나 과일 주스가 좋아요. 특별히 원하는 차를 말씀하시는 분들이 계신데 거의 대부분 구비해 놓았으니까 냉장고나 찬장을 열어 보면 돼요."

커다란 눈을 동그랗게 뜨고 경청하는 채율에게 희영은 막 내린 에스프레소와 쿠키를 쟁반에 담아 건네주었다.

"이사님 가져다 드리세요. 전 곧 일정표 가지고 뒤따라갈게요."

"네. 알겠습니다."

비록 사소한 심부름이었지만 첫 임무를 받았다는 게 기쁜지 채율은 눈을 반짝였다. 조심스레 탕비실을 나서는 채율의 뒷모습을 보며 희영은 말없이 생긋 웃었다. 그러면서 자신을 지독히도 괴롭혔던 첫 보스를 떠올렸다.

감정 기복이 어찌나 심한지 악마가 따로 없었다. 툭하면 비서들에게 막말을 하고 사적인 일, 공적인 일 구분 없이 노예 부리듯 대하던 최악의 보스였다. 물론 그 덕분에 그 뒤로는 어떤 보스를 만나든 수월하게 일을 처리했지만 말이다.

"왜 그쪽이 들어와요?"

탕비실에서 나와 일정표를 챙기려던 희영의 귓가에 짜증 섞인 강욱의 목소리가 들려왔다.

"아니, 저는……. 정 비서님이 가져다 드리라고 하셔서……."

"그거 가지고 나가요."

"네?"

"나가란 말 안 들립니까?"

날카로운 강욱의 외침에 채율은 울먹이는 얼굴로 집무실에서 나왔다. 얼른 다가가 채율의 어깨를 토닥여 주며 희영은 쟁반을 받아 들었다. 그러고는 일정표를 챙겨 집무실 안으로 들어갔다.

"내 방에 정 비서님 말고 다른 비서는 들이지 마세요. 밖에서 정 비서님 일 돕게 하는 건 상관없는데. 여기 들어오는 건 정 비서님만 해요."

고개도 들지 않은 채 딱딱한 말투로 쏟아 내는 강욱의 투정에 희영은 난감한 표정을 지었다.

"그건 억지십니다."

"억지든 뭐든! 그렇게 해요."

큰 소리를 치려던 강욱은 희영을 올려다보며 애써 목소리를 낮추었다. 왠지 모르게 상처 입은 듯한 검은 눈에 희영은 어쩔 수 없이 한발 물러날 수밖에 없었다.

"알겠습니다. 그리고 이건 오늘 일정표입니다."

강욱은 일정표를 눈으로 가볍게 읽어 내렸다. 박차를 가하고 있는 하와이 리조트 건으로 하루 종일 회의와 미팅이 빽빽하게 잡혀 있었다.

"더 추가할 거 없으십니까?"

"없어요. 내가 말한 거나 유의해 줘요."

다시 한 번 채울을 이 방에 들이지 말라 강조하는 강욱을 향해 희영은 고개를 끄덕였다. 새로 온 비서가 어색해서 적응할 시간이 필요한 걸까. 대수롭지 않은 일에 날카롭게 구는 그가 이해되진 않았지만 보스의 말이니 따를 수밖에 없었다.

"그럼 나가 보겠습니다."

"수고해요."

강욱을 향해 고개를 숙이고 희영은 집무실 밖으로 나왔다. 그러자 자리에 앉지도 못한 채 눈물을 쓱쓱 닦고 있는 채율의 모습이 보였다. 곁으로 다가간 희영은 채율의 어깨를 토닥이고는 탕비실 안으로 그녀를 데리고 들어갔다.

"놀랐죠?"

"……네. 제가 마음에 안 드신 것 같죠?"

"그런 건 아닐 거예요. 그냥 요즘 일이 많으셔서 좀 예민하세요."

"그렇다면 다행인데……."

말끝을 흐리는 채율을 보며 희영은 커피머신을 가리켰다.

"커피 한잔할래요? 뭐 좋아해요?"

"아, 저는 카페라테요. 제가 탈게요."

캡슐 커피를 꺼내는 희영의 곁으로 다가가며 채율이 재빨리 말했다.

"괜찮아요. 저기 앉아요."

탕비실 안쪽의 의자를 가리키며 희영은 생긋 웃었다.

"감사합니다."

아직도 눈가에 남아 있는 눈물을 닦으며 웃는 채율의 모습은 참으로 예뻤다. 스물다섯 살, 한창 예쁠 나이여서 그런지 우는 모습조차 한 폭의 그림같이 느껴졌다.

"시럽 넣을까요?"

"네, 단걸 좋아해서."

커피 취향조차 아이 같아 귀여웠다. 채율은 희영이 건네는 시원한 카페라테를 고개를 꾸벅이며 받아 들었다.

"감사합니다."

"마셔요. 기분이 좀 나아질 거예요."

커피를 한 모금 마신 채율이 눈을 동그랗게 뜨며 행복한 표정을 지었다. 그 모습이 아이처럼 귀엽고 천진난만해 희영은 웃음을 삼켰다.

"기분 좀 좋아졌어요?"

"네."

"이사님 그렇게 나쁜 사람 아니에요. 보통 안 저러시는데 오늘은 안 좋은 일이 있으신가 봐요."

사실 요 근래 그가 기분 좋아 보였던 날이 거의 없기는 했다. 정확히는 자신이 고백을 거절한 그날부터 쭉 저기압 상태였다. 자신은 원인 제공자이니 숙연히 지내는 게 맞지만, 채율이 괜한 피해를 본 것 같아 희영은 마음이 좋지 않았다.

"그래도 멋있으세요."

살짝 얼굴을 붉힌 채 말하는 채율의 모습에 희영은 당황하고 말았다. 눈이 반짝거리고 얼굴에 홍조가 도는 것이 분위기가 심상치 않았다. 설마 그에게 첫눈에 반했다거나, 그런 걸까?

"예전부터 항상 생각했지만……."

거기까지 말을 하다 멈춘 채율은 무언가 말실수를 했다

는 표정을 지으며 재빨리 입을 가렸다.

예전부터라니? 그럼 강욱과 예전부터 알던 사이란 걸까? 강욱은 전혀 채율을 알지 못하는 눈치던데. 희영의 머릿속이 많은 생각으로 복잡해졌다.

"아니요. 예전부터 이런 상사를 꿈꿨거든요. 드라마에서나 나올 법한 남자잖아요. 잘생기고 카리스마 넘치고. 성격이 안 좋은 것 같지만, 그게 또 매력 있고……."

너무 민감하게 생각했다. 횡설수설 말을 늘어놓는 채율을 보며 희영은 머쓱한 얼굴로 이마를 긁적였다.

"그런가? 뭐, 이사님이 잘생기긴 했죠?"

"네!"

언제 울었냐는 듯 해맑게 대답하는 채율의 모습에 희영은 조용히 미소를 지었다. 솔직하게 감정을 표현하는 그녀의 모습이 예뻐 보였다. 꽤 귀여운 후배가 생긴 듯해 희영은 기분이 좋아졌다.

희영이 나간 집무실 문을 보며 강욱은 나지막한 한숨을 내쉬었다. 자신이 억지를 부린 건 맞았다. 하지만 이름도 모르는 비서가 집무실 안으로 들어왔을 땐 왠지 모르게 화가 났다.

매일 아침과 오후, 희영이 차를 가져다주는 그 시간은 강욱에게 아무 의미 없는 시간이 아니었다. 그녀의 얼굴을 마주 볼 수 있는 아주 소중한 시간이었다.

"나는 그 짧은 시간도 다른 사람에게 뺏기기 싫단 말이야."

힘없는 목소리로 강욱이 중얼거렸다. 자신을 향해 딱 한 발자국만 더 내딛어 주길 기다리고 있는데. 그렇게만 해 주면 단숨에 그녀 앞까지 달려갈 수 있는데. 하지만 왠지 더 멀어지고 있는 기분이 들었다.

♫

현락의 수저 위에 반찬을 올려 주며 희숙은 슬그머니 그의 눈치를 봤다.

"어때요? 채율이 마음에 들어요?"

"인상은 마음에 드는데, 집안이 썩 마음에 들지 않아. 대부업 집안이라며?"

"그래도 이쪽 바닥에서 알아주는 현금 부자예요, 그 집이. 재산 규모가 어마어마하대요."

"그래?"

"채율이를 며느릿감으로 노리는 집이 많다던데요? 근데 다행히 채율이가 강욱이한테 마음이 있는 눈치예요."

채율이 강욱을 마음에 두었다는 말에 현락의 표정이 유해졌다.

"언제 본 적이 있대?"

"사교 모임에서 몇 번 마주쳤나 봐요. 물론 강욱이 녀석은 아예 기억을 못 하는 눈치지만. 걔가 워낙 주변에 관심이 없잖아요."

"지나치게 없지."

"그러니까요. 이제 회사에서 하루 종일 붙어 있을 테니 관심이 자연스럽게 쏠리겠죠. 이게 어쭙잖은 선 자리보다 훨씬 나을 거예요."

칭찬을 바라는 듯한 희숙을 보며 현락은 고개를 끄덕였다.

"제법 괜찮은 생각이야. 이제야 당신도 머리라는 걸 쓰는군. 돈만 쓸 줄 알더니."

"어머. 무슨 말을 그렇게 해요? 뒤에서 당신 내조하느라 얼마나 힘든데."

"알았으니까, 당신은 혜란이한테나 말조심해."

"걱정 마요. 어차피 미국에서 한동안 안 돌아올 테니까."

저번 주에 미국으로 여행을 떠난 혜란을 떠올리며 희숙이 안심하라는 듯 현락의 손을 두드렸다.

"언제 오는데? 잠깐 여행 간 거 아니었어?"

"나도 몰라요. 아마 도훈이 들어올 때 같이 귀국할 생각인 듯해요."

"쯧. 도훈이가 그리 좋을까? 몇 년을 따라다녀도 마음을 안 주는 녀석을.”

혀끝을 쯧쯧 차는 현락을 보며 희숙 역시 한숨을 흘렸다.

“그러니까 말이에요. 그래도 어쩌겠어요. 지가 그렇게 좋다는데. 누굴 닮아서 그러는지, 원.”

한숨 섞인 희숙의 한탄에 현락은 피식 웃음을 삼켰다.

“뭐예요. 그 비웃음은?”

“누굴 닮았겠어?”

“지금 날 닮았다는 거예요?”

“유부남이라도 좋다고 울며불며 따라다닌 게 누군데?”

“어머, 왜 이래요? 멀쩡한 처녀 유혹해서 임신시킨 게 누군데. 그때 우리 아버지 뒷목 잡았던 거 기억 안 나요? 당신만 아니었으면, 나 더 좋은 집에 시집갔을 거예요. 우리 아버지가 얼마나 알아주는 땅 부자였는데.”

“그러면 뭐해? 도박으로 다 날려서 지금은 하나도 없는데.”

퉁명스러운 현락의 말에 희숙은 할 말이 없어진 듯 조용히 입만 삐죽였다.

“당신은 강욱이 엄마한테 고마워하며 살아야 해. 그 여자 아니었으면 우리가 이렇게 살 수 있었겠어?”

“그럼 뭐해요? 강욱이 성인 되자마자 그 여자 재산 거의 다 넘어갔는데. 솔직히 당신도 허울뿐인 회장이잖아요.”

“그러니까 며느리를 잘 들여야 한다고.”

"알았어요, 알았어."

더 이상 듣기 싫다는 듯 희숙은 식탁 의자에서 몸을 일으켰다. 두 사람에게 강욱의 결혼은 현재 생활을 유지할 수 있게 해 주는 수단일 뿐이었다. 지독하게 이기적인 모습이 서로를 꼭 닮은 두 사람이었다.

♫

처음엔 그저 귀엽게 생각했던 채율이었지만 생각보다 잦은 실수에 희영은 점점 지쳐 가고 있었다.

"채율 씨, 여기 전화 기록 안 적혀 있는데."

어느새 말을 놓는 편안한 사이가 되었지만 불만이 쌓이는 건 어쩔 수 없었다.

"네? 아, 제가 깜박했나 봐요. 어쩌죠?"

커다란 눈을 동그랗게 뜨며 당황한 얼굴로 자신을 올려다보는 채율의 모습에 희영은 나지막하게 한숨을 내쉬었다.

"외부에서 걸려 온 전화는 직책, 성함을 적어 놓는 게 기본 중의 기본이야. 내가 전에도 몇 번 말했었는데."

이런 실수가 한두 번이 아니었기에 희영의 목소리는 점점 날카로워질 수밖에 없었다. 고개를 푹 숙인 채율은 어쩔 줄 몰라 하는 표정으로 서 있을 뿐이었다. 비서로 입사했지만 채율은 기본적인 문서 작성조차 상당히 서툴렀다.

그래서 그나마 제일 간단한 전화 업무를 맡긴 건데 거기에서도 잦은 실수가 나오니, 희영은 혼자서 일을 할 때보다 더욱 피곤함을 느꼈다.

"여기 명함첩에서 권석현 부장님 이름 있는지 확인해 봐."

원래는 희영이 직접 확인하는 편이었지만 언제까지 채율의 뒤치다꺼리를 해 줄 수 없는 노릇이었다.

"네."

풀 죽은 얼굴로 명함첩을 받아 드는 채율을 보니 안됐다는 생각도 들었지만 앞으로를 위해서라도 본인 실수는 스스로 책임지게 하는 게 좋을 것 같았다.

"그럼, 난 비서실 좀 다녀올게."

"네."

희영은 자리에서 몸을 일으켜 이사실을 빠져나왔다. 미국에서 대학을 졸업했다는 채율은 이상하게도 업무 능력이 형편없었다. 이런 사람이 M 리조트 신입 사원으로 뽑혔다는 사실이 영 이해가 되지 않았다.

이런저런 생각을 하며 비서실에 들어간 희영은 가볍게 티타임을 즐기고 있는 동료들을 발견했다. 그녀가 비서실에서 근무했을 때도 가끔 이렇게 모여 티타임을 즐긴 적이 있었기에 희영은 웃는 얼굴로 그들에게 다가갔다.

"어, 정 대리 왔어?"

"네. 김 과장님 잘 지내셨죠?"

"그렇지, 뭐. 그런데 왜 이렇게 살이 빠졌어? 일이 많이 힘들어? 이번에 밑에 신입 하나 들어가지 않았나?"

"그 신입이 일을 잘하겠어요? 낙하산인데."

비꼬는 현지의 말에 희영은 놀란 눈으로 그녀를 바라보았다.

"낙하산이라니?"

"쉿. 이건 우리끼리 아는 얘긴데, 회장님 빽이라는 소문이 있어."

채율이 최 회장의 낙하산이라는 이야기에 희영은 무언가 좋지 않은 예감을 느꼈다.

"며느릿감으로 점찍은 거겠지."

"집안이 괜찮나?"

"글쎄. 별로 알려진 게 없긴 한데 집안이 괜찮으니 며느릿감으로 점찍은 거 아니겠어?"

이어진 이야기에 희영은 마음이 무거워졌다. 그러고 보니 채율은 유난히 강욱에게 많은 관심을 보였었다. 하지만 최 회장이 점찍은 며느릿감이라고는 생각도 하지 못했었는데.

"정 대리, 어디 가서 소문내지 마. 우리끼리만 아는 얘기니까."

김 과장이 걱정스러운 얼굴로 말했다.

"김 과장님 걱정도 많으시다. 희영이 입 무거운 거 누구보다 잘 아시면서."

현지의 말에 김 과장은 허허, 웃으며 그렇지, 라고 답했다. 하지만 희영의 귀엔 그들의 대화가 들어오지 않았다.

월간 일정표를 받아 든 희영은 어색하게 웃으며 비서실을 나왔다. 차 한 잔 마시고 가라는 동료들의 청을 거절하면서.

"왜 이렇게 여기가 아프지."

이사실 앞에 멈춰 선 희영은 심장 부근으로 손을 뻗어 혼잣말을 중얼거렸다. 강욱의 손을 먼저 놓은 주제에 이런 질투를 하고 있는 스스로가 미치도록 한심했다.

"어디 아픕니까?"

심장 부근을 매만지고 있던 희영은 익숙한 목소리에 떨리는 눈으로 고개를 들었다. 그러자 걱정스러운 눈으로 자신을 보고 있는 강욱의 얼굴이 눈에 들어왔다.

"이사님."

"어디 안 좋아요?"

"아닙니다. 그냥 잠시 생각할 게 있어서……. 들어가 보겠습니다."

그의 얼굴을 보는 순간, 애써 억누르고 있던 감정이 왈칵 새어 나왔다. 그곳에 더 있다간 그대로 속마음을 들켜 버릴 것 같다는 생각에 희영은 서둘러 문손잡이를 붙잡았다.

"힘내요. 뭔지는 모르겠지만 기운 없어 보이네요."

강욱의 다정한 응원에 또다시 마음이 살랑거렸다. 마음속에서 그를 다 비워 내지 못한 모양이었다. 아니, 어쩌면 예전보다 더 많이 그를 담고 있는 건지도 모르겠다.

"감사합니다."

뒤도 돌아보지 않고 인사를 건넨 희영은 문을 열고 이사실 안으로 들어갔다. 아직도 전화를 건 사람의 연락처를 찾지 못했는지 채율은 당황한 얼굴로 명함첩을 뒤지고 있었다.

"여기까지 본 거야?"

희영은 채율이 보고 있던 명함첩을 제 쪽으로 가져오며 차분한 목소리로 물었다.

"네, 죄송해요. 아직 못 찾았어요."

금방이라도 울 것 같은 얼굴로 자신을 올려다보는 채율은 참으로 예뻤다. 업무 능력이 떨어지긴 했지만 외모나 성격은 나무랄 데 없이 예쁜 사람이었다. 그래서 희영은 마음이 더 아팠다. 생각보다 잘 어울리는 것 같은 두 사람의 모습에.

"고생했는데 잠시 바람 좀 쐬고 와. 여기서부턴 내가 찾을게."

"정 비서님."

감격 어린 눈으로 자신을 바라보는 채율을 향해 희영은 힘겹게 미소를 지었다.

"그럼 잠시 다녀올게요."

채율이 이사실을 빠져나감과 동시에 강욱이 안으로 들어왔다. 스치듯 교차되는 두 사람의 모습을 아픈 눈으로 보던 희영은 서둘러 명함첩으로 시선을 돌렸다. 강욱 역시 희영에게 별다른 말을 건네지 않은 채 곧장 집무실 안으로 들어갔다.

그런데 잠시 후, 쇼팽의 '녹턴 2번' 선율이 집무실 유리문을 타고 흘러나왔다. 마치 제게 위로를 건네는 듯한 그 음악 소리에 희영의 심장은 또다시 두근거리기 시작했다.

이제 더는 그에게 두근거리면 안 된다는 걸 알면서도 한번 뛰기 시작한 심장은 멈출 생각을 하지 않았다. 마치 멈추는 법을 잊어버린 것처럼.

♬

생각이 복잡해 보이는 강욱의 잘생긴 얼굴을 보며 수호는 턱을 매만졌다.

"오늘은 또 무슨 고민이실까?"

강욱의 주변을 서성거리며 그가 궁금하다는 듯 혼잣말을 내뱉었다.

"알 거 없어."

"보나 마나 또 그 여자 문제겠지. 아, 옆집에 사는데도 난 왜 그 여자 얼굴을 한 번도 못 보냐?"

희영과 수호는 생활 패턴이 달라도 너무 달랐다. 늦은 오후에 출근해서 새벽에 퇴근하는 수호였기에 평범한 직장인인 희영과 마주치는 것은 쉬운 일이 아니었다. 더군다나 희영은 주말이면 아침 일찍 양평에 내려가니 더욱 마주칠 수가 없었다.

"네가 그 여잘 왜 봐?"

"뭐야. 나한테도 질투하냐?"

강욱은 기가 막힌다는 듯 반문하는 수호를 서늘한 눈으로 바라보았다.

"너도 남자니까."

"세상의 모든 남자를 질투할 셈이구나."

남자뿐만이 아니었다. 요즘 희영과 붙어 다니는 채율 역시 마음에 들지 않았다. 그나마 희영을 볼 수 있는 때라고는 업무 시간밖에 없는데 채율은 그 오붓한 시간을 방해하는 암적인 존재, 그 이상도 이하도 아니었다. 희영이 동료가 생긴 걸 좋아하는 눈치라 자르지도 못하고 괜한 속만 태우고 있는 중이었다.

"조만간 자르든가 해야지."

나지막한 강욱의 혼잣말에 수호는 긴장한 눈으로 그를 바라보았다.

"아무리 질투가 난다고 해도 날 친구에서 자르거나 그러면 안 된다. 설마 빌려준 돈 뱉어 내라는 건 아니겠지?"

"너 말고."

"그럼 누구?"

"새로 온 비서."

떠올리는 것만으로도 짜증이 난다는 듯 강욱은 퉁명스러운 목소리로 대답했다.

"네가 좋아하는 그 여자, 회사 그만뒀어?"

"아니. 밑에 새로운 비서가 들어왔어."

"여자?"

수호의 물음에 강욱은 불만 가득한 눈빛을 지으며 고개를 끄덕였다.

"예뻐?"

"아니."

깊게 생각해 보지도 않고 내뱉는 강욱의 대답에 수호는 눈을 가늘게 떴다.

"네 말은 못 믿어."

"왜?"

"네 눈에 예쁜 여자가 있냐?"

눈에 띄게 화려한 미모의 여자들에게 수도 없이 많은 고백을 받아 왔음에도 단칼에 거절하던 강욱의 전적을 알기에 수호는 고개를 내저었다.

"있어."

"그 여자?"

"그 사람만 예뻐."

세상에서 제일 예쁜 것도 아니고 그 사람만 예쁘다니. 저런 편협한 말이 또 있을까. 실물은커녕 사진으로도 그 여자를 보지 못했으니 수호는 평가할 방법이 없었다.

"어쨌든 그 새로 온 비서를 왜 자르고 싶은 건데? 일을 잘 못해?"

"몰라."

일을 시켜 본 적이 없었다. 자신을 위한 비서라기보다 희영을 위한 비서랄까. 그러니 아는 게 없는 것은 당연했다.

"그저 그 공간에 끼어 있는 게 짜증이 나는 거냐?"

오랜 친구답게 수호는 단번에 강욱의 속내를 캐치해 냈다.

"누군지는 몰라도 그 여자 참 불쌍…… 아, 그러지 말고 그 새로 온 비서한테 좀 잘해 주는 게 어때?"

미쳤냐는 눈빛으로 강욱이 인상을 확 쓰며 수호를 쏘아보았다.

"이른바 질투 작전. 너 솔직히 아직 그 여자 포기 못 했잖아. 이럴 때 질투만큼 좋은 작전이 없거든. 나한테만 친절한 줄 알았던 남자가, 그래서 별 매력이 없었던 남자가……."

자신을 보는 강욱의 눈빛이 더욱 매서워지는 걸 느끼곤 수호는 손을 들어 얼른 입을 막았다.

"아니, 매력 없다는 건 취소. 어쨌든 그런 남자가 갑자기 다른 여자에게 친절한 모습을 보인다! 만약 그 여자가 너한테 마음이 조금이라도 있다면 100% 질투한다."

자신감 넘치는 얼굴로 수호가 강욱의 어깨를 두드렸다.

"연애 고수인 이 형님의 말을 믿어 봐."

"됐어. 헛소리 그만하고, 손님이나 받아."

때마침 바에 들어오는 손님들을 가리키며 강욱은 퉁명스러운 목소리로 대꾸했다. 하지만 그도 의식하지 못하는 사이 머릿속에 '질투'라는 단어가 깊게 각인되고 있었다.

♫

희영은 쿠키가 담긴 투명한 핑크색 봉투를 내미는 채율을 놀란 눈으로 바라봤다.

"이게 뭐야?"

"제가 직접 만든 거예요."

한눈에 보기에도 참 먹음직스러운 쿠키였다. 예쁜 사람이 이런 것도 잘 만들다니, 희영은 왠지 모르게 의기소침해졌다. 이래서 회장님이 며느릿감으로 점찍은 걸까, 싶어서.

"제가 서툴러서 매번 민폐만 끼치잖아요. 너무 죄송해서 어제 좀 구워 봤어요."

차라리 성격이 모났으면 미워하기라도 할 텐데. 순수하

고 해맑은 채율은 차마 미워할 수 없는 후배였다.

"고마워, 잘 먹을게."

"네."

그때 채율의 책상에 놓여 있는 또 다른 쿠키 상자가 눈에 들어왔다. 희영의 시선을 느꼈는지 채율은 수줍게 얼굴을 붉혔다.

"보니까 이사님이 쿠키를 좋아하시는 것 같아서요."

수줍은 채율의 목소리에 희영은 씁쓸한 미소를 지었다. 아닌 게 아니라, 생각 외로 강욱은 쿠키를 좋아했다. 그래서 커피를 가져다줄 땐 늘 쿠키를 함께 올렸다.

"받아 주셨으면 좋겠는데."

여전히 차가운 강욱의 태도가 마음에 걸리는지 채율은 걱정스러운 목소리로 중얼거렸다.

"받아 주실 거야."

긍정적인 대답과 달리 자꾸만 못된 마음이 깃들었다. 어쩌면 그가 계속해서 채율에게 차갑게 대하길 바라고 있는지도 몰랐다. 그가 내미는 손을 붙잡지도 못하는 주제에 이런 못난 질투나 하고. 희영은 스스로에게 짜증이 나 미칠 것만 같았다.

"좋은 아침입니다."

평상시보다 기분 좋아 보이는 강욱이 이사실 안으로 들어왔다. 요새 잘 건네지 않던 아침 인사까지 하면서.

"오셨습니까, 이사님."

두 사람은 자리에서 일어나 강욱을 향해 공손히 인사를 건넸다.

"그래요. 오늘도 수고해요."

늘 희영만 보고 말하던 강욱이 오늘은 채율을 향해서 싱긋 웃어 주기까지 하고 있었다. 평상시와 다른 그의 미소에 희영의 마음속에 순간 질투가 깃들었다. 강욱과 채율의 사이에 변화가 일어난 것만 같아 무서웠다.

"이사님."

제게 지어 주는 미소에 용기가 났는지 평상시보다 자신감 넘치는 목소리로 강욱을 부르며, 채율은 수줍은 얼굴로 쿠키가 담긴 상자를 내밀었다.

"제가 만든 쿠키예요. 솜씨는 부족하지만 맛있게 드셨으면 좋겠어요."

살짝 인상을 찌푸리며 채율을 보던 강욱은 이내 싱긋 웃으며 상자를 받아 들었다.

"잘 먹을게요."

훈훈한 두 사람의 분위기에 희영은 손으로 치맛자락을 꽉 움켜잡았다. 마음속 질투는 점점 더 커져 돌풍이 되어 가고 있었다.

이대로 서 있다간 감정을 고스란히 얼굴에 드러낼 것 같아 희영은 곧장 탕비실 안으로 들어갔다. 문을 조심히 닫고 벽에 기대어 서서 무거운 한숨을 내쉬었다.

"정신 차려, 정희영."

스스로를 향한 충고의 말을 내뱉으며 희영은 커피머신 앞으로 갔다. 아무 생각도 하지 않기 위해 애를 쓰며 에스프레소를 내려 쟁반에 담아 탕비실에서 나왔다.

강욱이 쿠키를 받아 줘서 기분이 좋은지 채율은 환하게 웃고 있었다. 희영은 그 모습에 같이 미소 지어 주지 못하는 자신이 정말 싫었다.

채율을 향해 어색한 미소를 지어 보인 희영은 일정표를 챙겨 집무실 안으로 들어갔다. 그의 책상 위에 가지런히 놓인 쿠키 상자가 그녀의 마음을 어지럽혔다. 아무렇지 않은 얼굴로 태연하게 커피를 내려놓았지만 쿠키 상자에서 눈을 떼지 못했다.

일정표를 건네주고 그가 검토하길 기다리면서도 희영의 눈은 오직 쿠키 상자를 향해 있었다. 그때 나지막한 강욱의 목소리가 귓가에 파고들었다.

"질투 납니까?"

정곡을 찌르는 물음에 희영의 갈색 눈이 세차게 흔들렸다. 진심이 그대로 들켜 버릴까 무서워 강욱과 눈도 마주칠 수 없었다. 머릿속이 새하얗게 질려 희영은 아무 생각도 하지 못했다.

"아닙니다."

긴장한 나머지 저도 모르게 딱딱한 말투가 튀어나왔다.

"제가 질투할 이유가 없지 않습니까."

애써 태연한 미소를 지으며 희영은 강욱을 바라보았다. 하지만 희영이 미소를 지으면 지을수록 강욱의 표정은 점점 더 서늘하게 변해 갔다.

"나가 봐요."

심장을 얼릴 것 같은 차가운 목소리에 희영은 나가지도 못하고 긴장된 눈빛으로 강욱을 바라보았다.

"당장 나가란 말 안 들립니까?"

더욱 냉정해진 그의 말투에 희영은 얼른 고개를 숙이고 서둘러 집무실 밖으로 나갔다.

홀로 집무실에 남은 강욱은 신경질적인 손길로 쿠키 상자에 손을 뻗었다. 그리곤 그것을 서랍 안에 집어넣었다.

"질투는 무슨."

쿠키 상자를 쳐다보던 희영의 눈빛에서 질투를 읽었다 생각했는데 착각이었나 보다. 덤덤한 미소를 짓던 희영을 떠올리며 강욱은 질끈 눈을 감았다. 기대가 컸던 만큼, 그 기대가 상처가 되어 돌아오고 있었다.

친구와 점심 약속이 있다는 채율의 말에 희영은 간만에 또다시 혼자 점심을 먹는 신세가 되었다. 요즘 좋아 보이는 은아와 찬영 사이에 끼기 왠지 민망해 희영은 혼자 구내식당으로 향했다.

질투 사건 이후, 강욱과 희영의 사이는 눈에 띄게 안 좋아졌다. 까칠하기만 했던 그는 요즘엔 아주 차가운 냉기를 팍팍 풍기고 다녔다. '말 걸지 마' 포스가 어찌나 강한지 업무 이야기를 나누는 것조차도 쉬운 일이 아니었다.

거기다 요즘 듣는 음악들은 어찌나 하나같이 우울한지. 모차르트의 '레퀴엠', 슈베르트의 '마왕' 등, 집무실에서 흘러나오는 우울한 음악들로 인해 희영의 마음 역시 무거워졌다.

먹구름 낀 강욱의 얼굴을 떠올리며 희영은 힘없는 얼굴로 식판을 들고 입구에서 가까운 자리에 앉았다. 그런데 그때 익숙한 두 사람의 얼굴이 눈에 들어왔다.

"어? 정희영?"

"희영아!"

희영을 발견한 은아와 찬영은 반가운 얼굴로 그녀를 향해 다가왔다. 그런 두 사람을 향해 희영은 조용히 손을 들었다.

"혼자 먹을 거 같으면 연락하지, 이게 뭐니? 처량 맞게."

은아의 구박에 희영은 머쓱한 웃음을 지어 보였다.

"뭐가 처량 맞아. 혼자 먹는 사람이 얼마나 많은데."

"그래도 꼭 친구 없는 애 같잖아. 맨날 너 챙기는 이사님은 어디 가고?"

강욱이 희영에게 관심이 있다는 걸 어느 정도 눈치챈 은아가 궁금하다는 듯 물었다.

"맞아. 최 이사가 너 엄청 챙기긴 하더라. 가끔 결재받으러 이사실 갈 때마다 날 어찌나 살벌하게 쳐다보던지."

맞장구를 치며 찬영이 희영을 쳐다보았다.

"챙기긴 누가 챙겨. 자리에 없는 사람 얘기는 그만……."

때마침 식당 안으로 들어오는 강욱의 모습을 발견한 희영은 입을 다물었다.

그런 희영의 반응에 은아와 찬영이 자연스럽게 뒤를 돌

아 강욱을 바라보았다. 하지만 갑자기 발걸음을 돌려 식당 밖으로 나가 버리는 강욱의 모습에 세 사람은 한동안 멍하니 그가 사라진 문만 쳐다보고 있었다.

"희영이 보고 피한 것 같……."

눈치 없는 찬영의 발언에 은아가 조용히 그의 옆구리를 쿡 찔렀다. 영문도 모르고 옆구리를 찔린 찬영은 왜 그러냐는 눈빛을 보냈다. 그런 두 사람을 지켜보던 희영은 천천히 식판을 들고 의자에서 몸을 일으켰다.

"왜 안 먹어?"

"다 먹었어."

은아의 물음에 쓴웃음을 지으며 희영은 힘없는 걸음으로 식당을 벗어났다. 묵직한 한숨을 내쉬는 그녀의 발걸음은 한없이 무겁기만 했다.

점심시간이 끝날 때까지 직원 휴게실에서 시간을 보낸 희영은 축 처진 어깨로 이사실에 복귀했다. 고백을 거절했을 때보다 요즘 더 강욱과 사이가 안 좋아진 기분이었다. 감정을 정리하기엔 이 상태가 더 낫다 생각하면서도, 자꾸만 그에게 시선이 집중되는 건 어쩔 수가 없었다.

"식사 맛있게 하셨어요?"

인사를 건네는 채율을 향해 어색한 얼굴로 대답한 희영은 힘없이 의자에 앉았다. 잠시 후, 노크 소리가 들리고 미주팀 김진혁 팀장이 들어왔다.

"이사님은요?"

김진혁 팀장의 물음에 희영은 비어 있는 집무실을 살폈다.

"아직 안 돌아오셨습니다."

"아, 어쩌지. 하와이 리조트 쪽에 문제가 생겼어요. 아무래도 이사님이 직접 하와이에 가셔야 될 것 같은데."

"언제요?"

"최대한 빨리요. 비행기 예약만 가능하다면 오늘이라도 출발하셔야 할 것 같아요."

갑작스러운 출장 이야기에 희영은 정신이 없었다. 일단 강욱에게 연락을 취하는 게 먼저일 것 같아 전화기를 들었다. 그때, 문이 열리며 강욱이 이사실 안으로 들어왔다.

"무슨 일입니까?"

예정에 없던 김 팀장의 방문과 어수선한 분위기에 무언가 안 좋은 예감을 받았는지 강욱이 날카롭게 눈을 빛내며 물었다.

"저희 쪽에서 보낸 리조트 설계 도면에서 마음에 안 드는 부분이 있는 듯합니다. 다음 주에 공사가 시작될 예정인데 갑자기 하와이 리조트 쪽 대표가 태클을 걸면서……. 일이 꼬이고 말았습니다. 그쪽 대표가 이사님과 의견 조율을 원하고 있어서 아무래도 직접 가셔야 할 것 같습니다."

긴장된 얼굴로 진혁이 보고를 했다.

"알았으니 가 봐요. 하와이 쪽하고 내가 직접 통화해 볼 테니. 정 비서님, 일단 열흘간 내 스케줄 취소 좀 해 주세요. 아무래도 가게 되면 공사 시작까지 보고 와야 할 것 같으니까. 그리고 바로 비행기 티켓이랑 호텔 알아봐 줘요."

"네, 알겠습니다."

강욱의 말이 끝나기 무섭게 모두들 바삐 움직이기 시작했다. 희영은 일단 스케줄 표를 확인해 미팅, 세미나, 회의 일정을 모두 취소했다. 그사이 채율은 비행기 티켓 예약을 했다.

"직항으로는 밤 9시 티켓이 있는데요. 이걸로 예약할까요?"

"그래. 그 시간이면 가능하겠다."

스케줄 정리를 마친 희영은 호텔 예약 사이트를 열어 회사 임원들이 자주 묵는 호텔을 예약했다. 다행히 빈방이 있어 쉽사리 예약할 수가 있었다.

"채율 씨, 보건실 가서 비상약 좀 받아 와. 출장 때문에 필요하다고 하면 알아서 챙겨 주실 거야."

"알겠습니다."

하와이 날씨를 출력한 희영은 비행기 전자 티켓과 호텔 바우처를 파일에 넣었다. 강욱의 핸드폰 로밍까지 마치고 나서야 한숨을 돌리며 혹시 빠진 게 있나 점검했다.

"정 비서님, 여기 비상약이요."

보건실에 다녀온 채율은 비상약을 희영에게 건넸다.

"땡큐. 수고했어."

희영은 파일과 비상약, 여권을 챙겨 집무실 안으로 들어갔다.

"준비 다 되었습니까?"

"네. 여기 안에는 비행기 티켓이랑 호텔 바우처가 들어 있습니다. 그리고 이건 비상약입니다. 로밍도 신청해 두었으니 바로 이용하시면 됩니다."

"수고했어요."

희영이 챙겨 준 것들을 가방에 넣은 강욱은 몸을 일으켰다.

"집에 가서 준비하고 바로 출발할 생각입니다."

열흘간의 장기 출장이니 준비할 것이 꽤 많을 듯했다. 열흘 동안 강욱을 못 본다 생각하니 희영은 왠지 아쉬운 기분이 들었다.

"제가 공항까지 태워 드릴까요?"

공항까지 강욱을 수행할 사람이 필요할 것 같아 희영이 조심스레 물었다. 그렇게라도 그를 조금 더 보고 싶어서.

"괜찮습니다. 이 기사님한테 부탁해 놓았으니, 정 비서님은 정시 되면 퇴근해요."

"네, 알겠습니다."

고개를 숙이고 집무실을 나오면서도 희영은 마음이 무거웠다. 그가 없는 열흘이 무척이나 길 것 같았기에.

♫

희영에게 일은 현실을 도피할 수 있는 유일한 돌파구나 마찬가지였다. 그러다 보니, 시키지 않은 일까지 찾아서 하고 있었다. 그가 출장을 떠난 첫날은 탕비실에 있는 모든 찻잔을 꺼내 닦고, 또 닦았다. 깨끗해지는 찻잔처럼 제 마음도 깨끗하게 정리되길 바라며.

다음 날부터는 LP판 청소를 시작했다. 양이 워낙 방대해 몇 날 며칠이 걸리는 대작업이었다. 먼지가 별로 안 낀 LP판은 부드러운 마른 천으로 살살 돌리며 닦아 주었고, 상태가 안 좋은 LP판은 예전 LP 카페에서 일할 때 배운 것을 떠올리며 물과 중성세제로 닦은 다음 햇빛에 말려 놓았다.

그렇게 판 하나하나를 꺼내 닦다 강욱과 듣던 LP를 발견하면 저도 모르게 그와 함께했던 그 시간으로 돌아가 버렸다. 혼자 있지만, 혼자 있지 않은 기분이 들어 가슴이 아렸다. 그 시간들이 너무나 그리워서.

그러다 엘비스 프레슬리의 'Love Me Tender' LP판을 발견했을 때 희영은 멍한 눈으로 다시 한 번 그와의 기억을 떠올렸다.

"주문이에요. 나를 사랑해 달라는."

다정한 강욱의 목소리가 귓가에 맴돌았다. 그 주문이 통하고 말았나 보다. 어느새 그는 그녀의 마음을 온통 지배하고 있었다. 다른 생각은 아예 할 수 없도록.

♫

회사에 출근하자마자 비서실을 찾은 희영은 그곳에서 현지로부터 깜짝 놀랄 소식을 들었다. 채율이 강욱의 수행 비서로 오늘 아침 하와이로 떠났다는 것을.

"말이 수행 비서지. 이번 기회에 확실하게 둘을 엮겠다는 생각 아니겠어?"

현지의 말에 희영의 갈색 눈은 충격으로 일렁였다. 갑작스러운 하와이 출장이 그런 걸 의미할 거라고는 상상도 하지 못했었다.

"조만간 둘이 약혼할 거란 소문도 파다해."

"……그래?"

약혼이란 단어에 희영의 머릿속은 더욱 하얗게 질려 갔다.

"아, 우리 꽃돌이 이사님을 떠나보낼 때가 왔구나. 비서실 지금 완전 초상집 분위기야. 최 이사님한테 딴맘 품고 있던 여자들이 어디 한둘이니? 에휴, 뭐 어쩔 수 없지. 솔직히 우리같이 평범한 사람들이 노릴 만한 사람은 아니잖아. 그냥 한공간에서 1년 동안 같이 일했다는 것을 좋은 추억으로 간직해야겠다."

희영은 현지의 말이 아득하게만 느껴졌다. 마치 자신만 다른 세계로 떨어져 나온 듯한 기분이 들었다. 이 모든 것이 꿈같고, 꿈같고, 또 꿈만 같았다. 아니, 지독한 악몽이길 희영은 이 순간 간절히 바라고 있었다.

벌써 회사엔 강욱의 약혼 소문이 빠르게 돌고 있었다. 마치 이것이 현실이니 받아들이라는 것처럼 희영은 어딜 가든지 강욱의 약혼 이야기를 들어야 했다.

모두들 강욱과 채율의 최측근에서 일하고 있는 희영을 붙잡고 약혼에 대해서 물어 왔다. 그럴 때마다 희영은 아무 말도 하지 못하고 그저 서글프게 웃었다.

그녀야말로 사람들에게 묻고 싶었다. 정말 그 두 사람이 약혼을 하는 건지. 이제야 강욱을 놓을 수 없음을 깨달은 자신은 어찌해야 하는 건지.

그런 생각으로 머릿속이 복잡하던 중, 집 앞에서 강욱의 친구를 마주친 건 정말 엄청난 우연이었다.

강욱이 한국으로 돌아오기 하루 전, 대전에 사는 친구 집에 놀러 간다는 엄마의 말에 자연스럽게 주말에 양평에 내려갈 필요가 없어졌다.

집에 혼자 있으니 자꾸만 잡생각이 들어 책이라도 빌리자는 생각에 밖을 나서던 희영은 동시에 집을 나서는 수호와 딱 마주치고 말았다.

"안녕하세요."

먼저 인사를 건네는 희영을 서글서글한 인상의 수호가 꽤 놀란 눈으로 바라보았다.

"혹시 이 집 살아요?"

그의 물음에 희영은 어색한 얼굴로 고개를 끄덕였다.

"드디어 얼굴을 보네요. 엄청 궁금했었는데."

그는 희영을 위아래로 가볍게 내려다보며 능글맞은 미소를 지었다.

"할 말은 무척 많지만. 괜한 말을 했다간 녀석한테 혼날 테니까."

씩 웃으며 희영에게 인사를 건넨 수호가 뒤돌아섰다. 지하 주차장에 가 있는 엘리베이터를 함께 기다리면서도 두 사람은 한동안 아무 말도 하지 않았다.

그러다 침묵을 먼저 깬 건 희영이었다. 후회할 질문이라는 걸 알면서도 끝내 입 밖으로 내뱉고 말았다.

"최 이사님, 약혼하나요?"

♫

처음 희영에게 질문을 들었을 때 수호는 이해가 잘 되지 않아 이마를 긁적였다.

그러니까 누가 약혼을 한다는 거지? 최강욱이? 전혀 뜬금없는 이야기였다. 어제 하와이에서 출발한다고 전화가 왔을 때만 해도 그런 말은 아예 없었는데. 이게 도대체 무슨 일일까.

하지만 눈치 빠른 수호는 그 질문에서 금세 다른 걸 캐치해 냈다. 강욱의 일방적인 짝사랑인 줄 알고 알게 모르게 그녀를 마음에 안 들어 했었는데. 지금 보니 짝사랑이 아닌 듯했다.

대답을 기다리며 초조한 눈으로 그를 올려다보는 희영의 깊은 갈색 눈엔 여러 가지 감정이 교차되고 있었다. 불안, 초조, 후회, 그리고 강욱을 향한 마음. 수호는 그것을 읽어 낼 수 있었다.

"궁금해요?"

그래서 장난이 치고 싶어졌다. 아니, 둘이 제대로 붙어 있는 투샷이 보고 싶어졌다.

"그럼 이따 밤 10시쯤 여기로 찾아오세요."

수호는 강욱이 일정을 하루 앞당겨 오늘 저녁 한국에 도착한다는 사실을 알고 있었다. 밤 10시쯤 바에 와서 부탁한 물건을 전해 준다던 그와의 통화가 떠올랐다.

"네?"

명함을 받아 들고 당황한 얼굴로 저를 올려다보는 그녀는 제법 귀여웠…… 아니, 이런 생각을 했단 걸 강욱에게 들켰다간 제 명에 못 살 것이 분명했다.

"궁금한 게 풀리실 겁니다."

그 한마디를 남기고 수호는 씩 웃으며 때마침 도착한 엘리베이터에 올라탔다. 명함을 뚫어지게 쳐다보느라 희영은 엘리베이터를 탈 생각도 하지 않고 있었다. 수호는 조용히 닫힘 버튼을 누르고 자신의 차가 주차되어 있는 지하 2층으로 내려갔다.

희영의 첫인상은 나쁘지 않았다. 예쁘게 생긴 얼굴이라는 것도 인정했다. 특히 유난히 깊은 갈색 눈이 인상적이었다. 제 눈에 콩깍지라고 별로 예쁘지 않을 거라 생각했는데, 왜 저 여자에게 반했는지 조금은 이해가 되었다.

최강욱 이 자식. 얼빠였어.

♫

수호가 주고 간 명함을 한참 들여다보던 희영은 책을 빌리러 가는 걸 포기하고, 다시 집으로 돌아왔다. 테이블 위에 명함을 올려 두고 소파에 쪼그리고 앉아 손톱을 깨물며 한참 동안 명함을 또 들여다보았다.

질문을 던진 순간부터 후회했는데, 그의 반응은 더 황당했다. 사실이면 사실이다, 아니면 아니다. 속 시원히 말을 해 주면 좋으련만. 답을 들으려면 자신의 바에 오라니 이해가 되지 않았다.

"가긴 어딜 가."

명함에서 시선을 뗀 희영은 고개를 내저으며 혼잣말을 내뱉었다. 진실을 확인해 봤자 아플 게 분명했다. 하와이 출장을 가 있는 동안 강욱은 단 한 번의 전화도 걸지 않았다.

이사실로 전화가 올 때마다 혹시 강욱인가 싶어 얼마나 기대를 했었는데. 출장 가기 전 차가운 그의 태도도 그렇고 제게 오만 정이 다 떨어진 게 분명했다.

"나 같아도 정 떨어지겠다."

한결같이 다정했던 사람에게 매몰차게 대했던 자신의 모습을 떠올리며 희영은 한숨을 내쉬었다. 바에 갈 자격이 제겐 없었다. 진실을 궁금해할 자격 또한 없었다.

명함을 휴지통에 집어넣은 희영은 그대로 침실로 들어갔다. 하지만 잠시 후, 다시 거실로 나온 희영은 휴지통에서 명함을 급하게 꺼내 들었다.

차라리 진실을 아는 게 나을 수도 있었다. 호되게 아프고 마음을 정리하는 게 나을 거라는 생각이 들었다. 쉼없이 자기변명을 하며 희영은 방으로 들어가 화장을 시작했다.

화장을 마치고도 희영은 한참을 멍하니 거실 소파에 앉아 있었다. 밥맛이 없어 저녁도 거르고 밤 10시가 되기만을 기다렸다.

약속 시각을 30분 남겨 놓고 집을 나선 희영은 곧장 택시를 잡아탔다.

10시가 되기 5분 전, 바 앞에 도착한 희영은 크게 심호흡을 하며 계단을 올라갔다. 2층에 위치한 바는 입구부터 꽤 고급스러운 분위기를 풍겼다.

귓가에 들려오는 재즈 선율을 느끼며 긴장된 걸음을 옮기자 메인 바에 서 있는 수호의 모습이 눈에 들어왔다.

"왔어요?"

긴장한 얼굴로 희영이 의자에 앉자 씩 웃으며 수호가 그녀를 반겼다. 붙임성이 꽤 좋은 사람 같았다.

"내 이름은 명함에서 봤죠? 그런데 난 아직 이름은커녕 성도 몰라요. 그 녀석이 알려 주질 않아서."

친근하게 말을 걸어오는 수호 덕분에 희영은 조금 긴장이 풀렸다.

"정희영입니다."

"아하, 나이는?"

"서른하나요."

"어? 연상이었어요?"

그것조차 몰랐다는 듯 수호는 서글서글한 눈을 동그랗게 뜨며 반문했다.

"네."

"그럼 희영 누나라고 불러야겠네요."

강욱은 한 번도 '누나'라는 호칭으로 자신을 부른 적 없었던지라 그의 입에서 나오는 누나라는 말이 조금 어색하게 느껴졌다.

"그래. 뭐가 궁금하다고요, 누나?"

생글거리는 눈으로 묻는 수호의 말에 희영은 마른침을 삼켰다.

"……최 이사님, 약혼하시나요?"

희영은 그 질문을 다시 한 번 던졌다. 그런데 그 순간, 자신을 보던 수호의 시선이 뒤를 향하는 게 느껴졌다.

"대답해야지. 누나가 궁금하다는데."

수호의 시선에 희영은 긴장한 눈빛으로 몸을 돌려 뒤를 바라보았다. 그러자 굳은 얼굴로 자신을 내려다보고 있는 강욱의 얼굴이 보였다.

지금 이건 꿈일까? 그래서 강욱의 얼굴이 보이는 걸까?

한참을 멍하니 있던 희영은 자신을 향해 한 발 내딛는 강욱의 모습에 그대로 의자에서 몸을 일으켜 무작정 밖을 향해 도망쳤다.

이게 꿈이 아니라면 너무 창피한 일이었다. 몰래 뒷조사나 하고 다니다가 걸리다니.

왜 이곳에 강욱이 있는 건지 의문을 가질 틈도 없었다. 그저 너무 창피해서 도망치고 싶었다.

그런데 얼마 도망가지 못하고 강욱에게 양팔을 붙잡히고 말았다. 팔에서 느껴지는 생생한 그의 체온은 그녀에게 이게 꿈이 아니라는 것을 말해 주고 있었다.

"도대체 뭐하자는 건데?"

시리도록 차가운 강욱의 목소리가 귓가에 들리자 희영의 심장은 떨리기 시작했다.

"이, 이사님."

"도대체 뭐가 궁금해서 여기까지! 왜 당신이 여기 있는 건데!"

양팔을 움켜잡고 묻는 그를 희영은 그저 떨리는 시선으로 바라만 보았다.

"대답 안 하면 나 혼자 또 멋대로 오해하고, 멋대로 기대하고, 그러다 또 멋대로 상처 입어."

"이사님."

"말해! 나와 아무것도 하고 싶지 않다고 했던 건 당신이었어. 그런데 왜 또 이러는 건데?"

상처 입은 강욱의 검은 눈과, 분노가 가득한 목소리에 희영의 심장은 더욱 세차게 뛰었다. 이제는 자신의 맘을 숨길 자신도, 숨기고 싶지도 않아졌다.

"……하고 싶어졌어요. 이사님이랑 연애."

당신이 좋아졌어요, 라는 말은 끝내 할 수 없었다. 입술을 뒤덮는 거친 그의 입맞춤 때문에 희영은 더는 아무 말도 하지 못했다.

강욱의 뜨거운 키스를 받아들이며 희영은 깨닫고 있었다. 도망치고 싶었던 이 남자에게 이미 오래전에 사로잡혔음을.

입술에서 느껴지는 희영의 뜨거운 열기에 강욱은 마음이 놓였다. 꿈이 아니구나. 하와이에 있을 동안 질리도록 꿨던…….

희영이 곁에 없던 길고 긴 시간을 떠올리며 강욱은 그녀의 입술을 놓아주지 않은 채 스르르 눈을 감았다.

"아무래도 직접 가셔야 할 것 같습니다."

미주팀 김진혁 팀장의 말에 차라리 잘됐다는 생각이 들었다. 매일 희영의 얼굴을 마주하는 것이 괴로웠던 강욱에게 하와이는 도피처나 마찬가지였다.

곁에서 보고 있으면 자꾸만 욕심이 났다. 이렇게 가까이 있는데 아무것도 할 수 없다는 사실 때문에 자괴감까지 느껴졌다. 그녀를 짓밟아서라도 제 곁에 두고 싶은 미친 욕망이 피어올랐다.

그래서 하와이 출장을 고민 없이 떠났다. 하지만 막상 그녀를 볼 수 없게 되니 그곳은 지옥이나 마찬가지였다. 당장이라도 서울로 날아가 희영을 보고 싶다는 욕망을 억누르며 일에만 집중하려 노력했다.

그러던 중 강욱은 하와이 리조트 팀장으로부터 한국에서 비서가 도착했다는 연락을 받았다. 너무 기뻐 그동안 희영에게 차갑게 굴었던 것도 잊은 채 단숨에 사무실로 달려갔다.

하지만 그곳에서 마주한 사람은 희영이 아닌 채율이었다. 달려오느라 거칠어진 숨을 내쉬며 강욱은 차가운 눈으로 채율을 바라보았다.

환하게 웃던 채율은 차가운 그의 눈빛에 긴장된 얼굴로 고개를 숙였다.

"왜 민 비서가 여기 있습니까?"

"네? 아니, 저는 하와이에 가서 이사님을 도우라는 말을 비서실에서 듣고……."

비서실에서 한 달밖에 안 된 수습 비서를 자신의 출장 파트너로 보냈다는 것이 뭔가 이상했다. 지금까지 채율에게 별 관심이 없어서 몰랐는데 무언가 수상한 느낌이 들었다.

"필요 없습니다. 한국에 돌아가서 정 비서님이나 도우세요. 비서실엔 내가 따로 연락하죠."

차가운 말을 내뱉고 강욱은 냉정히 뒤돌아섰다. 비서실에서 이토록 허술하게 일을 처리했을 리 없었다. 분명 채율의 배후에 누군가가 존재할 것이었다. 한국에 가면 제일 먼저 그 배후부터 알아봐야겠다 생각하며 강욱은 차가운 얼굴로 걸음을 옮겼다.

"너무하세요."

뒤를 쫓은 채율이 그의 앞을 막아서며 말했다.

"이사님을 돕고 싶어서 단숨에 여기까지 왔는데."

울먹이던 채율은 어느새 눈물을 뚝뚝 흘리고 있었다.

"제가 이사님을 얼마나 좋아하는데. 얼마나 오랫동안 좋아했는데."

급기야 채율은 바닥에 주저앉아 엉엉 눈물을 쏟아 냈다. 하지만 강욱에겐 다른 사람의 감정을 이해할 틈이 없었다. 특히 여자의 감정은 더더욱. 그의 마음은 이미 희영으로 가득 차 있었기에 그 누구도 받아들일 수가 없었다.

"그런 사적인 감정으로 왔다니 더더욱 돌려보내야겠군요. 회사를 계속 다니고 싶은 마음이 있다면, 그 감정부터 확실하게 정리하세요."

울고 있는 채율을 향해 차갑게 말을 내뱉은 강욱은 더욱 커지는 그녀의 울음소리를 외면한 채 그대로 걸음을 옮겼다. 상대방이 받아 주지 않는 감정은 아무런 힘이 없었다. 희영을 향한 그의 감정이 아무런 힘이 없는 것처럼. 그걸 알면서도 포기를 못 하는 그 또한 채율과 다를 게 없었다. 그럼에도 불구하고…….

"보고 싶다."

깊이를 알 수 없는 희영의 갈색 눈을 떠올리며 강욱은 묵직한 한숨을 내쉬었다.

호텔 방에 들어와서도 강욱은 애꿎은 핸드폰만 매만지며 한참을 서성였다. 전화를 걸어 희영의 목소리가 듣고 싶었지만 그랬다간 일이고 뭐고 당장 한국으로 날아가게 될 것 같았다.

—심심한가 보다. 하와이에서 전화를 다 하고?

그래서 대신 선택한 사람이 수호였다. 희영에게 전화를 걸고 싶을 때마다 그는 수호에게 전화를 걸었다.

차마 하지 못하는 희영의 이야기를 먼저 꺼내 주는 유일한 사람. 그래서 잠시나마 마음껏 그녀에 대한 자신의 감정을 털어놓을 수 있게 만드는 사람. 그런 사람이 바로 수호였다.

—나한테 전화할 시간에 그 여자한테 전화를 걸어.

"그랬다간 당장 거기로 가고 싶을까 봐."

—미친놈.

수호의 말은 틀린 게 없었다. 희영만 생각하면 그녀에게 처음 반했던 열아홉 소년으로 돌아가 버리는 것 같았다. 감정에 서툴고, 욕망도 자제할 줄 모르던. 그녀 앞에서 그는 여전히 사춘기 소년이었다.

—그래서 기어코 하루 빨리 온다고? 온다고 해서 그 여자를 볼 수 있는 것도 아니잖아. 왜, 또 우리 집 현관문 앞에 죽치고 앉아서 그 여자네 집 문소리라도 듣게?

8일간의 긴 출장을 마치고 공항에 도착한 강욱은 수호에게 전화를 걸었다. 일정을 당겨 한국에 들어왔다는 강욱의 연락에 수호는 그를 놀리느라 여념이 없었다.

"네가 부탁한 양주 버리고 간다?"

재밌다는 듯 놀리는 수호에게 차갑게 한마디를 건네자 그가 재빨리 꼬리를 내렸다.

—우리 집과 바는 언제나 너에게 오픈되어 있단다, 친구. 네 집이라고 생각해. 조심해서 오게, 친구여. 기다릴게.

호탕한 웃음소리와 함께 끊어진 전화에 강욱은 피식 웃음을 삼켰다. 그러다 또다시 희영을 떠올리며 짙어진 눈으로 핸드폰을 내려다보았다. 끝내 그는 희영의 번호를 누르지 못했다.

그런데 집에 가기 전 들른 수호의 바에서 우연히 희영을 마주했다. 그건 정말 상상도 할 수 없는 일이었다. 뒷모습만 보고도 단번에 희영임을 알아챈 강욱은 그대로 걸음을 멈추고 믿기지 않는다는 듯 눈앞의 그녀를 바라보았다.

"……최 이사님, 약혼하시나요?"

긴장했는지 그녀의 목소리는 떨리고 있었다. 약혼이란 단어를 꺼내는 그녀가 강욱은 이해되지 않았다. 상처 입은 듯한 그녀의 등이, 떨리는 목소리가, 나지막한 한숨이, 마치 자신을 사랑한다 말하는 것 같아 감정이 폭주하기 시작했다.

'왜 이러는 건데. 어쩌자는 건데. 나랑 아무것도 하고 싶지 않다고 했으면서 왜 또다시 나를 자극하는 건데.'

이젠 멈출 수가 없었다. 이미 제대로 작동되지 않고 있던 감정의 브레이크가 그녀의 도발로 인해 완전히 고장 나 버렸다.

'멈추라고 해도 못 멈춰. 후회한다 해도 소용없어. 나는 이제 죽어도 당신 못 놔.'

갖가지 생각이 뒤섞인 키스와 함께 강욱은 억눌렀던 제 감정을 토해 냈다.

♫

한번 시작된 키스는 멈출 생각을 하지 않았다. 극한으로 몰아가는 강욱의 키스에 희영의 정신은 어느새 혼미해지고 있었다. 끊임없이 혀를 빨며 강한 자극을 쏟아붓는 황홀한 키스에 더는 아무 생각도 할 수 없었다.

그의 키스가 선사하는 뜨거운 열기를 받아들이며 간신히 버티고 서 있는 게 용한 일이었다.

"이제 도망 못 갑니다."

다리가 풀리기 직전에야 입술을 뗀 강욱이 나지막하게 속삭였다. 어느새 다시 존댓말을 하고 있었지만 그녀를 보는 눈빛은 여전히 강렬했다.

"일단 오늘 밤부터."

입가에 번지는 그의 미소는 매혹적이었다. 하지만 저 미소에 홀라당 넘어가면 안 되었다. 이제 막 연애를 시작하는 이 시점에서 오늘 밤부터 당장 같이 있자는 건……!

"귀엽네요. 무슨 상상하는지 뻔히 보이는 게."

강욱의 커다란 손이 희영의 갈색 머릿결을 부드럽게 흩트려 놓았다. 머리카락에도 감각점이 있는 걸까? 머리카락을 스쳐 지나가는 그의 손에 왜 온몸이 이토록 짜릿한 건지 그녀는 알 수가 없었다.

"깨고 나면 꿈일까 봐 무서워요. 그러니까 오늘은 함께 있어요."

깨고 나면 꿈일까 봐 무서운 건 희영 역시 마찬가지였다. 그래서 그녀도 긍정의 의미로 고개를 끄덕였다.

"어디로 갈래요? 우리 집, 당신 집? 아니면 제3의 장소?"

싱긋 웃는 강욱을 보며 고개를 숙인 희영은 수줍게 얼굴을 붉혔다.

"어디든 상관없어요. 이사님만 있으면."

한번 터져 나온 감정은 더는 숨겨지지 않았다. 솔직하게 자신의 감정을 말하는 희영을 강욱은 복잡한 눈으로 내려다보았다. 그러다 이내 미소를 지으며 말했다.

"내가 상관있어요. 장소를 잘못 고르면 내가 못 참을 것 같아서."

단번에 그의 말을 이해한 희영의 얼굴이 순식간에 붉어졌다.

"그래서 그런데 내가 아주 안전한 장소를 알아요. 갈래요?"

"어디든 좋아요."

웃으며 고개를 끄덕이는 희영의 손을 붙잡은 강욱은 제 차로 그녀를 이끌었다.

그 뒤로 어떻게 안전한 장소까지 왔는지는 기억나지 않았다. 차에 타서도, 신호에 걸릴 때도, 짧든 길든 진한 키스가 이어졌기에 정신이 하나도 없었다.

주차장에 내려서야 희영은 그곳이 자신의 아파트임을 알

아챘다. 의아한 눈으로 강욱을 보자 그는 말없이 엘리베이터 안으로 희영을 이끌었다.

8층에 멈춰 선 엘리베이터를 보며 희영은 또다시 강욱을 올려다보았다. 그러자 그는 희영을 당겨 수호의 집 앞에 멈춰 세웠다.

"들어가죠."

익숙하게 도어록 비밀번호를 누른 강욱은 문을 열고 희영을 집 안으로 이끌었다.

"친구분 허락도 없이 들어와도 돼요?"

"허락 맡았어요."

핸드폰을 흔들며 강욱이 씩 웃었다.

♫

〈너희 집. 늦게 들어와. 아니면, 내 오피스텔로 가든가.〉

문자를 받은 수호가 인상을 팍 찌푸렸다. 기껏 잘되게 도와줬더니만 돌아오는 게 이런 문자라니. 제 집이 호텔도 아니고, 아니, 바로 앞이 그녀의 집인데 왜 하필 자기 집에 왔단 말인가.

잠시 열을 올리던 수호는 혹시, 하는 생각에 피식 웃음을 지었다.

"보호막인 건가? 귀엽게 노네. 그냥 확 덮쳐 버리지, 보호막은 무슨."

강욱이 왜 자신의 집을 택했는지 수호는 이내 눈치채고 말았다. 그나마 자제력을 발휘할 수 있는 곳이 자신의 집인 듯싶었다.

"좋겠다, 최강욱. 이렇게 눈치 빠른 친구 둬서."

둘이 잘된 것도 다 제 덕분이라 할 수 있었다. 그 보답은 나중에 받기로 하고 두 사람이 좋은 시간을 보낼 수 있도록 오늘은 자리를 피해 주어야 할 것 같았다. 그래, 간만에 데이트나 해 볼까.

여자 이름이 가득한 통화 목록을 살펴보며 수호가 콧노래를 흥얼거렸다.

깔끔하게 정리된 수호의 집에 들어선 희영은 긴장된 눈으로 거실에 서 있었다. 강욱은 손으로 가볍게 소파를 두드리며 희영을 바라보았다.

"여기도 당신 집만큼이나 튼튼하니, 걱정 말고 앉아요."

어색한 미소를 지으며 희영은 강욱의 곁으로 다가가 소파에 앉았다. 그러자 그가 손을 뻗어 그녀의 갈색 머리카락을 부드럽게 쓰다듬었다.

희영은 자신의 성감대가 머리카락인 게 분명하다고 생각했다. 그의 손길이 스칠 때마다 깊은 곳이 찌릿거리며 온몸에 전율이 흘렀다.

확실히 지금의 강욱은 위험했다. 더는 그에게서 소년의 느낌이 나지 않았다. 늘 순수하고, 따뜻하고, 귀여운 소년의 느낌이 들었는데, 지금 그는 남자일 뿐이었다. 심지어 맹수의 느낌까지 풍기는.

그래서 보고 있는 것만으로도 마른침이 꼴깍 넘어갔다. 편안하게 앉아 있는 것조차 마음대로 되지 않았다.

"목마르네요. 물 좀 마실……."

자리에서 일어나려는 희영을 팔을 잡은 강욱은 넓은 품안에 그녀를 가뒀다. 그리곤 그녀의 어깨에 머리를 기댔다.

"안 잡아먹어요, 지금은. 그러니까 그냥 이대로 있어요."

심장이 터질 것같이 두근거렸다. 그녀의 등에 맞닿아 있는 강욱의 심장 역시 거세게 뛰고 있었다.

"당신이 내 앞에 있다는 게 참 좋다."

그가 내뱉는 반말이 묘하게 섹시해 그녀의 심장은 점점 더 거세게 두근거렸다. 설마 이대로 심장이 터져 버리는 건 아닐까?

"늘 상상했어요. 당신이랑 함께 있는 내 모습. 처음 당신을 봤던 그날부터……. 무척이나 긴 시간 동안. 당신, 처음 봤을 때 얼마나 예뻤는지 몰라. 그래서 품어선 안 되는 마음까지 품어 버렸어. 당신이 좋아서, 당신이 너무 좋아서."

귓가에 들리는 강욱의 목소리는 점점 더 나른하게 변해

갔다. 그러더니 어느새 잠이 든 듯 새근거리는 편안한 숨소리를 내뱉었다.

강욱에게 기대 앉아 있는 희영의 눈도 그의 편안한 숨소리를 들으며 서서히 감기고 있었다. 두 사람은 떨어져 있던 그 시간 동안 편안히 이루지 못한 단잠을 서로의 품 안에서 이루고 있었다. 서로의 손을 꼭 붙잡은 채.

♫

기억이란 게 존재하기 시작했을 때 그가 처음 본 풍경은 넓은 거실에서 다투고 있는 어머니와 아버지의 모습이었다.

"돈 좀 줘. 혜란이가 아프다니까! 병원 갈 돈이 없어. 아픈 우리 아버지 꼬셔서 내 재산까지 차지했으면, 생활할 정도의 돈은 줘야 할 거 아니야!"

다른 여자 사이에서 낳은 딸의 핑계를 대며 늘 어머니에게 돈을 구걸하던 아버지.

"생활비 주고 있잖아요. 그 돈에서 해결해요."

그런 한심한 아버지를 놓지 못하고 돈이란 미끼로 잡아

두던 어머니.

"아이고, 우리 혜란이 죽게 생겼네. 아이고, 아이고."

천박한 향수를 잔뜩 뿌리고 와 툭하면 돈을 달라며 거실에 드러눕던 아버지의 애첩. 그런 그들이 늘 입에 담던 단어가 사랑이었다. 서로를 짓밟고 상처 입히며 그것이 사랑이라 말했었다.

사랑해서 못 헤어진다고. 사랑하니까 이러는 거라고.. 사랑이란 단어로 모든 용서를 구하고, 사랑이란 단어로 변명을 하고, 사랑이란 단어로 서로를 더 힘들게 하는 그들을 보며 강욱에게 '사랑'은 세상에서 가장 추하고 더럽고 끔찍한 것이 되었다.

그래, 그랬었다. 자신이 사랑을 하게 되는 일은 절대 없을 거라 믿었었다. 그녀를 만나기 전까지는.

과외 선생님이자, 친한 형인 도훈이 초청한 피아노 발표회에 별생각 없이 따라갔을 때만 해도 강욱은 예상하지 못했었다. 제 몸을 전율하게 만드는 사람을 만나게 될 거라곤. 제 마음을 송두리째 지배하는 사람이 이 세상에 존재할 거라곤.

지루한 피아노 연주곡을 들으며 간신히 하품을 참고 있을 때였다.

"나온다. 예쁘지?"

도훈이 강욱의 어깨를 툭 치며 말했다. 강욱은 별생각 없이 고개를 들어 무대를 바라보았다. 그런데 그곳엔 빛나는 조명보다 더 반짝거리는 사람이 서 있었다.

아름답고 우아하게 관객들을 향해 인사를 건네고 부드러운 손동작으로 연주를 하는 그녀의 모습에 강욱은 넋이 나가고 말았다. 이름도 모르는 피아노곡이 그를 전율하게 만들었다.

이게 바로 사랑이야, 너는 사랑을 몰라.

그녀가 하는 연주가 그에게 말을 걸었다. 사랑은 이렇게 아름답고 반짝이는 거라고.

그 연주를 보고 있는 그녀의 남자 도훈 역시 사랑에 흠뻑 빠진 눈을 하고 있었다. 여태껏 제가 봐 왔던 사랑의 다른 모습에 강욱은 묘한 충격을 받았다. 수많은 사람이 함께하는 공간이었지만 그녀와 도훈 단 두 사람만의 세계가 따로 존재하는 것 같았다.

그런데 경이로움이 걷히자 강욱은 그들의 세계가 짜증나기 시작했다. 추악한 질투가 일기 시작했다. 도훈만을 보고 있는 저 깊은 갈색 눈이 저를 봐 주었으면 하는 못된 욕망이 마음을 지배했다.

그래서 더는 그 자리에 있을 수가 없었다. 함께 밥을 먹으러 가자는 도훈의 청을 거절하고 집으로 돌아온 강욱은 그녀를 떠올리지 않기 위해 애를 썼다. 단순히 스쳐 지나가는 일시적인 감정일 뿐이라고 생각하며 시간이 지나면 잊을 수 있을 거라 생각했다.

하지만 그런 그를 비웃듯 그날 밤 강욱의 꿈속에 그녀가 나왔다. 도훈에게만 지어 보이던 예쁜 미소를 제게 짓고, 끝을 알 수 없을 만큼 깊은 갈색 눈으로 저를 바라보며 피아노를 치는 그녀의 모습은 황홀할 정도로 아름다웠다.

그 꿈으로 인해 강욱은 첫 몽정을 경험하고 말았다. 열아홉, 늦으면 늦었다고 말할 수 있는 첫 몽정이었다. 그녀가 옷을 벗은 것도 아니고 단지 피아노를 치는 모습에 흥분해서 절정에 오르다니, 제 스스로도 어이가 없어 실소가 터져 나왔다.

"미친놈."

친한 형의 애인에게, 그것도 말 한마디 못 해 보고 멀리서만 지켜본 게 다인 그런 여자에게 욕망을 느낀 자신이 한심해 미칠 것만 같았다.

하지만 꿈은 한 번으로 끝나지 않았다. 그 후로도 일주일에 서너 번은 그녀의 꿈을 꾸었고 그런 날엔 어김없이 몽정을 경험했다.

그럴수록 강욱는 도훈의 얼굴을 마주 대하기가 힘들었다. 자신을 억누르는 엄청난 죄책감에 과외도 그만두었다.

그렇게 1년여의 시간이 흘렀다. 다행히 점점 꿈에서 그녀를 마주하는 날이 줄어들고 있었다. 이렇게 지내다 보면 그녀를 잊을 수 있을 거라 생각했다. 어차피 제가 느끼는 감정은 단순한 욕망일 뿐이었으니까. 이런 추악한 욕망은 사랑이 아니라고 생각했으니까.

그런데…….

"부탁이야, 강욱아. 이런 부탁 할 사람이 너밖에 없어."

어느 날 연락도 없이 찾아온 도훈은 강욱의 어깨를 붙잡고 간절한 부탁의 말을 쏟아 냈다. 그는 어머니의 반대가 너무 심해 아무도 찾지 못하는 곳으로 도망가 그녀와 결혼부터 할 거라고 했다.

제 명의의 재산은 모두 뺏겨서 방법이 없다고. 나중에 꼭 갚을 테니 도와 달라는 그의 부탁을 들으며 강욱은 눈을 질끈 감았다.

그녀를 도훈에게 보내기 싫었다. 그에게 뺏기고 싶지 않았다. 애초에 자신의 것이 아니었음에도 제 것으로 만들고 싶었다.

"도와줄게."

그렇게 말하면서도 강욱은 다른 마음을 품고 말았다. 그게 어떤 처참한 결과를 가지고 올지 그때는 상상도 하지 못한 채…….

♫

먼저 잠에서 깨어난 희영은 괴로운 꿈을 꾸는 듯 미간을 잔뜩 찌푸리고 있는 강욱의 모습에 조심스레 그를 향해 손을 뻗었다. 무슨 꿈을 꾸기에 이럴까? 희영은 그동안 자신 때문에 마음고생했을 그가 꿈에서만이라도 편안했으면 좋겠다고 바랐다.

살짝 떨리는 손끝으로 희영이 그의 미간을 부드럽게 쓰다듬었다. 그 순간, 그의 긴 검은 속눈썹이 파르르 떨려 왔다. 놀라서 손을 떼자 자신을 쳐다보는 짙은 검은 눈과 눈이 마주치고 말았다. 어딘가 혼란스러워 보이는 검은 눈에 희영은 심장이 덜컥거리는 것을 느꼈다. 그는 지금 후회하고 있는 걸까?

"이사……!"

채 부르기도 전에 그의 단단한 팔이 희영을 향해 뻗어 왔다. 그러고는 품에 희영을 가두었다.

그녀의 등을 쓰다듬는 그의 손길은 왠지 모르게 애달팠다. 살며시 떨려 오는 그 손길을 느끼며 희영은 아무 말도 건넬 수 없었다. 지금은 왠지 아무 말도 해서는 안 될 것 같았다.

그렇게 10분 정도 아무 말도 하지 않은 채 꼭 끌어안고 있은 후에야, 강욱은 천천히 그녀를 놓아주었다. 그의 검은 눈은 평상시처럼 단정하고 정갈하게 돌아와 있었다. 그 눈빛에 안도하며 희영은 생긋 미소를 지었다.

"잘 잤어요? 안 좋은 꿈을 꾸는 것 같아서 걱정했는데."

희영의 물음에 강욱의 눈빛이 잠시 씁쓸하게 변했다. 하지만 이내 웃는 얼굴로 돌아온 그는 커다란 손을 뻗어 그녀의 머리를 다정하게 쓰다듬었다.

"기억이 안 나요. 무슨 꿈을 꿨는지."

"안 좋은 꿈은 굳이 기억하지 않아도 돼요."

"네, 영원히 기억하고 싶지 않아요."

음울한 느낌을 담고 있는 나지막한 강욱의 목소리에 희영은 기운 내라는 듯 그의 어깨를 부드럽게 토닥여 주었다.

"배 안 고파요?"

다정한 희영의 말에 강욱은 피식 웃음을 삼켰다.

"배보다, 다른 게."

아래로 내려가는 강욱의 시선을 따라 고개를 숙인 희영

은 다리 사이에서 존재감을 뽐내고 있는 그것과 마주하고 슬그머니 얼굴을 붉혔다.

"긴장하지 마요. 농담이니까."

그런 희영이 귀엽다는 듯 강욱은 또다시 손을 뻗어 그녀의 머리를 다정하게 쓰다듬었다.

뭐, 굳이 농담이 아니어도 상관은 없……! 머리를 쓰다듬는 다정한 손길에 묘한 흥분을 느끼던 희영은 머릿속을 침범하는 야릇한 생각에 재빨리 머리를 내저으며 몸을 벌떡 일으켰다.

"제, 제가 아침 준비해 놓을게요. 씻고 저희 집으로 오시면 돼요. 그럼."

재빨리 강욱을 향해 고개를 숙인 희영이 도망치듯 수호의 집을 벗어났다. 아무리 굶주렸다고 해도 이건 아니었다. 자꾸만 치솟는 욕망을 애써 가라앉히며 희영은 재빨리 제 집으로 뛰어 들어갔다. 여전히 붉게 상기된 얼굴로.

희영이 사라진 문을 애정 넘치는 시선으로 보고 있던 강욱의 눈빛이 점점 어두워졌다. 다 잊었다 생각했던, 아니, 잊으려 몸부림쳤던 과거가 또다시 생생하게 머릿속에 차올랐다. 그와 동시에 꾹꾹 억눌러 놓았던 희영을 향한 죄책감이 다시 피어올랐다.

그녀를 사랑하면서도 다가가지 못했던 그 지옥 같던 긴 시간으로 죗값을 치렀다 생각했건만, 묻어 두었던 옛 기억이 또다시 발목을 잡았다.

그녀가 알면 자신을 용서해 줄까? 긴 시간 괴로워하고, 힘들어했다고 자신이 면죄부를 받을 수 있을까?

테이블 위에 놓여 있던 거울을 보며 그 스스로 물었다. 그러다 신경질적인 손길로 거울을 뒤집어 버렸다. 어두운 얼굴로 욕실에 들어간 강욱은 옷을 벗어 던지고 물줄기가 쏟아지는 샤워기 아래에 섰다.

자신의 몸을 휘어 감고 있는 죄책감 역시 이렇게 씻어 낼 수 있다면 얼마나 좋을까? 사고 이후, 긴 시간 동안 무기력한 눈빛으로 생활하던 희영을 떠올리며 강욱은 눈을 질끈 감았다. 그 눈빛을 떠올리는 건 여전히 힘겨운 일이었다.

♫

요 며칠 우울해서 챙겨 먹는 걸 소홀히 했더니 냉장고엔 쓸 만한 요리 재료가 없었다. 그나마 엄마가 담가 준 김치를 보며 반찬이 없어도 먹기에 부담이 없는 김치볶음밥을 떠올렸다. 다행히 참치 캔은 늘 집에 있었고 계란도 딱 두 개가 남아 있어 요리하는 데 지장은 없었다.

맛있게 볶아진 김치볶음밥을 밥공기를 이용해 접시에 예쁘게 담아 낸 희영은 그 위에 계란프라이를 얹었다. 두 개의 접시를 보며 생긋 웃고 있을 때 딩동, 하는 벨소리가 들려왔다.

모니터를 통해 보이는 잘생긴 강욱의 얼굴에 희영은 재빨리 달려가 문을 열었다. 이 집에 남자를 들이는 일은 처음이라 왠지 어색한 기분도 들었다.

"흐음. 안이 이렇게 생겼구나. 늘 궁금했거든요. 당신 집은 어떤 모습일까."

샤워를 했는지 머리카락이 살짝 젖은 강욱에게서 상큼한 비누 향이 났다. 집을 천천히 둘러보던 강욱은 거실 한가운데를 차지하고 있는 피아노에 시선을 고정했다. 그와 동시에 그의 입가에 번져 있던 미소가 사라졌다.

"아, 예전에 쳤었거든요."

"……그래요?"

"네, 잠깐."

잠깐이라 말하기엔 긴 시간이긴 했다. 처음 배운 게 일곱 살 때였으니까 사고가 나기 전까지 무려 15년을 피아노와 함께했었다. 그렇기에 피아노에 미련이 남지 않았다고 하기는 무리였다.

"지금은 안 쳐요?"

"네, 손도 굳었고 해서요. 피아노 얘기는 그만하고 식사하죠. 재료가 없어서 김치볶음밥 만들었는데. 입에 맞을지 모르겠어요."

걱정스러운 눈으로 강욱을 올려다보며 희영이 말했다.

"괜한 걱정이에요."

가슴이 몽글몽글해지는 따뜻한 미소였다.

"당신이 만든 게 맛없을 리 없잖아."

가볍게 그녀의 앞머리를 손으로 톡 건드리고 강욱은 식탁으로 가서 앉았다.

강욱의 손이 스쳐 지나간 부분이 뜨거웠다. 그의 한마디에 그녀의 심장이 정신없이 두근거렸다.

"음, 역시 맛있다."

칭찬의 말을 아끼지 않는 그를 보며 그녀는 수줍게 웃음을 삼켰다.

"얼른 와서 먹어요. 안 그러면 내가 당신 것까지 다 뺏어 먹을지도 모르니까."

"가요."

맞은편에 앉은 희영이 제 그릇에 있는 김치볶음밥을 크게 한 스푼 떠서 강욱의 그릇에 덜었다.

"많이 먹어요."

"나 진짜 좋아하나 봐요?"

그가 씩 웃으며 장난기 가득한 눈빛으로 그녀를 바라보았다.

"네?"

"원래 밥 주면 다 주는 거라던데."

"맞는 말 같기도 하고."

잘 먹는 강욱의 모습에 자꾸만 입가에 미소가 지어지는 건 어쩔 수 없었다. 잘 먹는 자식의 모습에 행복한 부모 마음이 바로 이런 걸까? 밥을 먹는 그의 모습에 자꾸만 시선이 집중되었다.

"그런데 그 말 뭐예요?"

힐끔거리며 강욱을 쳐다보던 희영은 갑작스러운 그의 물음에 눈을 동그랗게 떴다.

"나 약혼한다는 말. 분명 수호한테 나 약혼하냐고 물었던 것 같은데."

강욱의 물음에 희영의 머릿속은 복잡해졌다. 그러고 보니, 아직 해결해야 할 일이 많았다. 도훈의 어머니를 겪어 본 경험이 있는 그녀로서 최 회장과의 싸움은 생각하고도 싫지 않은 끔찍한 일이었다.

"회사에 소문 다 났어요. 이사님 약혼하신다고."

"누구랑? 당신이랑?"

저를 올곧게 쳐다보고 있는 검은 눈에 희영의 마음이 조금은 편안해졌다. 늘 자신만 바라보고 있는 저 눈을 믿어야만 했다.

"아니요."

"그럼 혹시…… 민 비서랑?"

아무 대답 없이 고개를 숙이는 희영을 보며 강욱은 미간을 잔뜩 찌푸렸다.

"어쩐지 하와이에 온 것부터 이상하더라니."

아무 일이 없었다고 해도 강욱을 마음에 품은 여자가 긴 시간 동안 그와 함께 있었다는 사실은 희영을 우울하게 만들었다.

"바로 돌려보냈어요."

그녀의 불안을 눈치챘는지 강욱이 희영의 손을 붙잡으며 말했다.

"질투했습니까?"

"네, 많이요."

더 이상 마음을 숨기는 바보 같은 짓은 하고 싶지 않았다. 솔직한 고백에 강욱의 입가에 만족스러운 미소가 번졌다.

"진작 이렇게 솔직했으면 좋았잖아요."

이내 희영은 씁쓸한 미소를 지었다. 아직도 반대하던 최 회장을 떠올리면 마음이 답답해졌다. 강욱에게 말을 해야 했지만 이제 막 행복해졌는데 벌써부터 시련을 예고하고 싶지는 않았다. 조금만 더 아무 생각 없이 이렇게 있고 싶었다.

긴 침묵이 이상했는지 강욱이 가늘게 눈을 뜨며 희영을 바라보았다. 그러다 무언가 떠오른 듯 날카롭게 눈을 반짝였다.

"그런데 혹시 최 회장, 아니, 우리 아버지가 당신한테 무슨 말 했어요?"

"네?"

아무 말도 하지 않았는데 어떻게 그가 안 걸까?

"나 아팠던 날, 그날이에요? 갑자기 당신 태도 변했던 그날?"

강욱의 검은 눈이 서늘하게 변해 있었다. 제 속을 꿰뚫는 듯한 그 눈빛에 희영은 놀라 아무 말도 할 수 없었다.

"내가 멋대로 한 키스 때문인 줄 알았더니."

차가운 얼굴로 나지막하게 혼잣말을 중얼거리던 강욱이 의자에서 몸을 일으켰다.

"갑시다."

"네?"

"보여 줄게요. 당신 불안하게 할 사람 아무도 없다는 걸."

갑자기 손을 이끄는 강욱 때문에 희영은 무작정 그의 뒤를 따를 수밖에 없었다. 그가 내뿜는 카리스마에 압도당해 버렸기에.

♫

일요일 아침, 한가롭게 식사를 하던 현락과 희숙은 갑자기 집으로 들이닥친 강욱과 희영의 모습에 긴장된 눈빛을 지었다.

"강욱이 네, 네가 어쩐 일이냐? 그것도 정 비서랑 같이."

당황한 기색이 가득한 현락의 물음에 강욱은 차갑다 못

해 시린 눈으로 그를 바라보았다.

"저 모르게 이상한 짓 많이 하고 다니셨더군요."

현락은 일그러진 얼굴로 강욱의 옆에 서 있는 희영을 응시했다.

"정 비서한테 무슨 말을 들었는지 모르겠지만, 그건 오해……."

"아버지가 좋아서 그 회사 맡겨 놓고 있는 거 아닙니다. 언제든지 제가 그 자리에서 끌어내릴 수 있다는 거 알지 않습니까?"

정이라곤 하나도 묻어 있지 않는 강욱의 말투에 현락은 재빨리 꼬리를 내렸다.

"시, 실수였어, 강욱아. 네가 이 정도로 정 비서를 아끼는 줄……."

"한 번만 더 제 여자 건드렸다간 좋아하는 그 자리에서 당장 내려오시게 될 겁니다."

침을 꿀꺽 삼키며 현락이 서둘러 고개를 끄덕였다.

"그쪽도 마찬가지에요."

날카로운 강욱의 시선이 희숙에게 향했다.

"알았어. 난 애초에 이 사람 의견 반대했다니까? 둘이 잘 어울리네. 보기 좋다."

현락의 뒤에 숨어 있던 희숙이 어색한 미소를 지으며 두 사람을 향해 말했다.

"봐주는 건 이번이 마지막입니다."

차갑게 한마디를 내뱉은 강욱은 희영의 어깨를 부드럽게 감싸 잡고는 그 집을 벗어났다.

그제야 좀 숨통이 트인 현락과 희숙은 나지막한 한숨을 내쉬었다.

"거봐요. 내가 괜한 짓 하지 말자고 했죠?"

"정 비서가 이럴 줄은 몰랐지."

"남자가 저렇게 좋다고 달라붙는데 어떤 여자가 마음을 안 열겠어."

"어쨌든 잘 넘어갔잖아."

"앞으로도 괜한 짓 하지 말아요. 적어도 혜란이 시집보낼 때까진 그 자리 유지하고 있어야 할 거 아니에요. 나중에 사위 덕이라도 보려면."

희숙의 잔소리에 현락은 아무 말도 할 수가 없었다. 지금은 구구절절 그녀가 하는 소리가 다 맞았기에.

♫

집을 나와서도 강욱은 여전히 화난 얼굴을 하고 있었다.

"그래도 아버진데 너무……."

화내지 말라 말하려던 희영은 서늘한 그의 눈빛에 입을 다물었다.

"누가 아버지입니까? 난 저 사람 아버지로 인정한 적 없어요. 아버지라고 부르고는 있지만 그건 아저씨라고 할 수 없으니까 어쩔 수 없이 그런 거고."

현락이 저를 낳아 주었다는 사실마저 부인할 수 없는 게 짜증이 나는지 강욱은 굳은 얼굴로 고개를 숙였다.

"저런 아버지를 사랑한 어머니를 어렸을 땐 이해하지 못했어요. 사실 지금도 잘 이해되지 않아요. 그런데 당신을 사랑하게 되면서 알았어. 사랑은 머리가 시키는 게 아니라는 걸. 마음대로 할 수 없는 게 이 세상에 존재한다는 걸 말이죠."

말을 멈춘 강욱이 씁쓸한 미소를 지었다.

"그래도 여전히 어머니가 이해 안 되긴 해요. 왜 하필 저런 사람이었을까……."

씁쓸한 강욱의 얼굴을 보고 있자니 희영도 마음이 아파왔다.

"기분 좋아지는 데 갈래요?"

강욱을 위로하고 싶어진 희영이 조심스레 눈치를 살피며 물었다.

"어딘데요?"

"가 보면 알아요."

강욱이 자신을 안심시키기 위해 여기 데리고 온 것을 희영은 아주 잘 알고 있었다. 그리고 그제야 자신의 걱정이 얼마나 큰 기우였는지를 알게 되었다.

도훈을 만날 때와 똑같은 일이 또다시 벌어질 거라 생각하며 지레 겁먹고 도망쳤던 자신이 참으로 부끄러웠다. 그를 믿고 조금만 더 빨리 마음을 열었더라면 서로 이렇게 힘들지 않아도 됐을 텐데. 조금 더 빨리 행복해질 수 있었을 텐데. 그렇게 흘려보낸 시간이 그저 아쉬울 뿐이었다.

그리고 고마웠다. 겁먹고 도망치기 바빴던 자신의 손을 놓지 않은 그가. 그래서 나름대로 보답하고 싶었다. 우울할 때 항상 강욱이 위로해 주었듯이.

"여긴?"

희영과 함께 택시에서 내린 강욱은 눈앞에 보이는 LP 카페에 살짝 당황한 듯한 눈으로 그녀를 보았다.

"예전에 제가 일했던 곳이에요. 아주 오랜 역사가 있는 곳이죠. 희귀 음반도 많아요. 같이 들어가 볼래요?"

희영의 물음에 강욱은 천천히 고개를 끄덕였다.

"좋아요. 당신이 가는 곳이면 어디든지."

어제 자신이 했던 말을 따라하는 강욱을 보며 희영은 웃음을 삼켰다.

함께 LP 카페에 들어간 두 사람은 듣고 싶은 음반 몇 개를 찾아 아르바이트생에게 리스트를 건넸다.

해가 잘 들어오는 창가에 나란히 앉은 두 사람은 말없이 서로의 손을 붙잡았다.

"여기서 일했을 때 음악들이 많은 위로가 되어 주었어요."

"……힘든 일 많았어요?"

어딘가 슬퍼 보이는 눈으로 묻는 강욱의 모습에 희영은 고개를 내저었다.

"아니요. 힘든 일 있을 게 뭐 있어요."

자신의 과거를 모르는 강욱에게 굳이 도훈과의 일을 말하고 싶지 않았다. 이미 가슴에 묻은 일이었기에.

희영의 머리를 다정하게 쓰다듬던 강욱은 아직 상처가 남아 있는 그녀의 왼쪽 손을 조용히 들여다보았다.

"많이 아팠겠다."

대부분의 사람들은 상처를 보면 왜 다쳤냐, 먼저 묻곤 했는데 그는 아무것도 묻지 않고 조용히 저 한마디만 내뱉었다. 희영의 입장에선 그게 고마웠다. 왜 다쳤는지를 말하려면 과거를 모두 말해야만 했으니까.

"그러고 보니까 이사님 목소리, 그 사람 목소리랑 비슷한 것 같아요."

"누구요? 어떤 남자요?"

눈을 날카롭게 빛내며 소유욕을 드러내는 강욱을 보며 희영은 웃음을 삼켰다.

"예전에 제가 죽을 뻔한 적이 있었거든요. 여기 LP 카페 앞에 있는 차도를 아무 생각 없이 건너다가 달려오는 차를 못 보고.”

옛이야기를 꺼내는 희영을 강욱은 복잡한 검은 눈으로 바라보았다.

“그런데 어떤 사람이 절 안아 들어서 구해 줬어요. 그 남자, 모자를 푹 눌러쓰고 있어서 얼굴도 제대로 못 봤는데. 그래서 그런지 목소리만 생생하게 기억나요.”

“살아, 어떻게든 살아남아. 그래서 갚아. 당신 이렇게 만든 사람한테 갚아 줘야지. 도대체 뭐하는 짓이야?”

저를 향해 소리치는 그 목소리에 희영은 그제야 정신을 번쩍 차렸다. 놓았던 삶의 끈도 그 사람 때문에 다시 붙잡을 수 있었다. 물론 얼굴도 기억하지 못하지만.

“뭐라 그랬는데요. 그 남자가?”

강욱의 물음에 희영은 조용히 웃었다.

“그건 잘 기억이 안 나요.”

그 이야기를 꺼내면 과거도 모두 꺼내야 할 것 같아 희영은 기억이 안 난다는 말로 대답을 얼버무렸다. 그런데…….

“살아, 어떻게든 살아남아.”

강욱의 입에서 흘러나오는 말에 희영은 눈을 커다랗게 뜨고 그를 보았다. 그가 어떻게 그 말을 알고 있는 걸까? 떨리는 희영의 갈색 눈과 속을 알 수 없는 강욱의 검은 눈이 허공에서 부딪쳤다.

"살아 보니까 어때요. 좋죠? 이런 멋진 애인도 생기고."

농담처럼 건네는 강욱의 말에도 희영은 여전히 멍했다. 세상에 그 일을 기억하는 사람은 단둘뿐이었다. 하나는 바로 자신이고, 또 다른 한 사람은 저를 구한 그 사람……!

"이사님이었어요? 그날, 절 구한 사람이?"

목소리가 떨려 나오는 건 어쩔 수 없었다. 언젠가 한번 만나 보고 싶다고 생각했던 사람이었다. 얼굴을 알지 못해 포기했지만 그 사람 덕분에 정신을 차리고 살아갈 수 있었다. 그런데 수렁 속에서 자신을 건져 준 사람이 강욱이라니. 믿을 수가 없었다.

"예전에 내가 했던 말 기억해요? LP 카페에서 본 어떤 사람 때문에 LP판 모으는 게 취미가 되었다는 말."

자신을 뚫어지게 쳐다보는 검은 눈에 희영은 천천히 고개를 끄덕였다.

"그 사람이 당신이었어."

귓가에 들리는 부드러운 강욱의 목소리에 희영의 갈색 눈은 더욱 커졌다. 아무리 생각해도 과거 그의 얼굴이 기억나지 않았다.

이 카페에서 일하던 그때의 그녀는 무기력하기만 했다. 오로지 음악에 기대 위로를 받으며 사람들과 소통하지 않으려 했었다. 과거를 떠올리며 희영은 씁쓸한 미소를 지었다.

"길게 산 인생도 아니지만, 그때가 제 인생에서 가장 힘들었던 시기였어요. 그래서 하루하루를 아무 의미 없이 흘려보냈어요. 살고 싶지 않다고 생각했던 것 같아요. 그런데 그날 절 구해 준 사람 덕분에 다시 정신을 차릴 수 있었어요. 그 사람 말은 틀린 게 하나도 없었으니까. 누군지는 몰라도 평생의 은인이다, 생각하며 살았었는데……."

왠지 모르게 가슴이 벅차올랐다. '당신 나에게 참 여러 가지 의미가 있는 사람이구나' 하는 생각이 들어서.

"고마워요, 날 구해 줘서. 지옥에서 날 끄집어내 줘서 정말 고마워요."

말로 표현하는 데 한계를 느낀 희영은 강욱의 손을 붙잡고 다정한 손길로 커다란 손을 쓰다듬었다. 하지만 다정한 그녀의 손길에 강욱의 검은 눈은 점점 더 고통스럽게 일그러져 갔다.

"그런 말 들을 자격 없는데……."

나지막하게 혼잣말을 중얼거리던 강욱이 이내 덤덤해진 눈으로 희영을 보며 부드러운 미소를 지었다.

"그렇게 고마워요?"

"네, 당연하죠."

"그럼 나중에 내 소원 하나 들어줘요."

짙은 그의 눈이 왜 이리 서글퍼 보이는지 모르겠다. 걱정과 불안이 담긴 그 눈을 보며 희영은 천천히 고개를 끄덕였다.

"그럴게요."

"잊지 말아요. 내 소원 들어주기로 한 겁니다."

재차 확인하듯 묻는 강욱을 향해 희영은 따뜻한 미소를 지으며 고개를 끄덕였다.

"네, 좋아요."

이번엔 강욱이 희영의 손을 붙잡고 다정한 손길로 쓰다듬었다.

"조금 더 용기가 나면…… 그땐 다 말할게요."

상처가 남아 있는 그녀의 왼손을 어루만지며 강욱은 여전히 이해하기 힘든 말을 했다. 하지만 희영은 아무것도 묻지 않았다. 자신 역시 도훈의 이야기를 하기 싫듯 그에게도 밝히고 싶지 않은 이야기가 있을 테니까.

그때, 때마침 희영이 신청한 엘비스 프레슬리의 'Love Me Tender'가 흘러나왔다. 그녀가 신청한 걸 눈치챘는지 강욱은 싱긋 웃으며 온몸이 따뜻해질 만큼 다정하고 부드러운 눈빛으로 희영을 바라보았다.

"아무래도 주문이 먹힌 모양이네요."

이 노래에 담긴 강욱의 진심을 이미 알고 있었기에 희영은 미소를 지으며 고개를 끄덕였다.

"제대로요."

서로의 손을 꼭 마주 잡은 채 둘은 말없이 노랫소리에 귀를 기울였다. 가사 속엔 그들이 꿈꾸는 사랑이 고스란히 담겨 있었다.

Love me tender Love me sweet

부드럽고 달콤하게 사랑해 주세요

Never let me go

날 떠나지 말아요

You have made my life complete

내 삶을 온전하게 해 주신 당신

And I love you so

그래서 당신을 사랑합니다

Love me tender Love me true

부드럽고 진실하게 사랑해 주세요

All my dreams fulfilled

내 모든 꿈이 이뤄져요

For my darlin' I love you

나의 달링 내가 사랑하는 당신

And I always will

그래서 영원히 사랑합니다

Love me tender Love me long

부드럽고 오래오래 사랑해 주세요

Take me to your heart

마음속 깊이 날 간직해 줘요

For it's there that I belong

나 머물 곳 바로 그곳이기에

And we'll never part

그래서 우린 헤어지지 않습니다

새벽 늦게까지 강욱과 통화하느라 잠을 거의 못 잤음에도 전혀 피곤하지 않았다. 이게 바로 사랑의 힘인 걸까? 평소보다 일찍 출근한 희영은 콧노래를 흥얼거리며 이사실 문을 열었다.

"어?"

짐을 챙기고 있는 채율의 모습에 희영은 눈을 동그랗게 떴다.

"오셨어요?"

어색한 얼굴로 인사를 건네는 채율을 보며 희영은 더욱 어색한 미소를 지었다.

"응. 채율 씨, 오랜만. 그런데 지금 뭐하는 거야?"

커다란 박스에 짐을 챙기고 있는 채율의 모습이 희영은 이해가 되지 않았다.

"그만두려고요."

"뭐?"

"이사님이 감정 정리할 자신 없으면 그만두라고 했거든요."

쓸쓸한 채율의 얼굴을 보고 있으니 희영은 왠지 모르게 미안한 생각이 들었다. 솔직히 강욱을 향한 채율의 감정을 알고 많은 질투를 했었다. 좋은 사람인 걸 알면서도.

용기 있게 강욱의 손을 붙잡지도 못한 주제에 뒤에서 비겁하게 질투나 하고 있었다.

"미안해, 채율 씨."

"뭐가 미안해요? 정 비서님이 저 찬 것도 아닌데."

홀가분하다는 표정을 지으며 채율이 나지막한 한숨을 내쉬었다.

"솔직히 저요, 정 비서님 많이 미워했어요. 이사님이 정 비서님 좋아하는 거 알고 있었거든요."

"어떻게?"

"정 비서님을 바라보는 이사님의 눈빛을 보는 순간 알았어요. 도저히 모른 척할 수 없는 그런 눈빛이었으니까요."

잠시 말을 멈춘 채율은 희영을 향해 손을 내밀었다.

"솔직히 두 분의 앞날, 축복은 못 해 드리겠네요. 아직 감정이 많이 남아서. 혹시 헤어지면 연락 주세요. 실연 동지로 술 한잔은 같이 마셔 드릴 수 있으니까."

채율이 내민 손을 붙잡으며 희영이 고개를 끄덕였다.

"그래. 그리고 솔직히 비서 일은 채율 씨한테 안 맞는 것 같아. 더 적성에 맞는 직업을 찾도록."

"네. 그동안 감사했습니다, 선배."

"잘 지내, 어디서든."

씩씩하게 짐을 챙겨 나가는 채율의 뒷모습에 시원섭섭한 표정을 짓고 있는데, 때마침 문이 열리며 강욱이 걸어 들어왔다.

"오셨습니까, 이사님."

"뭡니까? 그런 딱딱한 인사는. 일단 그 호칭부터 정리해야겠군요."

마음에 안 든다는 듯 강욱이 단정한 미간을 찌푸렸다.

"회사잖아요."

"그럼 회사 밖에선?"

강욱의 검은 눈이 기대감에 차 반짝였다.

"차차 생각해 볼게요."

"그런 게 어디 있습니까?"

"천천히 해요, 이사님. 저 어디 도망 안 가요. 참, 채율 씨가 이거 전해 드리래요."

책상 위에 올려져 있던 사직서를 강욱에게 내밀었다. 사직서를 받아 들고 안을 살피던 강욱은 눈을 가늘게 뜨며 희영을 바라보았다.

"이제 좀 마음이 놓이죠? 사실 질투했다면서요."

희영이 질투했다는 것이 마냥 좋은지 강욱의 잘생긴 얼굴에 생글거리는 미소가 번졌다.

"그 논의는 퇴근 시간 이후에 하도록 하죠. 오늘은 처리할 일이 아주 많으십니다. 일단 자리에 가 계시면, 제가 보고서를 들고 들어가도록 하겠습니다."

민망한 기분이 들어 희영은 서둘러 화제를 다른 곳으로 돌렸다. 그런 그녀를 보며 강욱은 피식 웃음을 삼켰다.

"질투 많이 해 줘요. 난 그게 더 기분 좋으니까."

질투하는 모습조차 좋다고 말해 주는 강욱이 고마워 희영은 자꾸만 웃음이 새어 나왔다.

"사실, 난 엄청 질투 났어요. 당신이랑 친한 모든 남자들. 특히 기획팀 박찬영 대리는 눈에 아주 거슬립니다. 두 사람 진짜 친구 맞아요? 어떻게 당신 같은 여자랑 그냥 친구만 하지? 남자라면 그럴 수가 없는데. 아플 때 약 챙겨 준 것도……."

찬영에게 쌓인 게 많은지 평상시의 강욱답지 않게 주저리주저리 불만을 쏟아 놓고 있었다. 고개를 숙인 채 손을 꼼지락거리며 강욱의 잔소리를 듣던 희영은 그의 그런 모습이 왠지 사랑스럽게 느껴져 얼굴에 미소가 번졌다.

그러다 충동적으로 강욱의 입술에 입을 맞추고 말았다. 일을 저지른 희영도, 기습 키스를 당한 강욱도 돌처럼 굳어 한참을 멍하니 서 있었다.

"천천히 하자면서요?"

먼저 입을 뗀 건 강욱이었다. 소유욕으로 가득 차 있는 검은 눈을 마주한 순간, 희영의 심장은 세차게 두근거리기 시작했다.

"힘들게 참고 있으니까 자극하지 마요. 한 번만 더 건드리면 어떻게 될지 나도 몰라요."

나지막하게 속삭이는 강욱의 목소리는 지나치게 섹시했다. 건드리면 어떻게 되는지 궁금해서 미칠 정도로.

"커, 커피 준비할게요."

아무래도 너무 긴 시간을 굶주렸나 보다. 머릿속에 자꾸 이상한 상상만 펼쳐졌다. 재빨리 탕비실에 들어선 희영은 열심히 손부채질을 하며 달아오른 얼굴을 가라앉히려 무던히도 애를 썼다.

♬

기습 키스 사건 이후로 의도를 했건 하지 않았건, 두 사람이 함께하는 매 순간은 긴장의 연속일 수밖에 없었다. 일을 할 때도, 예전처럼 점심을 먹으며 LP 음악을 들을 때도,

희영과 강욱은 서로를 끊임없이 의식하고 있었다.

하와이 출장으로 밀린 어마어마한 양의 업무를 처리하느라 며칠째 제대로 된 데이트를 못 하고 있었지만 둘 사이에 풍기는 긴장감만큼은 엄청났다. 간혹 손끝이 스치는 것만으로도 후끈 달아오르는 열기에 온몸이 뜨거워졌으니까.

"차 놓고 가요. 데려다줄게요."

밤 10시가 넘은 시간, 퇴근을 준비하고 있는 희영의 앞에 멈춰 선 강욱이 그녀의 가방을 집어 들며 말했다.

"네."

먼저 이사실을 빠져나가는 강욱을 뒤쫓으며 희영은 긴장으로 인해 달아오른 자신의 뺨을 어루만졌다. 그의 시선이 닿는 것만으로도 몸이 뜨거워지고 있었다. 좁은 엘리베이터 안의 공기조차 날카롭게 느껴졌다.

별다른 대화가 오가지 않았지만 욕망을 숨기지 못하는 눈빛은 이미 수많은 대화를 나누고 있었다. 주차장을 걸으면서도, 차에 올라타서도, 서로를 갈망하는 시선은 사그라들지 않고 있었다.

"피곤하지 않아요? 매일 야근하는 거."

"아니요. 별로 안 힘들어요."

서로를 의식하고 있어 그런지 대화조차 제대로 이어지지 않았다. 결국 조용한 차 안을 대신해서 채우는 건 라디오에서 흘러나오는 음악 소리였다.

"금방 왔네요."

아파트 주차장에 차를 세우며 강욱은 아쉬운 듯 한마디를 내뱉었다. 아쉬운 건 희영 역시 마찬가지였다. 그를 너무 의식하느라 대화조차 제대로 못 나누었다. 아니, 사실 나누고 싶은 건 대화가 아니었다.

"들어와서 차 한잔하고 갈래요?"

이것이 얼마나 위험한 발언인지 알면서도 희영은 끝내 입 밖으로 내뱉고 말았다. 더는 그를 향해 끌리는 욕망을 숨기고 싶지 않았다.

희영을 보는 강욱의 시선이 욕망으로 일렁였다. 그를 보는 그녀의 시선 또한 마찬가지였다.

"이제 큰일 났다, 당신."

희영을 향해 고개를 숙인 강욱이 씩 웃으며 나지막한 목소리로 속삭였다.

"알아요."

말이 끝나기 무섭게 뜨거운 열기가 가득한 강욱의 입술이 희영의 입술을 덮쳤다. 입술 사이를 거칠게 가르며 들어온 그의 혀가 그녀의 혀를 집어삼키듯 끌어당겼다. 그 강한 자극에 희영의 입에선 어느새 신음이 터져 나왔다.

이토록 그를 원하고 있었나 보다. 키스에 정신이 혼미해질 정도로.

두 팔로 강욱의 목을 휘어 감으며 희영은 더욱 적극적으로 그의 입술을 받아들였다. 두 사람의 뜨거운 밤은 그렇게 시작되고 있었다.

더 이상 부드럽고 다정한 남자는 존재하지 않았다. 욕망에 달아오른 강욱의 모습은 마치 한 마리의 맹수 같았다. 샤워를 하고 나온 희영의 팔을 잡아당기며 강욱은 그녀를 침대 앞에 세웠다.

"당신은 상상도 하지 못할 거예요. 내가 얼마나 많이 당신을 안는 상상을 했는지."

입술에 매혹적인 미소를 머금은 강욱은 느긋한 손길로 희영의 샤워 가운을 벗겼다. 약을 올리듯 천천히 움직이는 강욱의 손길에 희영은 애달픈 숨을 토해 냈다.

"참아요, 조금만. 지금 나도 엄청 힘들게 참고 있으니까."

그리곤 여전히 느릿한 손길로 그녀의 브래지어 후크를 풀었다. 잔뜩 흥분해 브래지어에 쓸릴 때마다 아팠던 분홍빛 젖꼭지가 그제야 조금 자유로워졌다.

하지만 이내 더욱 아프게 젖꼭지 끝이 서고 말았다. 강욱의 손끝이 살짝 닿는 것만으로도 젖꼭지가 더욱 단단하게 부풀어 올랐기 때문이다.

"예민하게 반응하는 당신 몸이 좋아."

그가 엄지와 검지 사이에 단단해진 젖꼭지를 넣고 살짝 비틀었다.

"아흣!"

"이렇게 만져 주는 게 좋아요? 그럼 이거는?"

아름다운 강욱의 얼굴이 잔뜩 흥분해 단단해진 젖꼭지 앞으로 다가왔다. 꼿꼿이 세운 혀를 내밀어 젖꼭지를 세차게 밀어 올리자 희영의 입에선 아까보다 더 강한 신음이 터져 나왔다.

"미치겠네. 반응이 너무 좋아서 나도 자꾸만 흥분되잖아요."

강욱의 목소리가 귀에 잘 들어오지 않았다. 이런 쾌락은 처음이었다. 온몸이 절로 꼬이고 여성 근처 허벅지가 뜨겁게 젖어 갔다.

젖꼭지를 손가락으로 비틀고 혀로 빨아 당기며 진한 쾌락을 선사하는 것에서 그는 멈추지 않았다.

마른 몸과 어울리지 않는 단단한 허벅지를 희영의 다리 사이에 밀어 넣은 후, 무릎으로 뜨겁게 달아오른 여성을 자극했다.

서걱서걱. 찌걱찌걱. 그의 무릎과 그녀의 팬티가 일으키는 마찰음과, 달아오른 여성이 연신 뜨거운 애액을 흘려 대는 색스러운 소리가 희영의 귀에 선명하게 꽂혔다.

"대단해. 무릎으로도 느껴져요. 여기 엄청 젖은 게."

두 손으로 가슴을 움켜잡으며 강욱이 희영의 귓가에 나지막하게 속삭였다. 얼굴이 붉게 달아올랐지만 연신 쏟아지는 쾌락에 그녀는 부끄러워할 틈도 없었다.

"직접 보고 싶어요. 얼마나 젖었는지."

감미로운 목소리로 귓가에 속삭인 그가 그녀의 다리 사이로 무릎을 꿇었다. 그리곤 부끄러워 오므리려는 희영의 다리를 살살 달래듯 벌렸다.

"팬티가 제 역할을 못 하고 있네요."

웃음기 어린 목소리로 말한 강욱은 기다란 손가락에 팬티를 걸어 단숨에 그녀의 다리 아래로 벗겨 버렸다. 흥분으로 인해 뜨거워진 여성에 서늘한 공기가 와 닿았다. 그게 또 다른 흥분을 가져와 희영은 몸을 꼬며 재빨리 다리를 오므렸다.

"가만히. 가만히 있어요."

다리 사이에 손을 집어넣은 그가 또다시 그녀의 다리를 활짝 벌렸다.

"뭐, 뭐하는 거예요?"

여성에 닿아 있는 그의 시선이 느껴졌다. 그 시선만으로도 여성은 팔딱거리며 연신 뜨거운 물을 흘려 댔다.

"기분 좋아서요."

"뭐가요."

"나 때문에 당신이 이렇게 흥분하고 있다는 게."

여성을 향해 슬그머니 엄지손가락을 뻗은 그가 미끌거리는 갈라진 틈 사이를 가볍게 쓰윽 훑고 지나갔다. 그가 만져 주기를 간절히 원했던 여성은 그 손짓에 응답이라도 하듯 더욱 빠르게 조여졌다, 풀어졌다 하며 뜨거운 애액을 쏟아 냈다.

"흐읏."

"못 참겠어요?"

이미 답을 알고 있으면서도 강욱은 짓궂은 목소리로 물었다. 세차게 고개를 끄덕이며 희영은 애처로운 눈빛으로 그를 바라봤다.

"내가 그 눈빛에 약한 거 알면서."

붉은 그의 입술이 천천히 여성 위에 와 닿았다. 그의 입술이 닿은 그 자리에 쾌락이라는 붉은 꽃이 단숨에 피어올랐다. 갈라진 틈 사이에 입술을 묻은 그가 쏟아져 내리는 애액을 깊게 빨아 마셨다. 그럼에도 불구하고 애액은 샘솟듯 더욱 강하게 흘러내렸다.

"마르지 않는 샘물 같아요."

애액으로 번들거리는 입술로 나지막하게 속삭인 그가 혀를 꼿꼿하게 세워 갈라진 여성의 틈 사이를 비집고 들어갔다. 말캉한 입술과 꼿꼿한 혀가 여성의 예민한 그곳을 끊임없이 자극하며 점점 더 위로 올라갔다.

"흐아앗! 아아앙!"

더욱 강한 신음을 내지르며 희영은 강욱의 넓은 어깨를 꽉 붙잡았다. 손톱 끝이 그의 살점을 파고들어 갈 정도로 세게 붙잡았건만 온몸을 지배하는 거센 쾌락을 이기기 힘들었다. 아마 그가 그녀의 허리를 단단히 붙잡지 않았다면 희영은 그대로 바닥에 주저앉았을 것이었다.

요란한 희영의 반응에도 강욱은 항해를 멈출 생각을 하지 않았다. 손끝이 닿는 것만으로도 온몸이 바르르 떨리는 클리토리스를 찾아낸 그의 혀가 그 주변을 빙그르르 돌았다.

"아, 안 돼! 안 돼!"

희영의 머릿속이 새하얗게 질려 갔다. 밀려오는 쾌락의 파도에 침식당할 것 같은 기분이었다. 하지만 그런 희영의 애원에도 그의 혀는 멈추지 않았다. 빠르게, 더욱 빠르게 움직이며 그녀의 자극을 극한까지 끌어 올렸다.

"안 된다고! 아아앙!"

신음을 내지르며 희영이 바닥에 주저앉았다. 왈칵, 하며 아까보다 더 많은 물을 쏟아 내는 여성은 심장보다 더 빠르게 팔딱거리며 절정의 자극에서 벗어나지 못하고 있었다.

"예뻐. 흥분한 당신 모습."

희영의 겨드랑이 사이로 손을 집어넣은 그가 단숨에 그녀의 몸을 일으켰다.

"그래서 자꾸자꾸 보고 싶어."

귓불에 와 닿는 그의 호흡은 뜨거웠다. 아까보다 좀 더 허스키해진 목소리로 보아하니 그 또한 달아오른 듯했다.

"그냥 이제 그만……."

뒷말은 차마 부끄러워서 내뱉지 못했다. 여전히 팔딱거리고 있는 여성은 남성이 안으로 들어와 주길 간절히 바라고 있었다.

"아직은 좀 더 보고 싶어요. 당신 흥분하는 모습."

천천히 몸을 숙인 강욱은 희영의 다리 사이로 얼굴을 가져다 댔다. 방금 전까지 물고 빨며 자극을 퍼붓던 클리토리스를 또다시 입안 가득 물었다. 그와 동시에 손가락으로 여성의 갈라진 틈을 쓰윽 훑고 지나갔다.

"아앙!"

손과 입술이 동시에 선사하는 쾌락에 희영은 침대를 손으로 짚으며 뜨거운 신음을 내질렀다. 하지만 그것이 끝이 아니었다. 뜨거운 애액을 잔뜩 흘리고 있는 질 안으로 그의 손가락이 파고들었다.

"흡. 으흣! 아!"

느릿하게 움직이던 손가락은 점점 빠르게 여성 깊은 곳의 예민한 돌기를 쉼 없이 건드렸다. 정확히 그곳을 향해 내리꽂히는 손가락에 아까보다 더 큰 쾌락이 몰려왔다. 숨조차 제대로 쉴 수 없을 정도로 몰려오는 쾌락에 희영은 연신 고개를 내저었다.

"아아, 제발! 제발! 안 돼!"

이대로 의식을 잃을 것만 같았다. 그만큼 쾌락을 감당하기 힘들었다. 다행히 그 순간 그의 손과 입술이 여성에서 멀어져 갔다. 예전엔 섹스가 이런 쾌락을 느낄 수 있게 한다는 걸 미처 알지 못했었다.

너무 힘들어 이대로 그만두고 싶으면서도 그러고 싶지 않았다. 그가 선사하는 쾌락의 끝에 도달해 보고 싶었다. 그 끝엔 과연 무엇이 있을까?

"하읏!"

질펀해진 여성 안을 그의 손과 혀가 마음껏 헤집고 다녔다. 그의 손이 세차게 움직일 때마다 찌걱거리는 색스러운 소리는 더욱 강해졌다.

"뜨거워. 당장이라도 넣고 싶을 만큼."

"아아아앙!"

부서질 것 같았다. 온몸이 산산조각 날 것 같았다. 쾌락의 파도에서 휘청거리던 희영은 주르륵 무너져 내리고 말았다. 여성 안에 강욱의 손가락을 넣은 채 다리를 쪼그리고 앉아 연신 날카로운 교성을 내질렀다.

이미 손가락뿐만 아니라 팔까지 희영이 흘리는 애액으로 흠뻑 젖어 있었다. 의지와 상관없이 여성은 세차게 조였다 풀었다를 반복하며 안에 들어와 있는 그의 손가락을 끊임없이 자극했다.

"이젠 내가 못 참아요."

여성 안에서 손가락을 빼낸 강욱은 천천히 몸을 일으켰

다. 희영은 반쯤 풀린 눈으로 느릿하게 옷을 벗어 던지는 그를 바라봤다.

강욱은 말랐지만 무척이나 탄탄한 몸을 가지고 있었다. 단단한 복근, 섹시한 잔 근육이 자리 잡고 있는 팔뚝, 과하지 않은 가슴 근육까지.

"아름답다."

그의 육체에 홀려 희영은 저도 모르게 혼잣말을 내뱉었다. 그런 그녀를 다정한 눈으로 바라보며 강욱은 입을 열었다.

"당신이 더."

감미로운 목소리로 속삭인 그는 희영의 다리 사이로 자연스럽게 허벅지를 밀어 넣었다. 그리고는 미끈거리는 여성 위로 단숨에 단단해진 남성을 가져다 댔다. 그와 동시에 잔뜩 성이 난 페니스가 좁은 질 안을 밀고 들어갔다.

그 어떤 것과도 비교할 수 없는 뜨거운 기운이 그곳에 집중되었다. 질 벽을 타고 움직이는 페니스의 느낌이 너무나 생생해 미칠 것만 같았다.

"상상보다 훨씬 좋잖아."

귓가에 들리는 강욱의 달뜬 목소리 때문에 희영 역시 더욱 뜨겁게 달아올랐다. 손가락과 혀가 오갈 때보다 몇 배는 더 강한 쾌락이 그녀의 머리를 하얗게 질리게 만들고 있었다.

"하으읏!"

높은 교성을 내지르며 희영은 강욱의 등을 꽉 끌어안았다. 그게 신호탄이 되어 그의 몸은 점점 더 빠르게 움직이기 시작했다. 빠르게, 빠르게. 거세게, 거세게. 자신의 안을 가득 채워 나가는 흥분에 희영의 몸은 어느새 절정을 향해 내달리고 있었다.

그의 남성이 스쳐 지나간 자리가 뜨거웠다. 이대로 몸이 불타오르는 건 아닐까. 아니, 불타 재가 되어도 좋았다. 강욱과 함께라면 그 무엇도 상관없었다.

절정을 맞이하고 난 후, 손 하나 까딱할 힘이 없어 보이는 희영을 욕실로 안고 간 강욱은 정성스레 그녀의 몸을 씻겨 주었다. 샤워를 마친 그녀의 몸을 수건으로 닦아 주고 샤워 가운까지 입힌 후, 다시 안아 들어 욕조 밖으로 나왔다.

화장대 의자 위에 살포시 그녀를 내려놓은 강욱은 커다란 수건을 들어 희영의 젖은 머리카락를 말려 주었다. 그리곤 애정이 듬뿍 담긴 눈으로 그녀를 내려다보았다.

"고마워요."

화장대 거울을 통해 그와 눈을 마주치며 희영이 나른한 미소를 지었다.

"내가 더."

예쁘다는 말에는 '당신이 더', 고맙다는 말에는 '내가 더'.

항상 자신을 아껴 주는 강욱이 있어 희영은 행복했다.

도훈과 이별한 후, 더는 자신의 인생에 사랑은 없을 거라 생각했었다. 하지만 세상에 사랑이 존재하고 있음을 강욱이 가르쳐 주고 있었다.

"사실 사랑이라는 감정, 참 덧없다 생각했어요. 그래서 다시는 사랑에 빠지고 싶지 않기도 했고요. 그런데 당신을 만나면서 다시 사랑을 믿게 됐어요. 그게 고마워요, 나는."

서툴지만 진심을 전하고 싶었다. 자신이 최강욱이란 남자를 얼마나 많이 사랑하고 있는지 알려 주고 싶었다.

그런 진심이 통한 걸까? 그의 눈빛은 더욱 따뜻하게 변해 있었다.

"고백하는 겁니까? 사랑한다고?"

입가에 번진 그의 미소는 매력적이었다. 희영은 그를 따라 미소 지으며 천천히 고개를 끄덕였다.

"그것도, 내가 더. 내 인생에 사랑은…… 정희영, 당신밖에 없으니까."

이런 과한 사랑을 받을 자격이 있는 걸까? 절절한 눈빛에 담긴 그의 사랑에 또다시 심장이 울렁거렸다. 그가 주는 사랑이 희영의 마음을 따뜻하게 채우고 있었다.

♫

한국 도착까지 두 시간여의 시간이 남았음을 확인한 도훈은 지겨운 듯 몸을 비틀며 비행기 창문 덮개를 열었다. 그러자 방금 떠오른 뜨거운 태양이 조그마한 창을 통해 들어왔다. 옆자리에서 잠을 자고 있던 혜란은 갑작스레 들어오는 빛에 놀랐는지 눈을 가늘게 떴다.

"뭐야, 오빠? 한국 도착한 거야?"

아직 잠이 덜 깬 얼굴로 혜란이 도훈을 향해 물었다. 하지만 그는 아무 말 없이 창밖만 보고 있을 뿐이었다.

"한국 오랜만에 들어가는 거지?"

스물두 살 때 미국으로 떠난 후, 도훈은 한국 땅을 밟지 않았다. 미국으로 떠나던 해, 교통사고로 십자인대가 파열돼 군대까지 면제를 받았다. 미국에 가서 수술을 받은 그는 간 김에 아예 그곳에서 대학까지 졸업했다.

집안끼리 친해서 어릴 때 몇 번 보긴 했지만 혜란이 본격적으로 도훈에게 관심을 가진 건 미국으로 어학연수를 갔을 때부터였다.

그가 자신에게 일절 관심이 없다는 걸 알고 있었지만 마음이 접어지지 않았다. 그래서 5년이 넘는 긴 시간 동안 혜란은 도훈의 뒤를 일방적으로 따라다니고 있었다.

"뭐야, 아직 두 시간이나 남았네."

도훈의 대답을 기다리다 지친 혜란이 모니터를 통해 보이는 시간을 확인하고 입을 삐죽 내밀었다. 여전히 참 말이 없는 남자였다. 그 모습에 반한 그녀 자신이 잘못이라면 잘못이었다. 남자답게 잘생긴 외모가 그의 차가운 성격조차 매력적으로 보이게 했으니까.

"기분이 어때? 한국 들어갈 생각하니까."

자신을 무시하고 있다는 걸 알고 있었지만 혜란은 포기하지 않고 도훈에게 말을 걸었다. 하지만 차가운 그의 눈빛에 또다시 입을 다물 수밖에 없었다.

아직도 그 여자를 못 잊는 걸까. 하지만 그도 곧 알게 될 것이다. 그녀를 다시 찾아간다 해도 바뀌는 것은 없을 거라는 사실을.

강욱이 희영과 각별한 사이가 되었다는 걸 희숙을 통해 전해 들었기에 혜란은 한결 마음이 편했다. 물론 강욱이 희영을 진심으로 사랑한다는 게 조금 놀라운 일이긴 했지만. 도대체 그 여자의 매력이 뭐기에 여자한테 별로 관심 없는 두 남자가 그 난리인지 이해할 수 없었다.

어찌 됐든 혜란은 이왕 이렇게 된 거 강욱이 희영의 마음을 꽉 움켜잡았기를 바라고 있었다. 도훈이 다시 나타나도 희영이 흔들리지 않을 만큼. 도훈이 희영을 잊지 못했다는 걸 알고 있었기에 혜란의 불안은 클 수밖에 없었다.

♫

이마에 와 닿는 부드러운 입술 촉감에 희영은 스르르 눈을 떴다. 저를 다정하게 내려다보고 있는 그의 검은 눈이 제일 먼저 보였다.

"잘 잤어요?"

귓가를 간질이는 부드러운 로우 톤 목소리에 입가에 저절로 미소가 번졌다.

"선물이 하나 있는데."

침대 옆 협탁을 가리키는 기다란 손가락을 따라 희영의 고개가 자연스럽게 돌아갔다. 그러자 'The Sound Of Silence'가 수록된 LP판이 보였다. 언젠가 강욱이 좋아하는 음악을 고르라고 했을 때, 희영이 제일 먼저 골랐던 곡이 담긴 LP판이었다.

"이 노래 듣고 있으면 기분 좋아진다고 했죠? 당신 기분이 항상 좋았으면 좋겠어."

희영은 자신의 말을 하나도 허투루 듣지 않고 모두 기억하고 있는 그가 고마웠다. 더군다나 이 LP판은 언제 가져온 걸까? 분명 회사까지 가서 가져온 걸 텐데.

"잠이 안 와서요. 너무 행복해서. 평생 잊지 못할 소중한 밤을 보냈으니까."

"강욱 씨."

그가 내뱉는 말 한마디, 한마디가 감동이었다. 가끔 드라마나 영화를 보면 멋진 남자들의 사랑을 받는 여주인공들이 부러웠었는데 이젠 그럴 필요가 없을 것 같았다. 세상에서 제일 멋진 남자가 지금 바로 자신의 곁에 있으니까.

"이제 이사님이라고 안 하네요. 뭐, 썩 마음에 드는 호칭은 아니지만 그래도 이사님 소리보다는 듣기 좋아요."

강욱은 커다란 손을 뻗어 희영의 머리를 부드럽게 쓰다듬었다.

"예쁘니까 상 하나 더 줄게요. 기다려요."

씩 웃으며 일어난 강욱은 곧장 침실 밖으로 사라졌다. 그리고 잠시 후 구운 빵과 오믈렛, 커피가 담긴 쟁반을 들고 돌아왔다.

"이거 직접 한 거예요?"

LP판을 선물로 가져다준 것도 모자라 직접 아침까지 준비했다니. 감동을 안 받을 수가 없었다.

"별거 아닌데요, 뭐. 솔직히 후회되더라고요. 요리 좀 배워 놓을걸 하고."

"안 배워도 돼요. 이미 충분히 좋은 남자예요, 강욱 씨."

"좋은 남자라……."

어쩐지 강욱의 표정이 조금 씁쓸하게 변했다.

"정말 그렇게 생각해요?"

"네."

"날 아는 사람들이 들으면 아마 비웃을 겁니다. 사실 나 그렇게 좋은 사람 아니거든."

말을 멈춘 강욱이 곧은 시선으로 희영을 바라보았다.

"그런데 당신에게만큼은 좋은 사람이고 싶어요. 다른 사람들이 비웃든, 욕하든 상관없어. 난 오직 정희영이란 사람에게만 좋은 사람이고 싶으니까."

사랑한다는 말보다 더 가슴 떨리는 고백이었다. 희영은 떨리는 두 손으로 강욱의 뺨을 감싸고 그의 입술에 부드럽게 입을 맞추었다.

"지금 도발하는 겁니까?"

수줍게 얼굴을 붉히는 희영을 보며 강욱이 매혹적인 미소를 지었다.

"뭐, 이런 도발엔 넘어가 주는 게 예의지."

그 말이 끝나기 무섭게 강욱은 희영의 입술을 덮쳤다. 아침이라는 것도 잊은 채 두 사람은 뜨겁게 불타오르기 시작했다.

♫

바에 앉아 국내 여행 책자를 읽고 있는 강욱을 보며 수호는 피식 웃었다.

"오호, 진도 팍팍 뽑아 보겠다는 속셈?"

수호의 도발에도 강욱은 전혀 개의치 않고 여행 책자에 집중했다.

"이런 거 봐서 뭐하냐? 전국을 꿰고 있는 방랑 김수호 선생 앞에서 말이야."

강욱의 손에 들린 책을 빼어 들며 수호가 말했다.

"죽이는 아이템 하나 줘?"

죽이는 아이템이라는 말에 강욱의 눈썹이 꿈틀거렸다. 마음이 동했다는 신호가 분명했다. 그 눈썹의 움직임은.

"캠핑카 어때?"

"캠핑카?"

수호의 제안에 강욱이 검은 눈을 반짝였다.

"캠핑카로 국도를 돌면서 여행하는 거지. 세우는 곳이 곧 숙소가 되기도 하고. 요즘 캠핑카 아주 좋다? 샤워 시설까지 갖추고 있다니까."

샤워 시설까지 있다는 말에 강욱은 더욱 큰 관심을 보였다.

"그래?"

"그렇다니까. 7번 국도를 추천한다. 해안 도로를 타면서 곳곳에 숨겨진 맛집도 가고. 어때, 예술이지?"

"넌 어떻게 그렇게 잘 아냐?"

수호의 제안이 꽤나 마음에 들었는지 강욱이 눈을 반짝이며 물었다.

"내가 괜히 연애 박사겠냐? 이 형님이 맛집 리스트도 쫙 뽑아 주마."

"형님은 무슨. 뭐, 어쨌든 고맙다."

"고마우면 나중에 꼭 보답해라. 물질적인 보상을 아주 좋아하는 거 알지?"

어깨를 두드리며 수호가 말하자 강욱은 알았다는 듯 피식 웃으며 고개를 끄덕였다. 희영과 캠핑카 여행을 갈 생각을 하니 꽤나 설레고 있었다.

♫

연휴를 맞아 함께 여행을 가지 않겠냐는 강욱의 제안을 희영은 흔쾌히 받아들였다. 그녀 역시 그와 함께하는 여행을 기대하고 있었으니까. 일이 있어 양평에 못 갈 것 같다고 엄마에게 연락을 한 희영은 설레는 얼굴로 짐을 꾸렸다.

여행 가서 먹을 음식은 직접 준비하고 싶었는데 이미 준비를 끝냈다는 강욱의 말에 희영은 할 일이 없어졌다.

"너무 익숙해지면 안 되는데."

그의 여왕 대접에 점점 익숙해지고 있는 기분이었다. 거실에서 강욱을 기다리며 빠진 게 없나 다시 한 번 짐을 점검하던 희영은 귓가에 들리는 초인종 소리에 환한 얼굴로 소파에서 일어섰다.

"왔어요?"

인터폰을 켜자마자 모니터를 통해 보이는 잘생긴 강욱의

얼굴에 희영이 미소를 지었다.

—준비 다 했어요?

"네. 주차장이죠? 바로 내려갈게요."

—내가 갈게요. 짐도 무거울 텐데.

"안 무거워요. 금방 내려갈게요."

희영은 미리 챙겨 둔 캐리어를 끌고 집을 벗어났다. 빨리 강욱을 보고 싶다는 마음에 엘리베이터를 기다리는 시간조차 아깝게 느껴졌다.

주차장으로 통하는 자동문을 열고 나오는 희영을 보며 강욱은 재빨리 뛰어가 그녀의 짐을 받아 들었다.

"힘들게 왜 혼자 가지고 내려와요. 내가 간다니까."

"여왕 대접에 너무 익숙해지면 안 될 것 같아서요."

"익숙해져도 됩니다. 평생 당신 곁에서 여왕 대접해 줄 테니까."

다정히 머리를 쓰다듬는 강욱의 손길에 희영은 얼굴을 붉혔다. 연애를 시작한 지 얼마 되지 않았지만 그가 쓰는 '평생'이라는 단어가 싫지 않았다. 이미 강욱에게 평생을 걸고 싶을 만큼 푹 빠져 있었으니까.

눈앞에 펼쳐지는 해안 도로에 희영은 눈을 커다랗게 떴다.

"정말 예뻐요. 오랜만에 바다 보는 것 같아요."

바닷가 근처에 있는 아버지 산소에 갈 때 말고는 바다에 올 일이 거의 없었기에 희영은 흥분할 수밖에 없었다.

"당신이 좋아하니, 나도 좋아요."

바다가 잘 보이는 한적한 공간에 차를 세운 강욱은 따뜻한 시선으로 희영을 바라보았다. 그때, 틀어 놓은 라디오에서 '로망스'가 흘러나왔다. 희영은 허밍으로 어느새 노래를 따라 부르고 있었다.

"이 곡도 좋아해요?"

강욱의 물음에 희영은 고개를 끄덕였다.

"여행이랑 잘 어울리는 곡 같아요. 왜, MT 가면 남자 선배들이 이 곡 기타로 연주해 주고 그러잖아요."

"그래서, 이 곡 연주해 주는 선배들 보면 설레었어요?"

질투를 내비치는 강욱의 물음에 희영은 장난기 어린 미소를 지었다.

"설레었다면요?"

"음. 나도 이 곡 연주할 줄 아는데."

"정말요?"

"보여 줄까요?"

희영은 웃으면서 고개를 끄덕였다.

"네. 다음에 기회가 된다면……."

그때, 강욱의 오른손이 자연스레 희영의 허벅지에 와 닿았다.

"뭐, 뭐하는 거예요?"

당황한 희영이 눈을 동그랗게 뜨며 물었다.

"연주하는 겁니다."

허벅지를 두드리는 기다란 손가락이 연주를 하듯 점점 더 안쪽으로 이동했다.

"이건 좀!"

생각지도 못한 거대한 쾌락에 희영은 달아오른 얼굴로 외쳤다.

"쉿, 연주에 집중해요."

노래에 맞추어 느릿하게 움직이던 손가락이 젖어 가기 시작한 여성 위에 정확히 멈추었다. 청바지를 입고 있었지만 여성의 갈라진 틈을 자극하는 느낌이 너무나 생생하게 전달되었다.

꾹 세게 눌렀다 살포시 멀어지고, 다시 세게 눌렀다 멀어지는 것을 반복하며 그가 여성을 자극했다. 그 손길 아래에서 여성은 점점 더 젖어 가고 있었다.

노래가 2절로 넘어가자 손가락은 더욱 대담하게 움직이기 시작했다. 방금 전까지 연주를 하듯 가볍게 움직이던 손가락에 좀 더 강한 힘이 들어갔다.

"흣!"

손가락이 움직일 때마다 희영의 다리는 점점 더 벌어졌다. 게다가 팬티가 흠뻑 젖을 정도로 많은 애액이 흘러나왔다. 손가락을 따라 청바지 솔기가 쓸릴 때마다 온몸에 짜릿한 전기가 흐르며 아랫배가 당겨 왔다.

"하읏!"

문 위에 달려 있는 손잡이를 꽉 붙잡으며 희영은 몰려오는 쾌락과의 싸움을 벌이고 있었다.

"젖었어요?"

"모, 몰라요."

검은 눈을 반짝이며 묻는 강욱의 말에 희영은 얼굴을 붉히며 고개를 내저었다. 이렇게 쉽게 느껴 버리는 자신이 너무나 부끄러웠다.

"보고 싶다. 얼마나 젖었는지."

더욱 손가락에 힘을 주며 그가 여성의 갈라진 틈을 따라 바쁘게 움직였다.

"흐읏!"

"지퍼 열어 봐요."

"아, 안 돼요."

"손으로 직접 느끼고 싶어요. 당신 젖은 걸."

더 이상 반항할 힘이 남아 있지 않았다. 여성은 연신 세차게 움찔거리며 그의 손길을 애타게 원하고 있었다. 얼굴을 한껏 붉힌 희영은 버클을 풀고 지퍼를 내렸다. 그러자 팬티를 사이에 두고 여성에게 밀착되었던 청바지에 느슨한 공간이 생겼다. 그 틈을 놓치지 않고 강욱의 손가락이 팬티 안을 파고들었다.

"굉장해요. 엄청 젖었어요."

뜨거운 열기가 뿜어져 나오는 미끄덩거리는 여성 안으로 손가락이 느릿하게 움직이기 시작했다.

"흡!"

터져 나오는 열띤 신음을 참지 못하고 희영은 입을 틀어막았다.

"안 그래도 돼요. 마음껏 소리 질러요. 당신, 신음 내지를 때 얼마나 섹시한지 모르죠?"

음순 사이에 가려져 있는 클리토리스를 손가락 끝으로 살짝 건드리며 강욱이 나른한 목소리로 말했다. 꼿꼿하게 세워진 손가락이 클리토리스 주변을 빠르게 돌기 시작했다. 찌르르한 전율을 안겨 주는 그 손길에 희영의 입에선 흡사 고양이의 울음소리 같은 신음이 터져 나왔다.

"엄청 움찔거려요. 사랑스러워서 미치겠어."

"흐아앙!"

클리토리스를 점점 세차게 문지르는 그의 손길 아래 희영은 어느새 절정에 도달하고 있었다. 빠르게 수축을 반복하는 여성 안에서 또다시 왈칵 하고 애액이 흘러나와 팬티를 흥건하게 적시고 있었다.

"더 이상 나도 못 참겠어요."

욕망으로 인해 허스키해진 강욱의 목소리가 희영의 귓가

에 들려왔다.

"내가 왜 캠핑카를 선택했는지 알아요?"

강욱의 물음에 여전히 흥분 상태에서 벗어나지 못한 희영이 세차게 고개를 내저었다.

"멈추는 곳 어디든 숙소가 되니까. 이제 침대로 갈까요?"

섹시한 강욱의 검은 눈을 보며 희영은 고개를 끄덕였다. 이미 젖어 버린 그녀의 팬티를 다시 입혀 주고 청바지 버클까지 채워 준 그가 운전석에서 내렸다. 그러고는 조수석 문을 열어 그녀를 번쩍 안아 들고 침대가 있는 공간으로 향했다.

인적이 없는 한가로운 곳이었기에 두 사람은 좀 더 자유로운 기분으로 서로를 탐닉할 수 있었다. 침대 위에 눕자마자 뜨거운 열기를 토해 내며 서로의 입술을 탐했다. 혀와 혀가 엉키는 진한 키스가 한참 동안 이어졌다.

커다란 그의 손은 그녀의 티셔츠를 말아 올리고 브래지어를 벗긴 후, 동그란 가슴을 꽉 움켜잡고 있었다.

"하읏!"

그의 손이 선사하는 쾌락에 희영의 입에선 또 한 번 신음성이 터져 나왔다. 그것이 신호가 되어 강욱의 몸은 더욱 바쁘게 움직이기 시작했다. 희영의 몸에서 옷을 벗기고 자신의 옷까지 모두 벗어 던진 강욱은 여성 위에 단단해진 남성을 포갰다.

이미 그의 손을 통해 절정을 맛보았던 여성은 뜨거운 애액을 흘리며 남성을 반겼다. 하지만 약 올리듯 남성은 쉽사리 안으로 들어갈 생각을 하지 않았다. 여성의 갈라진 틈을 비벼 대며 또 다른 자극을 선사할 뿐이었다.

"가, 강욱 씨."

남성과 여성이 부딪치면서 나는 색스러운 소리를 들으며 희영은 애타는 목소리로 강욱을 불렀다.

"말해요. 원하는 걸."

귓가에 은밀하게 속삭이며 강욱이 희영의 욕망을 부채질하기 시작했다.

"어서, 어서요."

"어서요?"

짓궂게 구는 강욱을 흘겨볼 힘도 없었다. 희영은 다리를 번쩍 들어 탄탄한 그의 엉덩이를 휘감았다.

"들어와 줘요."

희영의 말에 강욱은 입가에 매력적인 미소를 지었다.

"그 말, 기다렸어요."

여성의 갈라진 틈 주변을 맴돌던 남성이 힘차게 그녀의 안으로 들어갔다. 간절히 원하던 쾌락을 선사해 주는 남성을 느끼며 희영은 더욱 요란한 신음성을 내질렀다.

강욱의 입에서도 뜨거운 신음이 터져 나오고 있었다. 활활 타오르던 두 사람은 어느새 절정을 향해 나아가기 시작했다.

♫

여행을 하는 이틀 내내, 두 사람은 멋진 풍경이 있는 곳 아무 데나 차를 세우고 뜨겁게 사랑을 나누었다. 그러다 배가 고파지면 수호가 알려 준 식당에 가서 식사를 하고, 다시 차에 타 사랑을 나누길 몇 번이나 반복했다.

손가락 하나 까딱할 힘이 없어질 때면 서로를 꼭 끌어안은 채 잠에 빠져들었다. 그러다 눈을 뜨면 또다시 사랑을 나누었다.

"아예 캠핑카 하나 살까 봐요."

서울로 돌아가기 전 마지막으로 사랑을 나누고 난 후, 강욱이 희영을 품에 꼭 끌어안으며 말했다.

"그랬다간 우리 둘 다 과로로 병원에 입원할지도 몰라요."

코피가 안 나는 게 다행이란 생각이 들었다. 여행하는 내내 밥을 잘 챙겨 먹었음에도 계속 불타오르는 바람에 오히려 살이 쏙 빠졌다.

"그것도 나쁘지 않네요."

웃으며 농담을 건네는 강욱의 땀에 젖은 머리를 희영이 부드러운 손길로 쓸어 넘겨 주었다.

"캠핑카는 1년에 딱 한 번만 타는 걸로."

"아쉽지만 당신이 원한다면. 대신 우리 신혼여행은 캠핑카에서 즐기는 게 어때요? 해외 나가서."

"이젠 국내도 모자라 해외까지 점령하려고요?"

"이렇게 된 이상 세계 정복을 꿈꿔 보죠."

웃을 힘도 없었지만 그의 말에 자꾸만 웃음이 터져 나오려는 걸 막을 수 없었다.

"정말 멋진 꿈이네요."

"동의한 겁니다. 우리 신혼여행은 그렇게 하는 걸로."

자연스레 결혼을 꿈꾸는 강욱을 따라, 희영도 그와 함께하는 미래를 꿈꾸었다. 이제 그가 없는 미래는 상상조차 하기 어려웠다.

♫

다시 일상으로 돌아온 희영은 여행지에서 보냈던 뜨거운 밤을 떠올리며 슬그머니 얼굴을 붉혔다. 조금 피곤하긴 했지만 강욱을 떠올리면 저절로 힘이 샘솟아 며칠 밤도 새울 수 있을 것 같았다.

그때 똑똑, 하는 노크 소리가 들려오며 커다란 꽃다발을 든 남자가 이사실 안으로 들어왔다.

"누구시죠?"

“아, 여기 정희영 씨 계십니까? 꽃 배달 왔는데요.”

“전데요.”

대답이 끝나기 무섭게 남자는 희영을 향해 꽃다발을 안겼다.

“여기 사인해 주시면 됩니다.”

얼떨결에 꽃을 받아 든 희영은 시키는 대로 종이에 사인을 했다. 자신이 제일 좋아하는 튤립으로 장식된 꽃다발을 보며 희영은 입가에 미소를 지었다.

강욱이 보낸 거라는 생각에 좋아하고 있는데, 때마침 집무실 문을 열고 그가 걸어 나왔다.

“이 꽃…….”

꽃 배달 직원이 인사를 하고 나가는 걸 보며, 희영이 수줍은 얼굴로 강욱을 향해 입을 열었다. 그런데 꽃다발을 보는 그의 시선이 심상치 않았다.

“뭡니까, 그거?”

당연히 그가 보낸 거라 생각했는데 그게 아닌가 보다. 꽃다발을 노려보는 서늘한 그의 시선에 당황하던 희영은 꽃다발 사이에 꽂혀 있는 봉투를 발견했다. 떨리는 손으로 봉투를 열자 환하게 웃고 있는 자신이 보였다. 그것도 스무 살 때쯤의 얼굴이 담긴 사진이.

그 어떤 메시지도 적혀 있지 않았지만 희영은 누가 이 꽃다발을 보냈는지 직감적으로 알아챌 수 있었다.

"누가 보낸 건지 모르겠네요."

희영은 어색한 웃음을 지으며 모른 척했지만 강욱은 믿지 않는 눈치였다. 굳은 얼굴로 꽃다발을 노려보던 강욱은 그것을 그대로 휴지통에 내던졌다.

"다른 사람한테 이런 거 받지 마요. 남자든 여자든 그건 중요하지 않아. 내가 뭐든 다 해 줄 테니까. 당신은 나만 보면 돼."

불안해하는 강욱의 검은 눈을 들여다보며 희영은 천천히 고개를 끄덕였다. 그를 불안하게 하는 게 무엇인지 알 수 없었지만 더는 불안하게 만들고 싶지 않았다.

"그럴게요."

할 수 있는 말은 그것뿐이었다. 곧은 희영의 눈빛에 안심했는지 그제야 강욱은 예쁜 미소를 지어 보였다. 흔들리고 싶지 않았다. 지금 그녀가 사랑하는 남자는 최강욱, 그뿐이었으니까.

하지만 그 뒤로도 일주일이 넘는 긴 시간 동안 거의 매일 회사로 꽃다발이 배달되었다. 그녀의 예전 사진이 담긴 봉투와 함께.

어김없이 도착한 꽃다발에 한숨을 내쉬던 희영은 그가 보기 전에 얼른 탕비실 휴지통에 꽃다발을 내던졌다.

이제 와 대체 왜 이러는 거니, 지도훈.

떠올리지 않으려 애를 쓰던 그의 이름을 떠올리며 희영

은 눈을 질끈 감았다. 그와 동시에 잊고 지냈던 옛 기억이 머릿속에 가득 차올랐다.

"멈춰! 도훈아, 멈춰. 너무 위험해."

거칠게 액셀을 밟는 도훈을 보며 희영은 공포에 질린 얼굴로 다급하게 외쳤다. 하지만 그의 귀엔 그녀의 말이 잘 들리지 않는 듯했다. 자동차 계기판 속도계는 180을 넘어가고 있었다. 그럼에도 불구하고 그는 차를 멈출 생각을 하지 않았다.

"도훈아, 도훈아. 제발."

"안 돼! 잡히면 우리 이대로 끝이야. 어떻게 알고 쫓아온 거지? 아무한테도 안 알렸는데. 도대체 어떻게!"

도훈의 감정은 불안 단계를 넘어 폭주 단계로 나아가고 있었다. 용기를 낸 희영은 손을 뻗어 핸들을 붙잡고 있는 그의 손을 잡았다.

그때였다. 앞차를 추월하기 위해 도훈의 차가 중앙선을 넘었을 때 빠르게 달려오던 맞은편 차와 그대로 충돌할 뻔한 것은. 다행히 핸들을 꺾어 충돌은 면했지만 가로수에 세게 부딪치고 말았다. 그와 동시에 희영은 의식을 잃었다.

다시 눈을 떴을 땐 병원이었다. 붕대를 감고 있는 왼손을 붙잡고 하염없이 눈물을 쏟아 내는 혜옥을 보며 희영은 느릿하게 눈을 깜박였다.

"희영아! 정신이 드니?"

울음 섞인 목소리로 자신을 부르는 혜옥을 향해 희영은 천천히 고개를 끄덕였다. 왜 자신이 병원에 누워 있는 걸까? 깨질 것 같은 머리를 부여잡던 희영은 도훈과 함께 있다 사고가 났던 것을 떠올렸다.

"엄마, 도훈인? 도훈이는 어떻게 됐어? 괜찮아?"

오랜만에 말을 하는 탓에 잔뜩 갈라진 목소리로 희영이 물었다. 하지만 혜옥은 다친 손을 붙잡고 눈물만 흘릴 뿐 아무 말도 하지 않았다.

"왜 그래, 엄마? 도훈이 많이 다쳤어? 얼마나 다친……."
"네 몸부터 챙겨, 희영아. 도훈이 그 녀석은 괜찮을 테니."
"무슨 말이야? 내 몸이 왜?"

희영은 혜옥이 붙잡고 있는 자신의 손을 바라보았다. 붕

대가 감겨 있는 손에서 그제야 고통이 느껴졌다. 억지로 움직이려고 할수록 고통은 더욱 강해졌다.

"인대를 다쳤대. 흉터도 심하고. 그래도 재활하면 일상생활 하는 데 지장은 없다니까……."

"피아노는?"

떨리는 목소리로 묻는 희영의 말에 혜옥은 고개를 깊숙이 숙였다. 그때 알았다. 자신의 인생에서 가장 소중한 두 가지가 사고로 모두 사라져 버렸음을.

그럼에도 희영은 여전히 도훈을 믿고 있었다. 많이 다쳐서 찾아오지 못하는 거라고, 꼭 다시 돌아올 거라고 생각했다. 하지만 그 긴 기다림의 끝에 찾아온 건 쓰라린 배신뿐이었다.

"도훈이 미국으로 떠났다. 다신 네 앞에 나타나지 않을 테니 괜한 미련 가지지 마."

차가운 얼굴로 통보하듯 그의 소식을 알려 준 도훈의 모친은 희영에게 돈 봉투를 내밀었다.

"넉넉하게 넣었다. 그 정도면 충분한 보상……."

희영은 봉투를 열어 안에 담긴 돈을 바닥에 내던졌다.

"꼴에 자존심은 남아 있나 보구나. 곱게 돈이나 받고 물러날 것이지."

끝까지 독한 말을 내뱉는 도훈의 모친을 보며 희영은 뜨거운 눈물을 토해 냈다. 뜨겁게 사랑한 대가치고 너무나 가혹했다. 절대 자신의 곁을 떠나지 않을 거라 믿었던 도훈의 배신은 미치도록 쓰리기만 했다.

옛 기억에서 벗어난 희영은 어두운 눈으로 휴지통에 내던진 꽃다발을 바라보았다. 이런다고 달라질 건 아무것도 없었다. 더 이상 지도훈을 사랑하던 정희영은 이 세상에 없었으니까.

♫

도훈이 지내는 호텔 방 앞에 멈춰 선 강욱은 짙은 검은 눈으로 문에 적힌 1507이란 숫자를 노려보았다. 일주일이 넘는 시간 동안 희영에게 꽃다발을 보낸 사람이 도훈이라는 걸 강욱은 직감하고 있었다. 어쩌면 혜란에게 그가 한국에 왔다는 소식을 들었을 때부터 이런 일이 있을 거라 예상했는지도 몰랐다.

사실은 이런 날이 영영 오지 않길 바랐다. 도훈이 희영을 잊지 못한다는 걸 이미 혜란을 통해 알고 있었음에도 그가 미국에서 돌아오지 않길 바랐다. 과거, 자신이 저지른 잘못이 있기에 그 불안은 더욱 클 수밖에 없었다.

어찌 됐든 누구보다 서로를 사랑했던 두 사람을 갈라놓은 게 바로 자신이었으니까. 사실은 희영의 마음을 탐할 자격조차 없다는 걸 알고 있었으니까.

그럼에도 불구하고 강욱은 희영을 포기할 수 없었다. 이제야 겨우 저를 보기 시작한 그 깊은 갈색 눈을 놓치고 싶지 않았다. 천벌을 받는다 해도 상관없었다. 지옥보다 더한 곳에 떨어진다 해도 괜찮았다. 희영의 마음만 가질 수 있다면.

아마 지금의 기억을 가지고 다시 과거로 돌아간다 해도 그의 선택은 변함없을 것이다. 그녀가 포기한 피아노에 대해선 평생 속죄하며 살아가겠지만.

"이게 누구신가?"

이런저런 생각을 하며 문 앞에 서 있던 강욱은 귓가에 들리는 비아냥거리는 목소리에 숙이고 있던 고개를 들었다.

호텔 방문을 열고 서 있는 도훈의 모습이 보였다. 스물두 살의 도훈은 유약한 사람이었는데, 9년의 시간이 흐르는 동안 많이 변한 듯했다.

자신을 보는 차가운 도훈의 눈을 흔들림 없는 시선으로

마주하며 강욱은 천천히 입을 열었다.

"오랜만이야."

"글쎄. 그런 안부 건넬 사이는 아닌 것 같은데."

도훈의 눈이 더욱 차갑게 빛났다.

"참 양심도 없지. 어떻게 네가 먼저 날 찾아올 생각을 해? 그렇게 배신해 놓고. 하긴 양심이 있는 인간이면 그런 짓은 애초에 하지 않았겠지. 내가 널 얼마나 아꼈는데. 어떻게 감히 형의 여자를 넘봐. 그런 놈인지도 모르고……."

"내 여자야."

단호한 강욱의 말에 도훈의 입가엔 짙은 비웃음이 번졌다.

"뭐?"

"이제 내 여자야. 누구한테도 양보할 생각 없어. 형이 그 여자의 곁을 떠났을 때, 둘은 끝났으니까."

"최강욱!"

"미안하게 생각해. 하지만 그 여자만큼은 포기할 수 없었어. 나한테 형이 무슨 짓을 한다 해도 다 참을게. 갚아 주고 싶은 만큼 갚아 줘. 죽도록 패고 싶으면 패. 그런데 그 여자만큼은 안 돼."

허공에서 두 시선이 날카롭게 얽혔다. 누구 하나 양보 없는 팽팽한 기 싸움이 이어졌다.

"그런데 최강욱, 희영이도 그거 알아?"

피식 비웃음을 지으며 도훈이 물었다.

"네가 나 도와주는 척하고 우리 엄마한테 알린 거. 희영이는 모르지? 그날 사고의 원인이 따지고 보면 너라는 거. 모르고 있지?"

강욱의 가장 큰 아킬레스건을 도훈이 건드리고 있었다. 강욱은 이를 악물며 흔들림 없는 눈으로 도훈을 바라보았다.

"뭘 말하고 싶은 건데."

"희영이 인생에서 제일 소중한 피아노. 그걸 뺏은 사람이 너잖아. 너만 조용히 있어 줬으면, 네가 희영이한테 그런 마음 품지 않았으면 우리 둘 행복했을 거야. 희영인 그 좋아하던 피아노를 포기하지 않았어도 됐을 테고."

굳이 말하지 않아도 알고 있었다. 자신이 희영에게 어떠한 죄를 지었는지. 그 죄책감 때문에 긴 세월 동안 그녀의 주위를 맴돌며 지켜만 봤었다. 먼발치에서 늘 바라보기만 했었다.

취직이 되지 않아 힘들어하던 희영을 M 리조트로 유인한 것 역시 자신이었다. 조금 더 바라보기 쉬운 곳에 그녀를 두고 싶어서.

하지만 지켜보는 시간이 길어질수록 감정은 점점 더 커져 갔다. 자격이 없다는 걸 알면서도 다가가고 싶어졌다. 그녀를 사랑했고, 그녀의 사랑을 받고 싶었다. 그래서 끝내 그녀의 앞에 모습을 드러냈다.

"말할 거야, 내가. 내가 다 말할 거야."

두려워서 쉽사리 고백하지 못했다. 자신이 한 짓을 알게 되면 희영이 외면할까 무서워서 쉽사리 말을 꺼낼 수가 없었다.

"그럴 필요 없겠는데."

차가운 비웃음을 지으며 도훈이 강욱을 올려다보았다.

"무슨 말이야?"

"이미 희영이가 다 들은 것 같아서."

도훈은 강욱의 뒤를 바라보고 있었다. 그 모습에 긴장한 얼굴로 강욱이 몸을 돌렸다. 하얗게 질린 얼굴로 서 있는 희영의 모습이 떨리는 그의 시선에 들어왔다.

토요일이었지만 양평에 가는 것을 미룬 희영은 대학 선배인 민희를 찾아갔다. 강욱에게 늘 받기만 하는 것 같아 특별한 선물을 해 주고 싶었다. 그러던 찰나, 라디오에서 엘비스 프레슬리의 부인이었던 프리실라가 그에게 줬던 특별한 선물에 대해 듣게 되었다.

프리실라가 제일 좋아했던 곡은 'Love Me Tender'였다고 한다. 그래서 엘비스 프레슬리에게 크리스마스 선물로 'Love Me Tender'가 흘러나오는 세상에 하나밖에 없는 라이터를 선물했다고 DJ가 말해 주었다. 그걸 듣는 순간 강욱에게 해 줄 선물이 떠올랐다.

예전처럼 뛰어난 연주 실력을 가지고 있지는 않았지만,

직접 친 피아노를 녹음한 LP판을 선물로 주고 싶어졌다.

그래서 선배인 민희에게 LP 녹음을 도와 달라고 청했다. 흔쾌히 허락해 준 민희 덕에 희영은 기쁜 마음으로 그녀가 알려 준 작업실로 찾아갔다.

집에서 연습을 하긴 했으나, 막상 피아노 앞에 앉으니 긴장이 되었다. 희영은 호흡을 가다듬으며 긴장된 눈으로 피아노 건반을 바라보았다.

"긴장 풀고 편안하게 연주해. 네 진심을 담는 게 제일 중요하니까."

직접 작업실까지 찾아온 민희는 희영의 어깨를 다독이며 응원을 해 주었다. 희영은 녹음 사인을 보고 차분하게 연주를 시작했다. 기교가 뛰어난 연주는 아니었지만 강욱을 향한 진심을 담아 무사히 연주를 마쳤다.

"수고했어."

따뜻한 말을 건네는 민희를 향해 희영은 어색한 미소를 지어 보였다.

"형편없죠?"

"아니. 물론 예전같이 뛰어난 실력은 아니지만 듣기 좋았어. 누군지 몰라도 이 선물 받는 사람은 좋겠네. 네가 얼마나 그 사람을 좋아하는지 연주에서 확 느껴지던데?"

민희의 칭찬에 조금 마음이 놓였다. 강욱의 환한 얼굴을 상상하며 희영은 세상에 한 장밖에 없는 LP판을 받아 들었다. 집에 가서 직접 만든 라벨도 붙일 생각이었다. 진심을 담은 메시지가 적힌 아주 특별한 LP판이 될 것 같았다.

차로 돌아온 희영은 품에 안고 온 LP판을 조심스레 조수석에 내려놓았다. 자신이 양평으로 내려간 줄 알고 있는 그를, 내일 아침 깜짝 방문해 놀라게 해 줄 생각을 하니 입가에 절로 미소가 번졌다.

그때, 그런 희영의 행복을 방해하겠다는 듯 핸드폰이 울려 댔다. 액정에 뜨는 낯선 번호에 안 좋은 예감을 느끼며 희영은 전화를 받았다.

"여보세요."

—나야.

목소리를 듣는 순간 전화를 건 사람이 도훈이라는 걸 알아챘다. 그가 꽃다발을 보내올 때부터 언젠가 자신을 찾아오거나, 전화를 걸어 올 거라 생각해서 그런지 그리 놀랍지 않았다.

"너랑 통화할 일 없어."

—두려워? 날 만나는 게?

도훈의 도발에 넘어갈 생각은 없었지만 한 번은 만나서 분명하게 짚고 넘어가야 할 것 같았다. 다시는 꽃다발을 보내는 일 없게, 사랑하는 사람이 생겼다는 것을 확실히 말해 줘야 할 것 같았다.

"그럴 리가 없잖아."

—그러면 안 만날 이유가 없네. 안 그래?

"그래, 만나자. 어디서 볼까?"

애써 차분한 척하려는 희영의 목소리에 도훈은 웃음을 삼켰다.

—여전하네, 정희영.

"헛소리 그만하고, 어디서 볼지 말해."

—K 호텔 1507호.

"무슨 말이야?"

—내가 지내고 있는 곳이야. 그럼 기다릴게.

호텔로 오라고 하는 게 조금 찜찜했지만 그 근처에서 만날 생각으로 희영은 차를 몰았다. 하지만 도훈은 전화를 받을 생각을 하지 않았다.

호텔 로비에 서서 한참을 기다리던 희영은 끝내 포기하고 그가 말한 객실로 직접 올라갔다.

그런데 15층에 도착한 엘리베이터에서 내려 코너를 도는 순간, 희영은 도훈과 마주하고 서 있는 강욱을 발견했다. 왜 그가 여기 있을까? 의문이 채 가시기도 전에 놀라운 대화가 귀를 파고들었다.

잊고 싶었던 사고에 관한 이야기에 희영의 얼굴이 하얗게 질려 갔다. 다리가 바들바들 떨려 왔다. 그러다 놀란 눈으로 자신을 보는 강욱과 시선이 마주쳤다. 벗어나고 싶었다, 이 자리에서. 도망치고 싶었다, 믿기지 않는 현실 속에서.

그래서 무조건 앞만 보고 내달렸다. 다행히 15층에 멈춰 서 있는 엘리베이터에 올라탄 희영은 재빨리 닫힘 버튼을 눌렀다. 혹시나 강욱이 엘리베이터 문을 열까 두려웠지만, 예상과 다르게 그는 뒤쫓아 오지 않았다.

혼란스러워 미칠 것만 같았다. 뼈아픈 과거에 그가 그렇게 깊이 연관되어 있을 거라 감히 상상도 하지 못했기에.

♫

희영과 잘되고 나서는 한동안 바를 찾지 않던 강욱이 다 죽어 가는 얼굴로 찾아왔을 때부터 수호는 이상한 낌새를 느꼈다. 아무 말 없이 메인 바 앞에 죽치고 앉아 독한 술을 연거푸 마셔 대는 강욱을 보며 수호는 도저히 궁금증을 참지 못하고 입을 뗐다.

"뭐야? 또 왜 이래?"

하지만 묵언 수행이라도 하려는 건지 강욱은 아무 말도 하지 않고 술만 마셔 댔다.

"최강욱, 그러다 병나. 술 우습게 보……!"

술병을 뺏어 들려던 수호는 눈물을 흘리고 있는 강욱의 얼굴에 놀라 얼른 손을 뗐다. 찔러도 피 한 방울 안 나올 것 같은 녀석이 울다니.

12년을 알고 지냈지만 강욱이 우는 모습을 수호는 한 번도 보지 못했었다. 그렇기에 충격이 더 클 수밖에 없었다.

"그냥 마셔라."

우는 걸 보느니 술을 마음껏 마시게 두는 게 나을 것 같았다. 둘이 무지 잘 지내는 것 같더니 도대체 무슨 일인 걸까. 도통 강욱의 속을 알 수 없었다. 착잡한 기분을 느끼며 수호는 술을 마시는 강욱을 조용히 바라보았다.

♫

머리가 여전히 복잡했다. 차라리 지독한 악몽이면 좋으련만 그 끔찍한 이야기가 모두 사실이라니. 그때, 강욱이 선물한 LP판이 희영의 눈에 들어왔다. 소중한 LP판이라 협탁 위에 특별히 장식해 두었다.

그 LP판을 보는 순간 강욱과 있었던 여러 가지 기억들이 머릿속에 떠올랐다. 생각해 보니 그는 은연중 계속 신호를 보내고 있었다.

"늘 상상했어요. 당신이랑 함께 있는 내 모습. 처음 당신을 봤던 그날부터……. 무척이나 긴 시간 동안. 당신, 처음 봤을 때 얼마나 예뻤는지 몰라. 그래서 품어선 안 되는 마음까지 품어버렸어. 당신이 좋아서, 당신이 너무 좋아서."

나른한 목소리로 예전 이야기를 해 줄 때도.

"그럼 나중에 내 소원 하나 들어줘요."

간절한 얼굴로 소원을 들어 달라 말할 때도.

"날 아는 사람들이 들으면 아마 비웃을 겁니다. 사실 나 그렇게 좋은 사람 아니거든. 그런데 당신에게만큼은 좋은 사람이고 싶어요. 다른 사람들이 비웃든, 욕하든 상관없어. 난 오직 정희영이란 사람에게만 좋은 사람이고 싶으니까."

가슴 떨리는 고백을 내뱉는 순간에도 계속 신호를 보내고 있었다. 옛 기억을 떠올리기 싫어 그 신호를 외면한 건 어쩌면 자신일지도 몰랐다.

"조금 더 용기가 나면…… 그땐 다 말할게요."

그때 제가 용기를 내어 강욱에게 물어봤어야 했다. 희영은 이제야 자신의 상처 난 왼손을 볼 때마다 그의 표정이 왜 그렇게 슬퍼졌는지 이해되었다. 미워지지 않았다. 미워할 수 없었다. 자신이 그를 바라보지 않던 그 순간에도 항상 자신을 지켜보고 있던 강욱을 알기에.

강욱의 잘못이 아예 없다고는 할 수 없었지만, 사실 사고는 그 누구의 잘못을 따질 수 있는 그런 성격의 것의 아니었다. 모두에게 조금씩의 잘못은 있었다.

도훈의 어머니에게 사실을 알린 강욱도, 도훈을 따라 말없이 도망치려 했던 자신도, 폭주해 버린 도훈도, 악착같이 뒤쫓던 도훈의 어머니도, 모두 사고의 원인이었다.

그래서 그 사고로 피아노를 못 치게 된 것에 대해 원망하고 싶지 않았다. 도훈을 마음에서 지운 건 그 사고 때문이 아니었다. 그가 아무 말 없이 떠난 게, 당시 제일 힘든 일이었다.

힘든 순간이었지만 도훈만 곁에 있었다면 악착같이 버텨냈을 거다. 그런데 그런 자신을 먼저 배신한 건 도훈이었다. 힘들 때 함께하는 것이 사랑이거늘. 도훈은 가장 힘들 때 등을 돌렸다. 그 이유가 무엇이든 그걸 용서할 수 없었다.

반면에 강욱은 언제부터인가 항상 제 곁에 있었다. 밀쳐내는 순간에도 그는 자신만을 보고 있었다. 제 옆에 있던 그는 항상 좋은 사람이었다. 정말 좋은 사람.

생각을 멈춘 희영은 침대에서 몸을 일으켰다. 그리고 거실로 걸어 나와 자신이 직접 녹음해 온 LP판을 집어 들었다. 답은 이미 정해져 있었다. 과거를 알았다고 해서 마음이 바뀔 정도로 자신은 약하지 않았다.

희영은 미리 만들어 놓은 라벨을 꺼내 LP판에 조심스럽게 붙이기 시작했다. 내일 아침 예정대로 강욱을 찾아갈 생각이었다.

For it's there that I belong. And we'll never part.
나 머물 곳 그곳이기에. 우리 헤어지지 않습니다.

'Love Me Tender'의 마지막 구절로 만든 라벨을 보며 희영은 입가에 부드러운 미소를 지었다.

거실에서 그대로 잠이 들었나 보다. 귓가에 들리는 요란한 초인종 소리에 희영은 잠에서 깨어났다. 창을 통해 들어오는 햇살을 보니 이미 아침인 듯했다. 냉장고로 가서 물을 마신 희영은 다시 울리는 초인종 소리에 모니터 앞으로 갔다. 그러자 주차장에 서 있는 도훈의 모습이 보였다.

"왜?"

희영이 까칠한 목소리로 물었다.

—내려와. 지하 주차장에서 기다릴게.

"아직 할 말 남았어?"

—응, 할 말 많아. 네가 그렇게 가 버려서 난 아직 아무 말도 못 했어.

이제 와서 달라질 건 없다는 사실을 도훈은 모르는 듯했다. 그를 믿고 기다리던 정희영은 이제 더는 존재하지 않았다. 그럼에도 그의 기억은 아직 과거 그 시간에 멈춰 있는 것 같았다.

"그래. 들어나 보자. 그래도 바뀌는 건 없겠지만."

피해 봤자 계속 이런 식으로 귀찮게 할 것 같았다. 확실히 못 박아야겠다 생각하며 간단하게 준비를 마친 희영은 지하 주차장으로 내려갔다.

고급스러운 승용차 앞에 기대 서 있던 도훈은 희영을 향해 차 문을 열고 타라는 신호를 보냈다.

"그냥 여기서 얘기해."

"보여 줄게 있어. 타."

예전의 도훈과 지금의 도훈은 확실히 다른 사람이었다. 풍기는 분위기부터 달라졌다고 해야 할까. 그녀가 사랑했던 다정하고 따뜻했던 지도훈의 모습은 더는 찾아볼 수 없었다.

조수석에 오르는 희영을 따라 탄 도훈은 차에 시동을 걸었다.

"뭐야. 어디 가는 거야?"

갑작스러운 도훈의 행동에 당황한 희영이 눈을 동그랗게 뜨며 물었다.

"보여 줄 게 있다고 했잖아."

"그게 뭔데? 아니, 그게 뭐든 전혀 관심 없어. 그러니까 차 세워."

하지만 도훈은 차를 멈출 생각을 하지 않았다.

"지도훈!"

"마지막 발악이야. 거길 가 보고서도 네 마음이 안 변하면 그땐 나도 포기할게. 하지만 보여 주고 싶어. 내가 그동안 어떤 마음으로 긴 시간을 버텼는지."

이제 와서 무얼 되돌리고 싶은 걸까. 이미 희영의 마음 그 어디에도 지도훈은 없었다. 지금 이 순간에도 자신의 걱정에 힘들어하고 있을 강욱만이 머릿속에 가득했으니까.

"내 마음 안 변하면, 포기한다던 그 약속 꼭 지켜."

희영은 강욱을 향해 뛰는 자신의 심장을 믿었다. 긴 시간 도훈이 자리를 차지하고 있었지만 이미 그는 지나간 과거였다. 지금 현재는 누가 뭐라 해도 최강욱이 자리를 잡고 있었다.

의미 없는 시선으로 창밖을 보고 있던 희영은 어느새 눈에 들어오는 한적한 산골 마을 풍경에 눈을 커다랗게 떴다. 분명 와 본 적이 있는 곳이었다. 예전에 도훈과 함께 봉사활동을 했을 때 왔던 마을이었다. 그리고 두 사람이 함께 도망을 치자 약속했던 곳도 바로 이 마을이었다.

"기억나?"

귓가에 들리는 나지막한 목소리에 희영은 천천히 도훈을 향해 고개를 돌렸다.

"그래. 그런데 왜 여기 온 거야?"

"보여 줄 게 있다고 했잖……."

말이 채 끝나기도 전에 희영의 핸드폰이 울어 댔다. 액정에 뜨는 강욱의 이름에 희영은 저도 모르게 입가에 미소를 지었다. 과거를 알았지만 바뀌는 건 없었다. 전화를 받으려고 하자 도훈이 갑작스레 핸드폰을 뺏어 들었다.

"뭐하는 거야?"

"마지막 발악이라고 했지?"

도훈은 핸드폰 배터리를 분리해 그대로 창밖으로 던져 버렸다.

"지도훈! 미쳤어?"

전화 안 받으면 분명 걱정할 텐데. 그 생각밖에 들지 않았다. 머릿속이 강욱으로 가득 차 다른 생각은 할 수 없었다.

"너야말로 미쳤어? 최강욱이 어떤 놈인지 다 알잖아! 다 알면서 어떻게 그 자식 전화에 그런 표정을 지어!"

"사랑하니까!"

"뭐?"

믿기지 않는다는 듯 도훈은 허탈한 얼굴로 되물었다.

"내가 그 사람을 사랑하니까. 과거가 뭐가 그렇게 중요해? 과거가 무슨 힘이 있어. 그러니까 내 마음 바뀔 거라는 기대하지 마. 그건 네가 내 현재였을 때 했어야지. 그렇게 도망치지 말았어야지."

"미쳤어, 너. 도대체 최강욱이 너한테 무슨 짓을 한 거야? 내가 너 제정신으로 돌아오게 만들어 줄 거야. 다시 날

네 현재로 만들면 돼."

말도 안 되는 고집을 부리는 도훈을 보며 희영은 씁쓸한 미소를 지었다. 그는 아직도 모르는 것 같았다. 자신과 그의 사랑이 과거가 되어 버린 이유를.

"마지막 발악까진 봐줄게. 그래야 네가 날 깨끗하게 포기할 것 같으니까."

그렇게 대답하면서도 희영의 머릿속은 온통 강욱을 향한 걱정뿐이었다. 자신을 걱정하고 있을 그에게 빨리 전화를 해야 했다. 안심하라고, 항상 당신 곁에 있을 거라고. 그가 자신을 늘 안심시켜 주었던 것처럼 그렇게 해 주고 싶었다.

♫

강욱은 불안한 얼굴로 희영의 집 앞을 서성이고 있었다. 그녀의 배신감이 얼마나 클지 생각하면 나타날 면목도 없었지만 이대로 희영을 놓칠 수 없었다. 무릎을 꿇어서라도, 모든 것을 다 내던져서라도 용서를 구하고 싶었다.

"그러니까 제발 좀 내 앞에 나타나 줘요."

집에 없는 건지 아무리 문을 두드리고 벨을 눌러도 희영은 나올 생각을 하지 않았다. 전화도 받지 않더니 이젠 아예 전원마저 꺼져 있었다. 간절한 얼굴로 두 손을 모은 채 강욱은 애달픈 눈으로 희영의 집 현관문을 바라보았다.

그때 맞은편 현관문이 열리며 수호가 걸어 나왔다. 초조한 얼굴로 서성거리는 강욱을 발견한 수호는 꽤나 놀란 눈치였다.

"여기서 뭐해? 누나 집에 없어?"

"없는 것 같아. 기척이 안 느껴져."

"그럼 전화를 해 보……."

강욱의 손에 꽉 쥐어져 있는 핸드폰을 보며 수호가 쓴웃음을 지었다.

"안 받냐?"

아무런 대답도 하지 않는 강욱은 여전히 희영의 집에서 시선을 떼지 않고 있었다.

"도대체 왜 그래. 싸웠어?"

"말하기 복잡해."

자신이 저지른 잘못을 떠올리며 강욱은 눈을 질끈 감았다. 분명 정이 다 떨어졌을 것이다. 그렇게 파렴치한 짓을 해 놓고도 마음을 접지 못하고 또다시 희영에게 다가갔으니. 자신이 생각해도 치가 떨리고 무서웠다.

"하여튼 평탄할 날이 없고만. 긴 짝사랑 끝에 봄이 왔나 싶더니만."

수호의 혼잣말을 들으면서도 강욱은 현관문에서 시선을 떼지 못했다. 금방이라도 저 문을 열고 희영이 환하게 웃으며 나올 것 같았기에.

♫

작은 정원이 있는 깔끔한 전원주택 앞에 도훈은 차를 세웠다.

도훈을 따라 차에서 내린 희영은 옛날부터 항상 꿈꿔 왔던 형태의 집을 멍하니 바라보았다. 통유리로 창이 난 예쁜 전원주택의 모습에 도훈을 향해 시선을 돌렸다.

"여길 왜 온 건데?"

"모르겠어?"

"뭘?"

"네가 항상 꿈꾸던 집이잖아."

"그래서?"

꿈꾸던 집이 눈앞에 펼쳐져 있다고 해서 달라지는 건 없었다.

"그래서라니? 내가 이날을 위해 얼마나 노력했는데. 엄마 도움 없이 스스로 서기 위해 얼마나 노력했는데. 너와 여기서 새롭게 시작하고 싶어서……. 혹시 마음에 안 들어? 안에 들어가 보자. 그러면 생각이 바뀔 거야. 내부 인테리어도 네가 바라는 대로……."

희영은 팔을 붙잡는 도훈의 손을 조용히 뿌리쳤다.

"정희영!"

"이런 게 아니야, 도훈아. 내가 바랐던 건……. 이런 게 아니야. 내가 가장 힘들던 그 순간에 네가 내 옆에 있길 바랐어. 내가 바랐던 건 그것뿐이었어. 피아노도 포기하고 너랑 도망치려고 했던 스물두 살의 정희영이 바랐던 건. 딱 그거 하나였어."

희영의 말을 듣고 있는 도훈의 눈이 짙어졌다.

"그땐 죄책감 때문에 네 곁에 있을 수 없었어. 그래서 그렇게 도망칠 수밖에 없었어. 내 힘으로 할 수 있는 게 하나도 없었으니까."

"그게 그 사람이랑 너의 차이야."

"무슨 말이야?"

강욱의 이야기인 걸 단번에 알아챈 도훈이 분노에 찬 눈으로 희영을 바라보았다.

"넌 죄책감 때문에 도망쳤지만, 그 사람은 그 순간에도 내 곁에 있었어."

"살아, 어떻게든 살아남아."

머릿속에 울리는 애절한 강욱의 목소리를 떠올리며 희영은 차분한 눈으로 도훈을 응시했다.

"그 사람은 나에 대해 모르는 게 없었어. 생각해 보니까 그래. 늘 항상 날 지켜보고 있었던 것 같아."

"정희영."

자신을 부르는 나지막한 도훈의 목소리에 희영은 씁쓸한 미소를 지었다.

"지금 내가 꿈꾸는 미래엔 네가 없어, 도훈아. 그러니까 그만 포기해. 네가 말했지? 이거 보고도 내 마음이 변하지 않으면……!"

갑자기 자신을 들쳐 업는 도훈의 행동에 희영은 깜짝 놀라 말을 멈추었다.

"뭐, 뭐하는 거야?"

"아직 내 마지막 발악은 끝나지 않았어."

희영은 그대로 현관문을 열고 안으로 들어서는 도훈의 등을 두 손으로 힘껏 내리쳤다.

"내려 줘. 도대체 뭐하는 건데?"

발버둥을 쳐 보았지만 도훈은 꿈쩍하지 않았다. 안쪽에 위치한 커다란 방에 가서야 그는 그녀를 침대에 내려놓았다.

"지도훈!"

"더 생각해 봐. 이 동네 기억나지? 우리 여기서 좋았던 추억도 많았잖아. 그러니까 다시 생각해."

"미쳤어, 너?"

"그래. 미쳐서라도 널 잡을 수만 있다면 그렇게 할 거야."

"됐어. 나 갈 거야."

희영은 다시 침대에서 몸을 일으켰지만 금세 도훈에게

저지당하고 말았다.

"생각하고, 생각하고, 또 생각해. 내가 원하는 답 들을 때까지 넌 여기에서 못 나가."

광기 어린 도훈의 검은 눈에 희영은 암담한 기분을 느꼈다. 그런 그녀를 방에 내버려 둔 채 그는 곧장 문밖으로 나갔다. 밖에서도 잠글 수 있게 되어 있는 문은 곧바로 굳게 잠겨 버렸다. 욕실이 내부에 있는 커다란 방이었지만 희영에겐 감옥처럼 느껴졌다.

애초에 따라오는 게 아니었다. 뒤늦은 후회만이 그녀의 머릿속을 맴돌았다.

♫

벌써 희영이 잠적한 지 사흘째였다. 여전히 그녀의 핸드폰은 꺼져 있었고 단 한 통의 연락도 없었다. 무단으로 결근한 적이 단 한 번도 없었던 그녀였기에 강욱은 더 미칠 것만 같았다.

혹시나 어머니한테 가 있는 건가 싶어 양평으로 사람을 보내기도 했다. 하지만 그곳에서도 그녀의 모습은 포착되지 않았다. 아직 확실한 게 없는 상태에서 그녀의 어머니에게 그녀가 사라졌다는 사실을 알려 걱정을 끼쳐 드릴 수는 없었다.

핸드폰 위치 추적도 시도해 보았지만 전원이 켜지지 않은 상태에선 아무 성과도 얻을 수가 없었다. 혹시나 집으로 돌아올까 싶어 강욱은 그녀의 집 앞에서 단 한 발자국도 벗어나지 못했다. 그리고 그런 강욱을 지켜보는 수호 역시 덩달아 애가 탈 수밖에 없었다.

"뭐라도 좀 먹으면서 기다려. 이러다 너 큰일 나."

걱정된 수호가 먹을 걸 들고 나가 보아도 그는 물만 마시는 게 다였다.

특히 아파트 CCTV를 확인한 이후, 강욱의 상태는 더욱 심각해졌다. 아무런 반항 없이 남자와 함께 차에 올라타는 희영의 모습을 본 강욱은 절망 어린 눈으로 고개를 숙일 뿐이었다.

"괜찮아. 입맛 없어."

"누가 입맛 생각해서 먹으래? 이러다 누나 찾기도 전에 너 먼저 쓰러져!"

동원할 수 있는 사람들을 전부 동원해 강욱이 희영을 찾고 있다는 걸 수호는 잘 알고 있었다. 그러면서도 굳이 이 집 앞을 벗어나지 않는 그가 이해되지 않았다. 마치 죽으려고 작정이라도 한 사람 같았다.

"난 괜찮아. 그러니까 신경 쓰지 말고 들어가."

"미친놈. 다 죽어 가는 얼굴을 하고서는."

강욱은 지옥을 헤매고 있는 듯한 얼굴을 하고 있었다. 생기가 하나도 없는 그를 보며 수호는 무거운 한숨을 내쉬었다.

도대체 정희영은 어디에 가 있는 걸까? 다른 남자와 도망친 거라면, 소식이라도 한 자 알려 주든가. 가재는 게 편이라고, 이 순간 아무 연락도 없는 희영이 수호는 원망스러울 수밖에 없었다. 그녀의 사정도 알지 못한 채.

♫♫

도훈이 밥을 가져다주는 사이, 희영은 몇 번이나 탈출을 시도했지만 번번이 가로막히고 말았다. 이래도 변하는 건 없다고 문밖을 향해 수도 없이 외쳤지만 도훈의 귀엔 전해지지 않는 것 같았다.

그가 방에 넣어 주는 음식들은 하나도 먹지 않고 모두 던져 버렸다. 그럴 때마다 도훈은 말없이 희영이 던진 음식들을 치우고 또 다른 음식들을 방 안에 넣어 주었다.

희영은 물조차 입에 대지 않은 채 침대 구석에 쪼그리고 앉아 강욱을 생각하고, 생각하고, 또 생각했다.

"이대로 굶어 죽을 생각이야?"

또다시 희영이 바닥으로 던진 식판을 치우며 도훈이 차가운 목소리로 쏘아붙였다.

"그래. 네가 날 포기하는 방법이 그것밖에 없다면 그것도 나쁘지 않겠다."

말할 기운도 없었지만 매서운 눈으로 도훈을 노려보며 희영이 말했다.

"정희영. 정신 차려."

"너나 정신 차려. 도대체 왜 이러는 거야? 여기서 있었던 우리 추억? 하나도 생각 안 나. 너 때문에 좋았던 기억마저 내 머릿속에서 사라졌어."

그래, 분명 행복했던 시간이 있었다. 이곳에서 지내며 미래를 꿈꿨던 스무 살의 정희영과 지도훈은 행복했을지도 몰랐다. 하지만 그건 과거일 뿐이었다. 도훈의 이해할 수 없는 행동 때문에 지우고 싶은 과거가 되어 버렸다.

"다시 떠오르게 해 줘?"

"뭐?"

하지만 도훈에겐 말이 통하지 않았다. 두 팔로 자신을 가두며 다가오는 도훈을 희영은 놀란 눈으로 응시했다.

"너 왜 이……!"

희영은 말을 하지 못하게 입술을 막는 도훈을 있는 힘껏 밀어냈다. 사흘 내내 굶은 탓에 힘이라고는 하나도 없었지만 포기하지 않고 계속해서 밀어냈다. 하지만 그의 입술은 그녀를 놓아줄 생각을 하지 않았다.

구역질이 밀려왔다. 예전엔 달콤하기만 했던 그의 키스가 이제는 소름 끼치도록 싫었다. 애달프게 입술을 빨아 대는 그의 모습도 경멸스럽게 느껴질 뿐이었다.

충격으로 희영의 온몸이 바르르 떨렸다. 그런 반응에 도훈은 어두운 시선으로 입술을 떼어 냈다.

재빨리 그를 밀친 희영은 화장실 안으로 뛰어 들어갔다. 변기를 붙잡고 먹은 게 없어 아무것도 올라오지 않는 쓴 물을 토해 내고, 또 토해 냈다. 머리가 빙글빙글 돌았다. 그러다 세상이 하얗게 질려 갔다. 비틀거리며 몸을 일으키던 희영은 세면대 앞까지 가지도 못한 채 그대로 의식을 잃었다.

"정희영!"

다급한 도훈의 목소리가 그녀의 마지막 기억이었다.

♫

"안녕하십니까? 이번에 입사한 최강욱이라고 합니다. 잘 부탁드립니다."

비서실에 처음 출근했을 때부터 강욱은 서글서글한 미소로 희영의 마음을 사로잡아 버렸다.

"어? 어디 갔지?"

"이거 찾으세요, 선배님?"

희영이 한마디를 뱉으면 강욱은 귀신같이 그녀의 말을 알아듣고 필요한 걸 찾아냈다. 그래서 예뻐할 수밖에 없었다. 이사로 부임하고 나선 처지만 뒤바뀌었을 뿐, 그가 그녀에게 필요한 사람인 건 변함없었다.

"오늘쯤 중식이 먹고 싶을 것 같아서요."

한 달 동안 같이 점심을 먹을 때, 그는 그녀가 먹고 싶어 하는 음식을 잘도 파악해 준비해 오곤 했었다. 한식이 먹고 싶은 날엔 한식을, 일식이 먹고 싶은 날엔 일식을, 중식이 먹고 싶은 날엔 중식을.

뭐가 먹고 싶다 말도 하지 않았는데 알아서 사 오는 그가 신기할 정도였다.

"정 비서님을 항상 지켜봤으니까요. 계속 보니까 알겠더라고요. 정 비서님의 음식 패턴을."

자신도 잘 모르는 사소한 것을 기억해 주는 그가 고맙기도 하고, 신기하기도 했다. 자신을 지켜봤다는 말에 기분이 나쁘지 않았던 걸 보면, 이미 그때부터 강욱을 사랑하고 있었던 것 같다.

이제 인생에서 그를 떼 놓고 생각할 수 없을 만큼 희영은 강욱을 무척이나 많이 사랑하고 있었다. 그래서 이 꿈에서 깨기 싫었다. 사랑하는 그의 얼굴을 실컷 볼 수 있는 이 꿈에서.

"정희영. 이제 그만 눈 좀 떠라."

도훈의 목소리가 귓가에 들려왔다. 달콤한 꿈에서 깨게 만드는 그 목소리에 희영은 얼굴을 찡그리며 눈을 떴다. 그러자 허탈한 얼굴로 자신을 내려다보고 있는 도훈의 모습이 눈에 들어왔다. 팔엔 링거가 꽂혀 있었다.

"정신이 들어?"

그리운 강욱이 아닌, 도훈의 얼굴이 보이자 희영은 눈을 질끈 감았다.

"그래, 이제 인정한다. 네가 그 자식을 얼마나 사랑하는지. 자면서도 계속 그 자식 이름을 부르더라, 너."

씁쓸한 도훈의 목소리에 희영은 천천히 눈을 떴다.

"내 마지막 발악 끝낼게. 졌다, 내가. 그런데 이렇게 한 거 후회 안 해. 내가 할 수 있는 유일한 방법이었으니까. 인정하고 싶지 않았어. 네가 그 자식을 사랑한다는 걸 알고 왜 하필 그 자식일까. 원망도 많이 했으니까."

"지도훈."

"죽 먹어. 그러면 내보내 줄게. 그리고 다시 네 앞에 나타나지 않을게."

그 말을 남겨 놓고 도훈은 의자에서 몸을 일으켰다. 홀로 방에 남은 희영은 협탁 위에 올려져 있는 죽을 바라보았다. 여전히 입맛이 없었지만 이 집을 벗어나기 위해선 다른 방법이 없었다.

한때 꿈꾸었던 예쁜 집은 그녀에게 어느새 악몽의 장소가 되어 있었다.

♫

"찾았습니까?"

희영의 추적을 부탁해 놓은 강욱은 업체에서 걸려 온 전화를 받으며 다급한 목소리로 물었다.

—네. 강원도에서 그 차량을 찾았습니다. 주소는 지금 바로 문자로 넣어 드리겠습니다.

"알겠습니다."

전화를 끊은 강욱은 초조한 얼굴로 문자를 기다렸다. 띠링, 소리와 함께 도착한 문자를 확인한 그는 서둘러 엘리베이터 앞으로 달려가 버튼을 눌렀다.

"뭐야? 너 어디 가?"

먹지 않을 거란 걸 뻔히 알면서도 강욱의 식사를 챙겨 나오던 수호가 물었다.

"찾았어. 당장 가 봐야 해."

"어딘데?"

"강원도."

"너 지금 그 상태로 운전을 하겠다고?"

고개를 내저은 수호는 들고 있던 쟁반을 내팽개친 채 강욱을 향해 다가갔다.

"차 키 줘. 내가 운전할게."

"괜찮아."

"내 말 들어. 네 꼴을 봐. 그 상태로 운전했다간 큰일 나."

강욱은 잠도 안 자고, 제대로 먹지도 않아 반송장과 마찬가지인 상태였다. 버티고 있는 게 신기할 따름이었다. 며칠 사이 몰라보게 핼쑥해진 강욱의 손에 들린 차 키를 수호가 뺏어 들었다.

"가면서 눈 좀 붙여. 지금 네 모습 누나가 봤다간 그대로 도망가겠다."

수호의 타박이 귀에 잘 들어오지 않는지 강욱은 도착한 엘리베이터에 재빨리 몸을 실었다. 그렇게 그 여자가 좋을까. 얼마나 마음이 크면 저럴 수 있을까.

수호는 지독한 사랑이 이해되지 않으면서도 조금은 부럽기도 했다. 그런 맹목적인 사랑을 할 수 있다는 게. 그래서 응원하게 되었다. 이 지독한 사랑의 결말이 부디 해피엔딩이기를.

♫

집까지 데려다주겠다는 도훈의 호의를 희영은 냉정하게 거절했다.

“더 이상 네 차는 타고 싶지 않아.”

포기했다고 하면서도 상처 입은 표정을 짓고 있는 도훈을 희영은 끝까지 흔들림 없는 시선으로 바라보았다. 그를 위해서라도 더욱 냉정하게 굴어야 했다.

마을에 있는 버스 정류장을 떠올리며 희영은 다부진 얼굴로 집을 나섰다.

30분 정도 걸어 내려와서야 버스 정류장에 도착한 희영은 하루에 두 대밖에 없는 버스 시간표를 확인하고 정류장 앞 슈퍼로 걸어갔다.

그곳에서 공중전화를 찾아 엄마에게 먼저 전화를 걸었다. 평일엔 바쁠 것을 배려해 좀처럼 연락을 하지 않았지만 나흘간 아무 연락이 없던 자신의 걱정을 하고 있을 게 분명했다.

—여보세요?

낯선 번호임에도 불구하고 다급한 목소리로 혜옥이 전화를 받았다.

“엄마.”

—희영이니? 너 어떻게 된 거야. 네가 하도 연락이 없어서 어제 전화했더니 핸드폰은 꺼져 있고. 걱정돼서 지금 서울

올라가려던 길이었어.

"아니야. 갑자기 출장을 가게 돼서 엄마한테 연락을 못 했어. 핸드폰도 고장이 나서. 더더욱 정신이 없었고."

—그래? 강원도로 출장 간 거야?

"응, 여기 리조트에 일이 있어서."

—그렇다면 다행이지만. 정말 별일 없는 거지? 엄마 얼마나 놀랐는지 몰라. 너 무슨 일 생겼나 해서.

그동안 벌어졌던 일들을 알리고 싶지 않았다. '지도훈', 그 이름만으로도 눈물지을 엄마임을 알기에.

"네. 걱정하지 마요. 주말에 내려갈게요."

—그래, 알겠어. 아무 일 없다니 다행이다, 정말.

"네. 핸드폰 고치면 다시 연락할게요."

—일 많이 바쁘니? 너무 무리하지 말고.

"응. 괜찮아요."

—그래. 바쁠 텐데 이만 끊자.

"네."

미안한 얼굴로 전화를 끊은 희영은 다시 수화기를 들었다. 강욱의 번호를 떨리는 손으로 누르고 있던 그때, 앞에 멈춰 서는 익숙한 차 한 대가 보였다. 너무 그리워 꿈을 꾸는 걸까? 눈앞에 보이는 강욱의 차를 희영은 흔들리는 눈으로 바라보았다.

하지만 꿈이 아니었다. 자신보다 더 핼쑥해진 모습으로

비틀거리며 차에서 내리는 강욱의 모습이 보였다.

"강욱 씨."

떨리는 시선만큼이나 떨리는 목소리로 희영은 강욱을 불렀다. 눈물이 왈칵 차올라 그의 모습이 흐릿하게 보였다.

"당신…… 괜찮아?"

며칠 사이 몰라보게 핼쑥해졌으면서도 자신의 걱정을 먼저 해 주는 강욱을 보며 희영은 천천히 고개를 끄덕였다. 하고 싶은 말이 무척이나 많았지만 무슨 말부터 해야 할지 알 수가 없었다.

"……보고 싶었어요."

간신히 목소리를 짜낸 희영이 강욱을 향해 말했다. 그런 그녀를 강욱은 조용히 끌어안았다. 그의 품은 따뜻하다 못해 뜨거웠다. 강욱의 팔을 통해 전해지는 뜨거운 열감에 희영은 화들짝 놀랐다.

"다행이다. 당신 찾아서……."

힘겹게 말을 내뱉은 강욱은 그대로 희영의 몸 위로 쓰러졌다.

"강욱 씨!"

놀란 희영의 외침에 차 안에 있던 수호가 뛰어내렸다.

"이 자식 이럴 줄 알았다니까. 일단 병원부터 가요."

쓰러진 강욱을 수호가 재빨리 업었고 희영이 옆에서 그를 도왔다. 두 사람은 다급하게 차에 올라탔다.

♫

희영은 링거를 맞은 채 잠에 빠져 있는 강욱을 다정한 시선으로 내려다보았다.

"누나가 사라진 나흘 내내 아무것도 안 먹었어요. 잠도 거의 안 자고. 금방이라도 쓰러질 것 같은 얼굴을 해 가지고서 버티더라고요. 아마도 누나를 기다린 거겠죠? 그토록 보고 싶던 얼굴을 보니 안심이 된 건지 이제야 쓰러지네요, 이 자식."

수호가 해 줬던 말을 떠올리며 희영은 떨리는 손을 뻗어 강욱의 야윈 얼굴을 쓰다듬었다. 누가 연인 아니랄까 봐 저와 하는 짓이 어쩌나 닮았는지. 아니, 어쩌면 자신이 강욱을 닮아 버린 건지도 모르겠다. 그의 지독한 사랑에 중독되어 자신의 사랑 또한 지독해진 듯했다.

그렇게 한참 동안 잠이 든 강욱을 지켜보던 희영은 저도 모르게 깜박 잠이 들고 말았다. 그를 보니 안심이 되어서 그런지 꿈도 꾸지 않고 깊은 잠에 빠져들었다.

얼마 뒤, 말캉거리고 부드러운 무언가가 이마에 닿는 느낌이 들었다. 그 부드러운 입맞춤에 희영은 스르르 잠에서 깨어났다. 분명 의자에 앉아 침대에 엎드려 잠이 들었는데 깨어나 보니 침대에 누워 있었다.

강욱이 의자에 앉아 따뜻한 시선으로 희영을 내려다보고 있었다.

"강욱 씨?"

"일어났어요? 몸은 괜찮아요?"

"당신은요. 당신은 괜찮아요?"

"네. 난 하나도 안 아파요. 그런데 왜 이렇게 야위었어요. 사람 걱정되게."

자신보다 더 야윈 강욱을 보며 희영은 웃음을 삼켰다.

"나도 강욱 씨가 걱정돼 미칠 것 같았어요."

"정말 내 걱정했어요? 그러면 나 용서해 주는 겁니까?"

긴장된 눈으로 묻는 강욱을 향해 희영은 천천히 고개를 끄덕였다.

"당신한테 화난 적 없어요. 그저 놀랐을 뿐."

그 말에 감격한 듯 강욱은 팔을 뻗어 희영을 끌어안았다.

"주사 맞을 시간입……."

때마침 병실에 들어온 간호사가 그 장면을 목격하고 말았다. 당황한 시선으로 두 사람을 보던 간호사는 기가 막히다는 듯 고개를 내저었다.

"환자는 최강욱 씨 아니었어요? 며칠 동안 절대 안정을 취해야 하는 상태입니다. 영양실조에 독감까지 겹쳐서 지금 몸 상태가 말이 아닐 텐데. 아프지도 않아요?"

간호사의 물음에 강욱은 그저 싱긋 웃기만 했다.

"안 아픕니다. 이 여자만 있으면."

강욱의 말에 간호사는 헛웃음을 내뱉었고, 희영은 붉어진 얼굴로 침대에서 내려왔다.

"얼른 누워요. 절대 안정이라잖아요."

희영의 재촉에 강욱은 그제야 마지못해 침대에 누웠다. 여전히 애정이 가득 담긴 눈으로 희영을 보면서.

♫

며칠 병원에서 안정을 더 취해야 한다는 의사의 소견을 받고 강욱은 회사 근처에 있는 병원으로 병실을 옮겼다.

"지도훈, 다음 주에 미국으로 돌아간답니다."

강욱이 전한 도훈의 소식에 희영은 눈을 동그랗게 뜨며 그를 바라보았다.

"당신한테 한 짓 생각하면 형사 고발 진행하고 싶은데……."

희영은 재빨리 고개를 내저었다.

"그럴 필요 없어요."

"혹시 지도훈 걱정하는 겁니까?"

강욱의 검은 눈이 질투로 인해 짙어졌다. 그런 그를 향해 희영은 따뜻한 미소를 지어 보였다.

"그런 거 아니에요. 그렇게 되면 경찰에서든, 법정에서든 또 마주쳐야 하잖아요. 이젠 그렇게 마주치기도 싫어요, 그 사람. 그냥 없는 사람이라 생각하고 살래요."

그와의 좋았던 추억도 그 사건으로 인해 모두 퇴색되어 버렸다. 차라리 잘되었다. 남아 있었던 가슴속 미련까지 모조리 사라져 버렸으니까.

그제야 안도한 듯 웃어 보이던 강욱은 이내 갑갑하다는 눈으로 병실을 둘러보았다.

"이제 퇴원해도 되는데."

며칠 더 병원에 있어야 하는 게 답답한지 강욱이 희영을 보며 말했다.

"절대 안정이라잖아요. 영양실조로 면역력도 엄청 떨어졌대요. 검사도 몇 가지 더 해 봐야 하고. 그러니까 의사 말 들어요. 알겠죠?"

"당신이 그렇게 하라면 그래야지."

"착하네요. 치료도 착하게 잘 받으면 참 좋을 텐데."

침대에 누워 지내야 빨리 회복된다는 의사의 말을 무시하고 강욱은 늘 희영의 뒤를 졸졸 따라다녔다. 그것도 모자라 시도 때도 없이 그녀를 꼭 끌어안고 지냈다. 그런 강욱의 모습에 혹시 이러다가 이번엔 과로로 쓰러지는 거 아니냐며 수호가 농담을 건네기도 했다.

"잘 받고 있잖아요. 난 다른 약 필요 없다니까. 당신만 있으면 돼요."

"얌전히 침대에 잘 누워 있으면 상 줄 생각인데. 안 궁금해요? 내가 무슨 상을 줄지?"

희영의 물음에 강욱이 검은 눈을 반짝였다.

"궁금하긴 한데……."

"내가 회사 다녀올 때까지 얌전히 잘 누워 있어요. 그럼 선물 줄 테니까."

"회사는 왜 갑니까?"

"결재하실 서류가 쌓여 있습니다, 이사님. 그럼 다녀올게요."

희영은 아쉬운 듯 팔을 붙잡는 강욱을 향해 생긋 웃으며 손을 흔들었다. 하지만 재빨리 끌어당기는 그의 손힘에 다시 침대 위에 주저앉을 수밖에 없었다. 영양실조로 입원했다고 믿기지 않을 정도로 그의 힘은 여전했다.

"왜요?"

"그냥은 못 갑니다."

"네?"

"진통제 주고 가요. 그래야 버티죠."

예쁜 붉은 입술을 그가 앞으로 쭉 내밀었다. 그리고 서둘러 입을 맞추라고 재촉했다. 아프더니 어째 점점 애가 되어가는 것 같았다. 뭐, 이게 연하남의 매력이기도 하지만 말이다.

"흠."

낮게 헛기침을 내뱉은 희영은 천천히 자신의 입술을 강욱의 입술에 포갰다. 살짝 뽀뽀만 하고 멀어지려 했는데 그의 커다란 손이 그녀의 뒷머리를 부드럽게 감쌌다. 뽀뽀로 시작했던 입맞춤이 점점 더 진해졌다.

혀를 휘어 감는 뜨거운 그의 열기에 희영은 어느새 압도당하고 있었다. 물고, 빨고, 핥고. 서로를 향한 욕구를 키스에 쏟아부으며 두 사람은 오랫동안 입술을 뗄 생각을 하지 않았다.

“적당히 좀 하지.”

갑자기 끼어든 수호의 목소리가 아니었다면 아마 두 사람은 몇 시간이고 붙어 있었을지 몰랐다. 얼굴이 붉어진 희영은 후다닥 강욱에게서 떨어져 나와 허공을 보다 고개를 숙였다.

“그럼 전 이만 회사에. 수고하세요.”

우왕좌왕하며 병실을 뛰어나가는 희영의 뒷모습에 강욱은 매서운 눈길로 수호를 노려보았다.

“왜 그렇게 봐? 노크했는데 못 들은 건 두 사람이거든.”

“그럼 알아서 빠져 주든가.”

“이게 다 형님의 넓은 배려다. 말했지. 이러다 영양실조가 아니라 과로로 다시 입원해야 할지도 모른다고.”

수호가 퍼붓는 악담에 강욱의 눈초리는 더욱 날카로워졌다.

"됐고. 이거나 받아라. 내가 너 이럴 것 같아서 기력 회복에 좋은 홍삼 좀 챙겨 왔다."

강욱은 피식 웃으며 홍삼액을 받아 들었다.

"넌 친구 잘 둔 줄 알아라."

"알고 있다."

"오, 알긴 알아, 최강욱?"

평상시와 다른 강욱의 반응에 수호가 눈을 동그랗게 뜨며 물었다.

"알아. 그래서 조만간 아주 큰 보답을 할 계획이다."

"뭔데? 여자 소개시켜 주냐?"

"내가 아는 여자가 어디 있어? 내 인생에 여자는 정희영뿐인데."

저것도 병이라면 병이었다. 강욱의 인생에서 희영을 빼면 아무것도 남지 않을 것 같았다. 수호는 그런 사랑을 하는 그가 조금은 부러웠다. 자신은 많은 여자를 만나긴 했지만 아직까지 느낌이 팍 오는 여자를 만나 보지 못했기에.

이사실에 도착한 희영은 저를 반기며 손을 흔드는 현지를 향해 웃으며 다가갔다.

"별일 없었지?"

자신 대신 이사실 업무를 보느라 정신이 없는 현지에게 희영이 조심스레 물었다.

"별일? 있었지. 너 어떻게 나한테 그 사실을 숨기냐?"

어깨를 툭 치며 묻는 현지의 말에 희영은 눈을 동그랗게 떴다.

"숨기다니?"

"연애한다며?"

현지의 물음에 희영의 얼굴이 순간 어색하게 굳었다.

그동안 회사에 둘 사이를 공개하고 싶어 하는 강욱을 뜯어말리느라 얼마나 힘들었는지 모른다. 소문이 나 봤자 괜히 피곤해질 것 같아 한동안은 비밀로 해 달라 간곡히 부탁했었다. 그것 때문에 삐친 강욱을 달래느라 애를 먹었는데 어디서 소문이 새어 나간 건지 알 수가 없었다.

"어떻게 알았어?"

"어떻게 알긴. 지금 회사 인트라넷에 난리가 났어."

사내 게시판에 퍼졌다니. 더는 부인하기 힘들 것 같았다.

"그랬구나. 사실……."

"뭐, 둘이 잘 어울리긴 해. 아, 찬영 씨 멋있었는데 커플 됐다니까 아쉽긴 하네. 은근히 인기 많았잖아, 찬영 씨."

"뭐? 누구?"

뜬금없는 이름에 희영은 눈을 느릿하게 깜박였다.

"기획팀 박찬영 대리. 너랑 제일 친한 김은아 과장이랑 사귄다며?"

"뭐? 은아랑 찬영이가?"

오히려 놀라 반문한 쪽은 희영이었다.

"뭐야. 아는 거 아니었어? 그럼 넌 지금까지 누구 얘기한 거야? 사내 커플이 또 있어?"

눈을 가늘게 뜨는 현지를 보며 희영은 어색한 미소를 지었다.

"아, 아니. 난 모르지. 잠깐, 나 은아 좀 만나고 와야겠다."

"그래. 다녀와."

이사실을 빠져나온 희영은 재빨리 은아에게 보낼 메시지를 작성했다.

〈당장 8층 휴게실로.〉

빛의 속도로 메시지를 전송한 희영은 8층 휴게실을 서성였다. 그러자 잠시 후, 머쓱한 표정을 지으며 은아가 휴게실 안으로 들어왔다.

"어떻게 된 거야? 진짜 소문이 맞아? 너랑 찬영이랑 사귀는 거야?"

희영의 물음에 은아는 수줍은 미소를 지으며 손가락을 꼼지락거렸다.

"그게…… 다 네 덕분이야."

"나? 내가 뭘 했는데?"

"네가 찬영이한테 맛집 리스트 적어 줬다며? 나 좋아하는 집으로만 뽑아서."

"그랬지."

"그러다 보니 밥정이 들었달까."

세상에 밥정만큼 무서운 정은 없었다. 그녀와 강욱의 첫 시작도 생각해 보면 같이 밥을 먹은 것부터 비롯되었다.

"어쨌든 잘됐다. 둘이 원수가 따로 없더니만."

"그러니까. 사람 인연은 알 수 없다니까. 찬영이가 너한테 밥 한번 산대. 무지 고맙다고."

"됐어. 그 돈으로 둘이 더 맛있는 거 사 먹어. 나도 본의 아니게 찬영이 신세를 많이 져서."

강욱의 폭풍 질투를 불러일으킨 인물 중에 하나가 찬영이었다. 덕분에 결정적인 순간에 강욱의 감정을 알 수 있게 되어서 무척이나 고마웠다.

"알았어. 참, 너도 최강욱 이사랑 잘돼 가는 거지?"

나지막한 목소리로 묻는 은아를 보며 희영은 눈을 동그랗게 떴다.

"진작 눈치채고 있었다. 차라리 귀신을 속여라."

"하여튼 김은아, 눈치 빠른 건 알아줘야 한다니까."

"나중에 커플 모임이나 한번 가지자."

"응, 그래. 바쁘지? 들어가 봐."

"어, 전화할게."

사랑을 하는 사람의 얼굴은 예뻐 보인다더니 은아가 딱 그랬다. 그 생각을 하던 희영은 거울을 들여다보며 행복해 보이는 자신의 얼굴에 조용히 미소 지었다.

집에 들러 선물로 만들어 놓은 LP판과 휴대용 턴테이블을 챙긴 희영은 곧장 강욱의 병실로 갔다.

"왜 이렇게 늦게 왔어요? 보고 싶어 죽는 줄 알았네."

병실 안에 들어서는 희영을 보자마자 팔을 뻗어 그녀를 안으며 강욱이 귀여운 투정을 부렸다.

"침대에 얌전히 잘 누워 있었어요?"

"네. 약도 잘 먹고, 주사도 잘 맞고. 아, 수호가 주고 간 홍삼도 먹고. 잘했죠?"

다정한 말투로 하루 일과를 보고하는 강욱을 보며 희영이 생긋 웃었다.

"잘했네요. 상 받을 만하네."

"그게 상입니까?"

희영의 손에 들린 커다란 쇼핑백을 가리키며 강욱이 궁금하다는 듯 물었다.

"네, 침대에 앉아 있어요. 곧 공개할게요."

시키는 대로 고분고분 움직이는 강욱을 따뜻한 시선으로 바라보며 희영은 병실에 휴대용 턴테이블을 설치했다. 그리고는 떨리는 손으로 자신이 연주한 곡이 담긴 LP판을 턴테이블 위에 올려 두었다.

"LP 가져왔어요? 안 그래도 듣고 싶었는데."

"들어 봐요. 취향에 맞을지는 모르겠어요."

"당신이 고른 건 뭐든지 좋아."

옆에 오라는 듯 강욱은 부드럽게 침대를 손으로 톡톡 쳤다. 그 손짓에 희영은 웃으면서 그의 곁으로 다가갔다.

잠시 후, 희영이 연주한 피아노 소리가 조용한 병실 안에 울려 퍼졌다. 별생각 없이 음악을 듣고 있던 강욱은 그녀가 직접 연주한 걸 눈치챘는지 검은 눈을 반짝이며 희영을 바라보았다.

"이거? 당신이 연주한 거 맞죠?"

단번에 자신의 연주임을 알아보는 강욱이 놀라워 희영은 수줍게 얼굴을 붉혔다.

"형편없죠? 부상도 부상이지만, 오랫동안 손을 놓고 지내서 연주가 엉망……!"

입술 위에 포개지는 강욱의 입술에 희영은 더는 아무 말도 할 수가 없었다. 진심이 담긴 그의 키스는 따뜻하고 부드러웠다. 천천히 입술을 뗀 강욱이 다정한 시선으로 희영을 바라보았다.

"고마워요. 내 인생 최고의 선물이에요."

부드러운 손길로 머리를 쓸어 넘겨 주는 강욱의 손길에 희영은 미소를 지으며 고개를 숙였다.

"좋아해 줘서 기뻐요."

"내가 더. 어떻게 이런 선물을 할 생각을 했어요? 당신이 날 위해 해 주는 연주를 내가 얼마나 바랐는지 모를 거야. 솔직히 도훈 형, 엄청 부러웠어요. 당신이 슈만 리스트의 헌정을 연주해 주었잖아. 그 사람을 위해서."

강욱이 예전부터 자신을 지켜봤다는 건 알았지만, 그 사실까지 알고 있을 줄은 몰랐다.

"발표회장에서 보고 첫눈에 반했어요, 당신한테. 그게 믿기지 않아 부인도 해 봤지만 사랑만큼은 어쩔 수가 없더라고."

"몰랐어요. 그날 거기에 당신도 있었는지."

"몰랐겠지. 당신은 오직 한 사람만 보고 있었으니까. 아, 갑자기 또 샘난다."

질투로 짙어진 강욱의 눈을 보며 희영은 침대에서 스르르 몸을 일으켰다.

"LP판 라벨도 직접 만들었는데. 볼래요?"

다정한 희영의 물음에 강욱은 그제야 기분이 좀 풀린 듯했다.

"좋아요."

"기다려요."

턴테이블 앞으로 다가간 희영은 조심스레 LP판을 뺐다. 그리고 수줍은 얼굴로 강욱에게 다가와 그것을 내밀었다.

"봐요."

LP판을 받아 든 강욱은 천천히 그곳에 적힌 글자를 읽어 내려갔다. 광대가 자꾸만 위로 올라가는 게 기분이 상당히 좋아 보였다.

"이거 프러포즈입니까? 평생 헤어지지 않겠다는 건 그런 의미로 받아들여도 되는 거죠?"

강욱의 물음에 희영은 망설임 없이 고개를 끄덕였다.

"맞아요, 프러포즈. 예전처럼 피아노 연주를 잘하지는 못하지만, 대신 오직 당신에게만 들려 줄 생각인데. 마음에 들어요? 평생 내 연주 들으면서 살래요?"

"소원 빌 필요가 없게 만드네요."

피식 웃으며 강욱이 희영의 갈색 머리카락으로 손을 뻗었다. 그리곤 다정한 손길로 그녀의 머리카락을 쓸어 넘기며 희영을 내려다보았다.

"그게 내 소원이었어요. 기억나죠? 소원 들어주기로 한 거."

"기억나요."

"원래는 날 용서해 달라는 게 소원이었는데. 다행히 그건 소원 쓰기 전에 당신이 들어줬고."

싱긋 웃던 강욱이 희영의 손을 붙잡아 약지 손가락에 입을 맞추었다.

"퇴원하자마자 여기에 커다란 왕 다이아 박힌 반지 사 줄 테니까. 평생 나랑 같이 살래요?"

프러포즈에 대한 대답 대신, 똑같은 프러포즈로 응수하는 강욱을 보며 희영은 환한 미소를 지었다.

"왕 다이아 필요 없어요. 당신만 있으면."

"말하는 게 점점 날 닮아 가는데? 당신만 예뻐. 당신만 있으면 돼. 당신만 행복하면 돼. 당신만 안 아프면 돼."

"수호 씨가 그러더라고요. 그건 상당히 편협한 말이라고."

"그래도 상관없어요. 당신만 있으면."

둘은 서로를 마주 보며 행복한 웃음을 터트렸다.

♫

나흘간의 짧은 입원이었지만 그래도 퇴원 축하 파티는 해야 하는 거 아니냐는 수호의 제안에 두 사람은 그의 바에서 조촐한 파티를 진행하기로 했다.

직접 만든 음식 몇 가지와 케이크를 사서 바에 도착한 희영은 웃으며 반기는 수호를 향해 고개를 숙였다.

"고마워요, 수호 씨. 늘 이렇게 강욱 씨 신경 써 줘서."

"고맙긴요, 뭘. 아, 그리고 누나. 말 놓으라니까요? 그래야 저도 놓죠."

"그게 좀 어색해서. 강욱 씨랑도 아직 안 놓았고."

예전처럼 완벽하게 존댓말을 하진 않았지만 두 사람은 서로를 존중하는 의미에서 반말은 쓰지 않았다. 강욱이 연하다 보니 오히려 말을 놓는 게 쉽지 않았다.

"둘이 참 대단해요. 사귄 지 꽤 되었는데 말도 안 놓고. 아무한테나 반말 툭툭 내뱉는 강욱이가 그렇게 예의 차리는 사람은 누나가 처음이에요."

"강욱 씨가 얼마나 예의 바른 사람인데요. 더군다나 착하잖아요."

착하다는 발언에 수호가 하얗게 질린 얼굴로 희영을 바라보았다.

"제가 아무래도 잘못 들은 거 같은데. 강욱이가 어떻다고요?"

"착하다고요. 다정하고, 젠틀하고."

"우와. 최강욱하고 하나도 안 어울리는 단어네요. 보통 최강욱 하면 떠오르는 이미지는……."

잠시 말을 멈춘 수호가 핸드폰을 꺼내 들었다.

"보여 줄까요?"

수호의 물음에 희영은 궁금함을 이기지 못하고 고개를 끄덕였다. 잠시 후, 스피커폰으로 해 놓은 수호가 어디론가 전화를 걸었다.

"나야, 수호. 잘 지내냐? 이강진?"

—나야 늘 똑같지, 뭐. 바는 잘되냐?

"응, 그럭저럭. 언제 한번 놀러 와. 최강욱하고 같이 볼까?"

수호의 물음에 수화기 너머의 그는 한참 동안 아무 말이 없었다.

—누구?

그러다 다시 한 번 그가 수호를 향해 반문했다.

"최강욱!"

—그 왕 싸가지? 미쳤냐? 술 마시다 체할 일 있어? 그 자

식 있으면 나 절대 안 간다. 끊어.

뚝 끊기는 전화를 보며 희영은 눈을 동그랗게 떴다.

"봤죠? 이게 대부분의 사람들 반응입니다."

"왜요? 내 애인이라서가 아니라 정말 괜찮은 사람 아니에요, 강욱 씨?"

"아마도 그건 누나 한정이 아닐까, 싶은데."

그러고 보니 예전에 강욱이 그런 말을 했었다. 다른 사람에게 자신은 결코 좋은 사람이 아니라고. 하지만 그녀에게만큼은 좋은 사람이고 싶다고. 이제 그 말이 조금은 이해되기 시작했다.

"매력 있네요, 내 남자."

씩 웃으며 하는 희영의 말에 수호는 고개를 설레설레 내저었다. 어째 둘이 점점 닮아 가는 기분이었다. 사랑하는 사람은 닮는다더니 옛말 틀린 거 하나 없었다.

"둘이 뭐가 그렇게 재미있어요?"

언제 왔는지 강욱이 수호와 희영을 번갈아 보며 물었다.

"너랑 누나, 둘이 점점 닮아 간다는 얘기 중이었다."

"좋은 얘기이긴 하다만. 그 호칭부터 좀 바꾸지? 기분 나빠. 내 여자한테 누나라고 부르는 사람이 있다는 거."

친구에게도 유치한 질투를 해 대는 강욱을 보며 수호는 입을 삐죽 내밀었다.

"그럼 뭐라고 불러?"

"부르지 마. 내 여자 닳아."

"와, 미치겠네. 어떻게 안 불러, 얼굴 자주 볼 텐데. 거기다 우리 이웃사촌이거든?"

"나랑 집 바꾸자."

"싫어."

유치한 두 남자의 말싸움을 보면서 희영은 조용히 고개를 내저었다.

"그만하고. 파티나 시작하죠? 병원을 벗어난 기분 좋은 날인데."

희영이 주위를 환기시키기 위해 박수를 치며 말하자 두 남자는 웃으며 그녀를 바라보았다.

"네. 그러죠."

"네, 누나."

또다시 수호의 입에서 나온 누나라는 호칭에 강욱이 날카롭게 눈을 반짝였다.

"누나라고 하지 말랬지?"

"그럼 뭐라 그래. 형수라고 불러?"

"형수?"

그 호칭이 꽤나 마음에 들었는지 강욱이 날렵한 턱 선을 매만졌다.

"내가 빠른 연생이니까 따지고 보면 너보다 한 살 어리잖아. 그러니 형수라고 부르는 게 맞지."

"그래. 그거 아주 괜찮다."

"그렇지? 형수, 앞으로도 계속 잘 부탁해요."

유치한 두 남자의 모습에 희영은 피식 웃음을 삼켰다. 문제는 이런 모습도 귀여워 보인다는 데 있었다. 아무래도 강욱에게 푹 빠진 것 같았다.

"자, 그럼 모두 맛있게 먹어요."

직접 준비한 음식을 나눠 주며 희영은 따뜻한 시선으로 두 사람을 바라보았다.

"참, 김수호."

"응?"

"내가 병원에서 했던 말 기억해?"

강욱의 물음에 수호는 고개를 갸웃거렸다. 분명 무언가 중요한 말을 했었던 것 같긴 한데.

"은혜 갚는다고 했잖아."

"아, 맞다. 네가 나한테 갚을 은혜가 아주 많지."

씩 웃으며 수호가 강욱을 바라보았다. 어떻게 은혜를 갚을지 기대가 된다는 눈빛이었다.

"그래서 말인데. 나 대신 회사 좀 맡아라."

"그래. 회사를 나한테…… 뭐?"

수호가 눈을 크게 뜨며 강욱을 향해 소리쳤다. 희영 역시 놀란 건 마찬가지였다. 너무 갑작스러운 결정이라 놀랄 수밖에 없었다.

"장난해? 은혜 갚는다면서. 뭐? 회사를 맡아?"

"확실하게 갚는 거지. 사장 자리 준다니까?"

"야, 내가 무슨 경영을 해. 말이 되는 소리를 해라."

"별거 없어. 바 경영하는 거랑 똑같아. 너 아주 잘하더만. 처음엔 엄청 작은 데서 시작해서 이렇게 크게 확장한 거잖아."

강욱의 칭찬을 들은 수호의 어깨에 살짝 힘이 들어갔다.

"뭐, 내가 경영을 아예 못하지는 않지. 하지만 규모 차이가 너무 심하잖아. 이 쥐꼬리만 한 바랑 M 리조트랑 같아? 같냐고!"

"다를 게 뭐 있어. 아버지, 회장 자리에 계속 둘 생각 없어. 경영 능력이 뛰어난 것도 아니고. 밑의 사람들을 잘 다루는 것도 아니고. 그래서 일단 견제할 세력으로 널 회사에 넣으려고."

"너는?"

"난 따로 할 일이 있다. 내 주식의 반을 너한테 넘길 생각이야. 일단 그 정도만 되어도, 주주들이 반발하지 못할 거야."

갑작스러운 제안에 수호는 꽤나 어리둥절한 표정을 지었다.

"오래전부터 준비했던 일이야."

"생각해 볼게."

"그래. 좋은 쪽으로 생각해라."

강욱이 무슨 생각을 하는지 희영은 알 수 없었다. 하지만 무작정 이런 일을 벌일 강욱이 아니라는 걸 알기에 그를 믿기로 했다.

바에서 간단하게 파티를 끝내고, 강욱의 집으로 온 두 사람은 케이크를 놓고 둘만의 파티를 시작했다.

"놀랐어요?"

잔잔한 음악을 틀고, 뒤에서 희영을 끌어안으며 강욱이 물었다.

"아, 수호 씨요? 조금요. 워낙 갑작스러운 얘기라서."

"사실 나, 이 회사에 애정 없어요. 언젠가 당신이랑 결혼하면 정리할 생각이었어요. 전문 경영인한테 맡기든가 해서. 당신이 회사에 없었다면 아예 들어갈 생각도 안 했을 거야. 엄마가 아버지 잡아 두려고 키운 회사거든, 그 회사가. 그래서 엄마는 항상 나보다 회사가 먼저였어. 아버지란 인간도 마찬가지고."

희영은 씁쓸한 얼굴로 입을 여는 강욱을 조용히 올려다보았다.

"내가 아프다고 해도 안 왔어요, 그 사람. 그런데 리조트에 무슨 일이 생겼다 하면 부리나케 달려오곤 했죠. 우리 엄만 그렇게라도 그 남자 보는 게 좋았나 봐. 그래서 난 이 리조트가 싫어요. 부모란 사람들이 나보다 더 소중히 여긴 곳이니까. 애증의 장소라고 할 수 있죠. 그런데 내가 손 떼면 이 리조트 아버지한테 넘어갈 것 같아서, 그건 또 꼴 보기가 싫더라고요. 못됐죠, 나?"

"괜찮아요. 나한텐 좋은 사람이니까."

희영의 말에 강욱은 미소 지으며 천천히 고개를 끄덕였다.

"맞아. 당신한테는 평생 좋은 사람 할 거야. 그래서 당신 소원 이루어 주려고요."

"내 소원이요?"

"예전에 술자리에서 했던 말 기억 안 나요? 나중에 어떻게 살고 싶냐는 물음에 당신이 뭐라고 답했는지……."

강욱의 물음에 희영은 고개를 갸웃거렸다. 좀처럼 생각이 나지 않았다. 옆에 놓인 케이크를 한입 베어 물고는 그때의 기억을 떠올리려 애썼다. 그러다 문득 자신이 했던 말이 머리를 스쳐 지나갔다.

"평생 나 키운다고 고생한 엄마랑 바다가 보이는 예쁜 마을로 내려갈 거예요. 우리 엄마, 바다 엄청 좋아하거든요. 거기에 통유리로 된 예쁜 집을 짓고. 음, 아니다. 작은 펜션이 좋겠어요. 육지에서 놀러 오는 손님들을 받으며 사는 거죠. 돈 걱정은 안 해야 되니까. 어쨌든 그런 곳에서 살고 싶어요. 이런 답답한 도시 말고. 엄마한테 밀린 효도도 하고요."

그 이야기를 들은 직원들은 뜬구름 잡는 소리라며 한마디씩 했었다. 결혼은 안 할 거냐며. 남편이 그걸 허락하겠냐는 둥 현실을 일깨워 주었었다. 그 와중에 강욱만은 조용히 그 얘기에 귀를 기울였던 것 같다.

아무리 그래도 그렇지. 술자리에서 스쳐 지나가며 한 이야기를 기억하고 있다니. 참 대단한 남자였다. 정희영 수학 능력 평가 시험을 보면 만점을 맞지 않을까, 하는 생각까지 들었다.

"기억났어요?"

케이크를 먹다 행동을 멈춘 희영을 보며 강욱이 다정한 목소리로 물었다.

"네, 그런데……."

"가고 싶은 섬 생각해 놓아요. 어머니한테도 여쭤 보고요."

이 남자는 진심인 듯했다. 한 점 흔들림 없는 그의 곧은 시선을 마주하며 희영은 수줍게 얼굴을 붉혔다.

"말이라도 고마워요."

"말로만 끝나지 않을 겁니다. 날 믿어요."

두드리면 뭐든 이루어 주는 도깨비 방망이가 하나 생긴 기분이었다. 세상에서 제일 멋지고, 아름다운 저만의 도깨비 방망이가. 따뜻한 시선으로 강욱을 보며 희영이 웃자 그가 손을 들어 그녀의 입술을 훔쳤다.

"생크림 묻었어요."

손가락을 희영의 입술에 가져다 대며 강욱은 매혹적으로 미소 지었다. 그게 어찌나 섹시해 보이는지 희영은 절로 입가에 군침이 돌았다.

"이젠 없어요?"

왠지 아쉬운 기분이 들어 입술 주변을 매만지며 묻는 희영의 말에 강욱은 피식 웃었다. 그러더니 단숨에 그녀의 입술에 자신의 입술을 포개 깊게 빨아 당겼다.

혀를 휘어 감았다, 풀었다 하며 세차게 빨아 당기는 그 때문에 점점 더 정신이 아득해졌다. 다행히 정신을 온전히 놓기 전에 그의 입술이 떨어져 나갔다.

"맛있네요."

"네?"

그 말에 희영은 얼굴을 붉히며 커다란 눈을 느릿하게 깜박였다. 욕구불만에 불을 질러 주는 발언이었다.

"생크림 말이에요. 이렇게 맛있는지 몰랐는데."

자신이 오해했다는 걸 깨달은 희영은 또다시 얼굴을 붉히며 고개를 끄덕였다. 아무리 욕구불만이라도 정신은 차리자, 정희영.

"맛있죠? 내가 제일 좋아하는 빵집에서……!"

목덜미에 부드러운 생크림이 와 닿는 느낌이 들었다. 희영은 당황한 얼굴로 말을 멈추며 강욱을 바라봤다.

"이렇게 먹으면 더 맛있을 것 같아서요."

할짝. 목덜미에 발라졌던 생크림이 그의 혀 놀림 한 번에 사라졌다. 혀로 가볍게 핥고, 입술로 세차게 빨아 당기며 그는 생크림이 사라진 자리에 붉은 흔적을 남겨 놓았다.

"뭐, 뭐하는 거예요?"

"나도 케이크 먹는 중이에요. 우리 지금 파티하고 있잖아요."

이번엔 쇄골 위에 생크림이 발라졌다. 차가운 생크림의 감촉에 희영은 여린 몸을 바르르 떨었다. 상상을 초월하는 강욱의 행동을 저지해야 함에도 그럴 의지가 생기지 않았다. 이미 몸은 그를 원하고 있었다.

"하읏!"

쇄골을 핥고 지나가는 혀의 말캉한 감촉에 희영의 입에서 신음이 흘러나왔다. 그 신음 소리에 탄력을 받았는지 강욱은 손을 뻗어 그녀의 원피스를 단숨에 벗겨 버렸다. 그와 동시에 브래지어가 벗겨져 동그란 희영의 하얀 가슴이 모습을 드러냈다.

"아!"

젖가슴 위에 발라지는 생크림에 희영은 뜨거운 숨을 토해 내며 몸을 뒤로 젖혔다. 단숨에 젖가슴에 바른 생크림을 먹어 치운 강욱은 단단하게 솟은 젖꼭지 위에 생크림을 올려 두었다.

"유난히 더 맛있어 보이네요."

두 팔로 희영을 가두며 강욱은 나른한 미소를 지어 보였다. 아까보다 훨씬 더 천천히 입술을 가져다 댄 그가 세차게 젖꼭지를 빨아 당겼다.

"아앙!"

엄청난 자극에 높은 신음이 터져 나왔다. 이어서 배꼽, 허벅지에 생크림이 발라졌고, 눈 깜짝할 사이에 그의 입술을 통해 생크림이 사라졌다. 그가 케이크는 꼭 챙겨 가야 한다고 강조하더니 그 이유가 있었다.

푹신한 가죽 소파 위에 알몸이 되어 누운 희영은 그의 혀가 닿을 때마다 몸을 꿈틀거리며 거센 쾌락에 속절없이 무너져 내렸다.

"드디어 메인 이벤트네요."

흠뻑 젖어 뜨거운 애액을 흘려 대는 여성 위에 생크림이 듬뿍 놓여졌다. 그 차가운 감촉만으로도 미칠 것 같은데 붉은 입술이 다가와 무자비하게 여성을 빨아 대며 곳곳에 퍼져 나간 생크림을 핥았다.

"여기가 제일 맛있어요."

허스키해진 목소리로 중얼거리던 그가 다시 여성 사이에 입술을 묻었다. 꼿꼿하게 세운 혀가 갈라진 틈부터 클리토리스까지 길게 스쳐 지나갔고, 클리토리스에 도착하자 혀를 대신한 입술이 흥분으로 도드라진 음핵을 입안 가득 물었다.

"흐아앙!"

생크림이 이토록 자극적인 아이템인지 미처 알지 못했다. 손톱으로 소파를 세차게 움켜잡으며 희영은 연신 몸을 파닥거렸다. 머릿속을 새하얗게 만드는 오르가슴이 또다시 그녀의 몸을 요동치게 했다.

"이제 넣을까요?"

클리토리스를 입안에 문 채 묻는 그의 말에 뜨거운 호흡이 흠뻑 젖은 여성 안을 파고들었다. 손끝이 스치는 것만으로도 뜨거워지는 그곳에 호흡이 뒤섞이자 더욱 미칠 것만 같았다. 세차게 고개를 끄덕이는 걸로 대답을 대신한 희영은 갈망하는 눈빛으로 강욱을 바라봤다.

"당신 그 눈빛 앞에선 약해진다니까."

몸을 일으킨 강욱이 옷을 벗어 던지자 섹시한 그의 알몸이 희영의 눈앞에 드러났다. 오랜만에 보는 그의 남성은 훨씬 더 우람하고 커진 듯했다. 관계를 가질 때마다 질 벽을 긁고 지나가던 남성의 느낌을 떠올리며 희영은 슬며시 얼굴을 붉혔다.

흠뻑 젖은 여성 입구에 남성을 가져다 댄 그는 쉽사리 안으로 밀고 들어오지 않고 그 위를 느릿하게 움직였다.

"아아, 빨리."

희영의 외침이 신호탄이 되었다. 그녀의 바람대로 강욱은 좁은 구멍으로 단숨에 남성을 밀어 넣었다.

"아아."

간절히 원했던 만큼 여성은 세차게 남성을 조였다.

"하, 너무 좋다."

붉은 입술로 감탄사를 내뱉은 강욱이 성난 남성을 점점 더 깊은 곳으로 밀어 넣었다.

"아앗!"

여성 안, 가장 예민한 그곳에 남성이 닿자 희영은 요란한 교성을 내질렀다.

"여기 맞죠? 당신의 최고 성감대."

씩 웃으며 남성을 살짝 뒤로 뺀 강욱은 다시금 그곳을 찔러 댔다. 온몸의 털이 쭈뼛 서고 아랫배가 당겨 오는 쾌락에 눈물이 날 것 같았다.

"흐아앙!"

눈물과 교성이 뒤섞인 신음을 내지르며 희영은 온몸을 움찔거렸다.

"더 깊이 들어갈 거예요."

강욱은 자신의 어깨에 그녀의 하얀 다리를 걸쳤다. 자연스레 희영의 엉덩이는 들어 올려졌고, 남성은 그 틈을 놓치지 않고 더 깊이 안으로 파고들었다. 예민한 살을 밀고 들어가는 거친 피스톤 운동에 희영은 발버둥 치며 신음을 내질렀다.

하지만 그에게 자비란 없었다. 속도를 점점 더 올리며 휘몰아치는 남성의 공격에 희영은 미친 듯이 신음을 내지르며 절정에 도달했다. 그 뒤를 이어 강욱 역시 몸을 부르르 떨며 절정을 맞이했다.

"하아."

서로를 꽉 끌어안은 채 뜨거운 숨을 내뱉은 두 사람은 그렇게 한참을 있었다.

"행복하네요. 당신을 얼마나 안고 싶었는지 몰라."

"나도 마찬가지예요. 이제 케이크를 보면 매번 당신이 생각날 것 같아."

강욱의 가슴에 얼굴을 파묻으며 희영이 나지막하게 중얼거렸다.

"그걸 바란 겁니다. 이제 그렇게 하나씩 더 늘려 갈 거예요. 무슨 물건을 보든, 어떤 장소에 가든, 내 생각이 제일 먼저 나도록. 나한텐 당신이 그런 존재니까."

희영은 자신의 마음 또한 강욱의 마음에 결코 지지 않을 거라 생각했다. 하지만 그를 따라가려면 아직 한참 먼 것 같았다. 혼자 자신을 지켜보던 그의 10년은 생각보다 훨씬 길고 특별했으니까.

"우리 그 노래 들을래요? Love Me Tender?"

어느새 그 노래는 두 사람의 테마곡이 되어 있었다.

"좋아요. 욕조에 물 받을 때까지 그 노래 들으면서 기다리고 있어요."

땀에 젖은 희영의 머리를 부드럽게 쓸어 넘겨 준 강욱은 소파에서 몸을 일으켰다. 턴테이블 앞에 간 그가 LP판을 올려 두자 잠시 후 'Love Me Tender'가 조용한 실내에 울려 퍼졌다.

욕조에 물을 받으러 가는 강욱을 희영은 따뜻한 시선으로 바라보았다. 그와 함께하는 평범한 일상이 특별해졌다. 그가 주는 넘치도록 특별한 사랑 덕분에.

먼저 샤워를 마치고 나온 희영은 강욱의 서재를 둘러보다 책장에 꽂힌 앨범을 보며 미소 지었다. 혹시 어릴 적 강욱의 모습을 엿볼 수 있을까 하는 기대에 앨범을 꺼낸 희영은 두꺼운 앨범에 가득 차 있는 자신의 사진에 깜짝 놀랐다.

그가 무려 10년이라는 시간 동안 자신의 주변을 서성거렸다는 걸 알고 있었다. 하지만 그 세월을 이렇게 사진으로 보니 감회가 새로웠다.

무기력한 얼굴로 LP 카페 카운터에 앉아 있는 모습을 시작으로, 대학교 잔디밭에서 쉬고 있는 모습, M 리조트에서 인턴 생활을 하던 시절의 모습까지. 그 사진을 보자 희영은 문득 옛 기억 하나가 떠올랐다.

M 리조트에서 인턴으로 근무할 때 아주 지독한 보스를 만났었다. 막 대하는 건 기본이고 성추행까지 하던 변태 강 이사를 떠올린 희영은 인상을 찌푸렸다. 끝내 성추행을 이기지 못하고 보스의 뺨을 내려친 희영의 인턴 생활은 그날로 그렇게 끝나고 말았다.

억울하고 분했지만 힘없는 그녀가 할 수 있는 일은 아무것도 없었다. 더군다나 강 이사가 손을 쓰는 바람에 다른 회사에 취직하는 것도 쉽지 않았다. 보스의 뺨을 때린 무식한 비서로 소문이 쫙 나 버렸기 때문이다.

그런데 어느 날 M 리조트에 취직을 한 대학 동기를 통해 강 이사가 회사에서 쫓겨났다는 이야기를 들었다. 그리고 그날 밤, 강 이사는 희영을 찾아왔다.

"네가 그렇게 높은 분이랑 잘 아는 사이인지 몰랐어. 제발 나 좀 한 번만 살려 줘. 다시 복직만 시켜 준다면 무슨 일이라도 할게. 이렇게 사과할 테니. 제발 한 번만 살려 줘, 정 비서."

무릎을 꿇고 사정하는 강 이사의 말이 그때는 이해되지 않았다. 도대체 자신이 아는 '높은 분'이 누구인지 알 수 없었다. 하지만 이제는 그게 강욱이었음을 안다. 그를 알지 못하던 시간에도 항상 뒤에서 그녀를 지켜 주던 고마운 존재. 그게 바로 그였으니까.

그 사건 이후, 희영은 다시 회사에 복직할 수 있었다. 우수한 성적으로 인턴을 마친 후 바로 M 리조트에 정직원으로 입사했다. 세월이 흘러 비서실에 입사한 강욱과 만났고, 이렇게 사랑에 빠지게 되었다.

이 모든 것이 우연이 아니라 한 사람의 노력으로 이루어진 인연이라는 게 놀라웠다. 자신과 인연을 계속해서 이어나가기 위해 노력해 준 강욱이 고마웠다.

앨범을 덮어 책장에 꽂으며 희영은 따뜻한 미소를 지어 보였다.

♫

곤히 잠든 희영을 내려다보며 강욱은 입가에 부드러운 미소를 지었다. 이렇게 가까운 곳에 희영이 있다는 게 믿기지 않았다. 늘 한 발자국 뒤에 떨어져 그녀를 바라보기만 했던 시간이 무려 10년이었다.

입대해서도 휴가를 나오면 제일 먼저 그녀를 찾아가 주위를 서성거렸다. 그렇게 늘 지켜보기만 했다. 혹시 눈에서 멀어지면 마음이 사그라질까 싶어 유학도 떠났었다. 하지만 오히려 희영에 대한 간절한 그리움만 깨닫고 금세 한국으로 돌아왔다.

"사랑합니다. 사랑해요. 사랑해."

나지막한 목소리로 달콤한 고백을 속삭인 그가 그녀의 손 위에 자신의 손을 포갰다. 그리고 그녀의 발아래 자신의 발을 포갰다. 넘치도록 충만한 애정이 두 사람의 주위로 가득 차올랐다.

# 에필로그 1

양평까지 희영을 데려다준 강욱은 아쉬운 감정이 뒤섞인 눈으로 국밥집 간판을 바라보았다.

"조심해서 올라가요."

미처 그의 눈빛을 읽지 못한 희영은 다정한 손길로 강욱의 손을 마주 잡으며 말했다.

"아쉽네요. 하루 빨리 어머님한테 인사드리고 싶은데."

나지막한 강욱의 혼잣말에 희영은 어색한 미소를 지었다. 평범한 남자를 만나길 원하는 엄마의 마음을 알기에 좀처럼 입이 떨어지지 않았다. 강욱의 배경에 대해 안다면 분명 많이 놀라고 걱정할 테니까.

아무 생각 없이 좀 더 강욱과의 연애를 즐기다 엄마한테 사실을 털어놓고 싶었다.

"그럼, 조금만 더 있다 가요."

"설마 소개시키기 싫을 만큼 내가 부끄러운 건 아니죠?"

"그럴 리가요."

오히려 너무 과분한 게 문제라면 문제였다.

"알겠어요. 조금 더 기다릴게요."

"고마워요."

따스한 미소를 지으며 희영은 강욱을 바라보았다. 그런 그녀를 다정한 눈길로 바라보던 강욱은 부드럽게 희영을 끌어안았다.

"아, 좀 더 오래 같이 있고 싶다."

낮에는 회사에서, 밤에는 집에서 꼭 붙어 있음에도 잠시도 떨어지고 싶지 않아 하는 강욱의 말에 희영은 웃음이 났다.

"내일 일찍 올라갈게요."

"전화해요. 데리러 올 테니까."

"버스 타고 가면 돼요."

"내가 그러고 싶어. 당신을 위해 운전하는 건 하나도 안 힘드니까."

웃음을 삼키며 희영은 고개를 끄덕였다.

"알겠어요. 그럼 갈게요."

강욱을 향해 씩씩하게 손을 흔들며 희영은 차에서 내렸

다. 그런데 그 앞에 서 있는 혜옥의 모습을 발견하고는 화들짝 놀라고 말았다.

"어, 엄마?"

"역시 너 맞구나? 설마설마했는데."

모든 걸 다 봤는지 혜옥은 놀라움이 묻어 있는 목소리로 중얼거렸다.

"엄마, 그러니까 이 사람은……."

"애인?"

정곡을 찌르는 말에 희영은 어색한 미소를 지었다. 두 사람의 분위기가 심상치 않음을 느낀 강욱은 서둘러 차에서 내려 90도로 몸을 숙여 인사를 건넸다.

강욱의 잘생긴 얼굴과 예의 바른 태도에 호감을 느꼈는지 혜옥은 환한 미소를 지어 보였다.

"최강욱이라고 합니다. 만나 뵙고 싶었습니다, 어머님."

"그래요? 희영이가 말을 안 해서 애인이 있는지도 몰랐어요. 알았으면 진작 데리고 오라고 했을 텐데."

"말씀 편하게 하세요, 어머님."

희영은 서글서글하게 혜옥을 대하는 그를 감탄 어린 시선으로 바라보았다. 엄마가 이토록 환하게 웃는 걸 언제 봤었더라. 그래도 일단 첫인상은 합격인 것 같아 마음이 놓였다.

"차차 놓을게요. 식사는 했어요?"

"하고 왔어."

희영은 얼른 말을 끊으며 혜옥의 팔을 붙잡았다.

"오늘은 이만 보내요. 다음에 정식으로 인사시켜 줄 테니까."

강욱에 대해 먼저 말하는 게 낫겠다는 생각이 들어 희영이 대화에 끼어들었다.

"그래요, 그럼. 조만간 다시 놀러 와요."

"네, 어머님. 알겠습니다."

"전화할게요."

혜옥의 팔짱을 낀 채 희영은 식당 쪽으로 걸음을 옮겼다.

"만나는 사람 없다더니."

강욱의 존재를 숨긴 게 서운한지 혜옥이 슬그머니 희영을 흘겨보며 말했다.

"그렇게 됐어. 안 그래도 조만간 말하려고 했어요."

"그런데 동안인 건가? 어려 보이던데."

희영은 나이를 궁금해하는 혜옥을 어색한 눈으로 바라보았다.

"나보다 두 살 어려요."

"정말? 그러면 스물아홉?"

희영은 멋쩍은 얼굴로 이마를 긁으며 고개를 끄덕였다.

"어머, 웬일이야! 우리 딸 능력 있다. 그래, 요새는 연하남이랑 결혼하는 게 대세래."

그가 연하라는 사실에 더욱 좋아하는 혜옥을 보며 희영은 안도의 한숨을 내쉬었다. 일단 큰 산 하나는 가뿐하게 넘은 것 같았다.

"그래. 직업은?"

식당에 들어와서도 혜옥의 질문은 멈추지 않았다.

"같은 회사 다녀."

"딱 좋다! 회사도 안정적이네. 잘생긴 총각이 능력도 있네."

"응, 능력도 상당히 좋아. 내가 모시는 보스거든, 그 사람."

"어머! 어머! 웬일이……."

좋아하던 혜옥은 순간 흥분을 멈추며 눈을 커다랗게 떴다.

"너희 회사 이사?"

"……응."

"그 나이에?"

차분하게 가라앉은 목소리로 되묻는 혜옥을 보며 희영은 천천히 고개를 끄덕였다.

"회장님 아들이야. 아니, 따지고 보면 그 사람이 실질적인 오너……."

"안 돼, 희영아."

희영은 굳은 얼굴로 고개를 내젓는 혜옥의 손을 재빨리 붙잡았다.

"엄마가 무슨 걱정하는지 알아. 그런데 그 사람 집에서, 나 반대 안 해. 그러니까 그런 걱정 안 해도 돼. 도훈이 때랑은 달라."

희영의 설명에도 굳은 혜옥의 얼굴은 풀어질 줄 몰랐다.

"말했지. 너 평범한 사람 만나서 결혼하는 게 엄마 소원이라고. 겪어 보고도 몰라? 네가 무슨 꼴을 당했는데. 그래 놓고……."

"그런 걱정할 필요 없다니까요."

"비슷한 사람끼리 만나야 탈이 안 나는 법이야. 너 고생할 거 눈에 빤히 보이는데 엄마가 어떻게 찬성을 해? 너 귀하게 여겨 주는 사람 만나서 형편에 맞게 살면 되는 것을. 어찌 매번 만나는 사람마다……."

"그 사람, 나 무척이나 귀하게 여겨 줘. 그 사람 옆에 있으면 세상에서 제일 특별한 사람이 되는 기분이야. 엄마도 만나 보면 알 거야. 그 사람이 얼마나……."

"만날 일 없다. 그렇게 전해, 그 사람한테."

단호한 혜옥의 말에 희영은 풀 죽은 얼굴로 입을 다물었다. 계속 자극해 봤자 좋을 게 없을 것 같았다. 일단 시간을 두고 설득하는 게 좋겠다고 생각한 희영은 속으로 한숨을 삼켰다.

강욱에게서 걸려 온 전화를 받기 위해 희영은 조심스레

식당을 빠져나와 뒷마당으로 걸음을 옮겼다.

"네, 강욱 씨."

재빨리 통화 버튼을 누른 희영은 조심스레 그의 이름을 불렀다.

—어머님 반응은 어때요? 저 마음에 들어 하는 것 같아요?

"네. 그렇죠, 뭐."

차마 진실을 밝힐 수 없어 희영은 어색한 목소리로 답했다.

—목소리가 영 시원치 않은데? 왜요. 나 별로 마음에 안 들어 하세요?

수화기를 통해서도 느껴지는 그의 긴장에 희영의 마음은 더욱 복잡해졌다.

"아니에요, 그런 거."

—그럼 다행이네요. 음, 조만간 인사드리러 가야 할 것 같은데. 언제가 좋을까요?

하루 빨리 희영과의 결혼을 꿈꾸던 그였기에 꽤나 조급한 눈치였다.

"천천히 해요. 급할 거 없잖아요."

—급해요. 하루 빨리 당신을 내 사람으로 만들고 싶으니까.

"이미 오래전부터 당신 사람이에요, 나."

—애인 정희영 말고, 아내 정희영이 되어 주었으면 좋겠

어요, 난.

강욱의 말이 진심인 걸 알기에 희영의 마음은 더욱 복잡해지고 있었다.

"엄마가 조금 놀란 눈치예요. 당신 배경 알고."

—내 배경이 왜요?

"부담스러우신 모양이에요. 평범한 집안의 사람이랑 만나길 원하셨거든요."

—아…….

그제야 이해했는지 강욱은 한동안 아무 말도 하지 않았다.

"걱정 말아요. 내가 엄마 설득할 테니까. 알겠죠?"

—알겠어요.

"네, 그럼 끊을게요. 엄마 일 도와주다 나와서요."

—네.

전화를 끊으면서도 희영은 마음이 편하지 않았다. 어떻게 혜옥을 설득하면 좋을지 머릿속이 복잡해졌기 때문이다.

♫

기운 없는 목소리로 전화를 끊는 강욱의 모습에 옆에 있던 수호가 조심스레 눈치를 보았다.

"표정이 왜 그래? 누나, 아니, 형수랑 통화한 거 아니야?"

"맞아."

"싸웠냐?"

"그런 거 아니야."

"하긴. 닭살 커플이 싸울 리 없지."

희영이 없는 날에도 그녀의 집 근처에라도 있고 싶다며 강욱은 꼭 수호의 아파트에서 시간을 보냈다.

연애 4개월 차에 돌입한 이 닭살 커플은 날이 갈수록 서로를 향한 애정이 커져 갔다. 옆에서 지켜보는 수호에겐 지옥이 따로 없을 정도였다.

"어른들한테 예쁨 받으려면 어떻게 해야 하냐?"

진지한 강욱의 물음에 수호가 눈을 동그랗게 떴다.

"어른? 누구? 아, 그 미래의 장모님?"

희영의 어머니를 만나고 왔다던 강욱의 말을 떠올린 수호가 재빨리 물었다.

"응."

"왜? 너 엄청 마음에 들어 하시는 눈치라며. 형수가 장모님을 닮은 거 같다고, 아주 미인이라고 칭찬이 자자하더니만."

아내가 예쁘면 처갓집 말뚝에 절을 한다더니, 딱 그 꼴이었다. 집에 쳐들어오자마자 예비 장모님 자랑을 쏟아 내던 강욱을 떠올리며 수호가 조용히 고개를 내저었다.

"미인이시지, 엄청. 그런데 내가 별로 마음에 든 눈치가 아니셔.”

“왜? 네가 어때서?”

성격이 좀 더러워서 그렇지 강욱은 아주 완벽한 인간이었다.

수호의 모친도 아들보다 강욱을 더 예뻐할 정도로 어른들, 특히 여자들의 마음을 사로잡는 데 일가견이 있었다.

“내 배경이 별로 마음에 안 드시나 봐. 지도훈 일도 있고.”

도훈과 있었던 일을 대충이나마 전해 들은 수호였기에, 이해가 된다는 듯 고개를 끄덕였다.

“그러실 만하지. 그런 일을 겪었으면.”

“내 여자 혼자 고민하게 하고 싶지 않아. 어머님 마음 내가 돌려야지. 그러니까 좀 알려 줘. 어머님 마음을 사로잡으려면 어떻게 해야 하는지.”

“일단 다른 거 필요 없어. 애교가 중요하지.”

“애교?”

자신 없다는 듯 강욱의 잘생긴 미간이 찌푸려졌다.

“애교 싫어하는 사람 없다. 너무 과한 거 말고 서글서글한 느낌을 주는 정도? 이 녀석 성격 좋구나, 하고 느낄 정도의 애교면 딱이지. 어머님 식당 하신다며. 가서 일도 도와 드리고, 장도 같이 봐 드리고. 우선 그런 걸로 시작해 봐. 내가 장사를 해 봐서 아는데 그런 일 도와주면 마음이 금세 열린다니까?”

강욱은 수호의 의견이 마음에 들었는지 무언가 결심했다

는 듯 검은 눈을 반짝였다.

♫

그럴 필요 없다는데도 기어코 강욱은 양평으로 내려왔다. 일부러 혜옥의 식당에서 조금 떨어진 곳에 차를 대고 있던 강욱이 희영을 반겼다.

"어머님 잘 만나고 왔습니까?"

강욱의 물음에 희영은 천천히 고개를 끄덕였다. 사실 그 뒤로도 몇 번이나 강욱의 이야기를 꺼내 보았지만, 혜옥은 들으려고 하지 않았다. 아무래도 시간을 오래 두고 설득해야 할 것 같았다.

"식당 문, 몇 시에 열어요?"

"음, 보통 오전 9시에 여세요. 아침에 해장국 드시러 오는 분들 계시니까."

"그렇구나. 그럼 시장은?"

"식당 문 열기 전에 갈 거예요. 저기 근처에 큰 시장이 하나 있거든요."

희영은 운전하는 내내 혜옥에 대해 물어 오는 강욱을 미심쩍은 눈으로 바라보았다. 혜옥의 음식 취향부터 좋아하는 음악까지 꼼꼼히 물어 오는 게 어딘가 모르게 수상했다.

"그런데 그걸 왜 묻는 거예요?"

"잘 보이고 싶어서요. 당신이 세상에서 제일 소중하게 생각하는 사람이잖아요."

자신을 생각해 주는 강욱의 마음만으로도 희영은 충분히 큰 감동을 받았다.

"고마워요."

"그래서 말인데요. 내일부터 사흘간 휴가를 쓸 생각입니다."

갑작스러운 휴가 통보에 희영은 당황한 표정을 지었다.

"네?"

"유능한 비서를 둬서 별다른 걱정은 되지 않지만. 사흘간 잘 부탁해요, 회사."

"무슨 일로 휴가를? 설마 엄마한테 가려고요?"

계속해서 혜옥에 대해 묻던 그가 떠올라 희영이 재빠르게 물었다.

"네. 걱정하지 말아요. 어머님 마음 무조건 돌려놓을 테니까."

"강욱 씨."

"나 무려 10년 동안 당신을 지켜봤던 사람이에요. 끈기 하나는 끝내준다는 얘기죠. 그러니까 아무 걱정 하지 말아요."

미안하기도 하고, 고맙기도 한 복잡한 감정이 희영의 마음속에 피어올랐다. 자신보다 어리지만 강욱은 참으로 듬직한 남자였다.

♫

새벽부터 양평에 내려간 강욱은 시장 입구에 서서 긴장된 얼굴로 혜옥을 기다렸다. 언제 혜옥이 시장에 올지 몰라 새벽부터 대기하고 있는 중이었다. 긴 기다림에 지칠 법도 하건만 온몸을 지배하는 긴장감 때문인지 그 시간이 그리 지루하게 느껴지지 않았다.

아침 8시, 시장 입구로 걸어오는 혜옥의 모습이 드디어 포착되었다. 단숨에 혜옥을 향해 달려간 강욱은 고개 숙여 인사를 건넸다.

"어머님, 안녕하세요."

갑작스러운 강욱의 등장에 깜짝 놀란 혜옥은 어리둥절한 눈으로 그를 바라보았다.

"여기엔 어떻게?"

"어머님 장 보시는 거 도와 드리려고요."

"괜찮아요. 늘 혼자 했던 건데, 뭐."

견제하는 눈빛으로 강욱을 바라보며 혜옥은 재빨리 걸음을 옮겼다. 그런 그녀의 뒤를 조용히 따라 걸으며 강욱은 혜옥이 사는 갖가지 야채와 물건들을 재빨리 받아 들었다.

"이 잘생긴 총각은 누구야? 조카? 아니면 혹시 사위?"

잘생긴 강욱의 외모에 관심을 보이며 시장 아주머니들이

혜옥을 향해 물었다.

"그런 거 아니……."

"사위 맞습니다. 앞으로 우리 장모님 잘 좀 부탁드립니다."

서글서글한 미소를 지으며 인사를 건네는 강욱을 아주머니들은 흡족한 눈으로 바라보았다. 하지만 혜옥은 기가 막힌다는 얼굴로 그런 그를 보았다.

"난, 두 사람 허락한 적 없어요."

장을 다 보고 시장을 벗어나던 혜옥이 강욱을 향해 조용히 말했다.

"압니다. 저 마음에 안 들어 하시는 거."

"그런데 왜 이래요? 난 희영이가 평범한 남자 만나서 평탄한 삶을 살았으면 좋겠어요. 너무 넘치는 자리, 부담스러워요."

"넘치는 자리 아닙니다. 많이 부족하죠, 제가. 오히려 제게 넘치는 사람은 희영 씨입니다."

단호한 혜옥의 말을 강욱은 넉살 좋게 받아치고 있었다.

"그 짐이나 이리 줘요. 내가 들 테니까."

반쯤 포기했는지 혜옥은 강욱을 향해 손을 뻗었다.

"아닙니다. 제가 들게요. 식당으로 가실 거죠?"

꽤 무거운 짐을 번쩍 안아 든 강욱은 걸음을 옮겼다. 그런 그를 보며 혜옥이 무거운 한숨을 내쉬었다. 집안만 평범하면 딱 좋았을 텐데. 뭐 하나 빠지는 게 없는 강욱의 모습에 혜옥은 아쉬운 생각이 들었다.

♫

홀로 이사실을 지키고 있던 희영은 점심시간이 되자마자 자신을 찾아온 수호를 동그래진 눈으로 바라보았다.

"수호 씨?"

"강욱이 녀석 부탁입니다. 형수님 점심 챙겨 먹이라는."

이젠 너무나 익숙한 한정식집 쇼핑백을 보며 희영은 웃음을 삼켰다.

"대단한 녀석이죠? 휴가 가면서까지 친구를 이런 데 부려 먹다니."

"그러게 말이에요. 미안해요. 괜히 수호 씨가 고생이네요."

희영의 말에 수호는 재빨리 고개를 내저었다.

"아닙니다. 요즘 그 녀석 보면서 많이 배워요. 모태 솔로였던 그 녀석한테 사랑꾼 타이틀을 넘긴 건 슬픈 일이지만. 남자가 봐도 멋진 녀석이에요, 최강욱."

당연한 말이라는 듯 희영은 예쁜 미소를 지으며 고개를 끄덕였다.

"세상에서 제일 멋진 남자죠."

"아, 떨어져 있는 동안 두 사람 닮살 안 보나 했더니 그것도 아니네요.”

“떨어져 있으니까 더욱 간절해져요. 얼마나 보고 싶은지 몰라요.”

“적당히 하죠? 식사를 목전에 두고 너무한 거 아닙니까?”

말은 이렇게 하지만, 수호는 그 누구보다 열렬히 두 사람의 사랑을 응원해 주었다.

이런 좋은 친구가 강욱의 옆에 있다는 것이 희영은 고마웠다. 기댈 곳 없던 강욱의 유년 시절이 그로 인해 조금은 편안했을 것 같았기 때문이다.

“참, 다음 주부터 회사 출근한다면서요?”

“네. 하루라도 빨리 저한테 이 회사 떠넘기고 싶은가 봅니다.”

“그런 것 같아요. 그만큼 수호 씨를 믿는 거겠죠.”

“아, 저는 부담이 팍팍 돼요. 이 큰 회사를 내가 잘 운영할 수 있을지. 그 자식 괜히 나 때문에 망하는 건 아닌지.”

희영은 걱정을 늘어놓는 수호를 따뜻한 눈으로 바라보았다.

“수호 씨한테서 특별한 능력을 본 게 분명해요. 저도 수호 씨 믿고요. 분명 잘 해낼 거예요.”

“뭐, 어쨌든 하와이 리조트까진 강욱이 녀석이 마무리 짓는다니까 마음이 좀 놓입니다. 그때까지 죽어라 회사 일을 배워야 되겠지만.”

"저도 많이 도와 드릴게요."

"든든하네요, 형수님."

강욱이 없는 자리에서도 수호는 꼬박꼬박 희영을 형수님이라 불렀다.

"이 호칭이 어서 빨리 진짜가 되어야 할 텐데 말이죠."

혜옥에게 가 있는 강욱이 걱정돼 희영은 한숨을 쉬었다.

"잘하고 있을 거예요. 그 녀석 마음먹은 건 잘 해내거든요. 뭐, 대부분 그 마음이 형수님을 위한 거였지만 말입니다."

다독여 주는 수호의 말에 희영은 따뜻한 미소를 지었다. 부디 혜옥이 하루 빨리 마음을 돌리길 기도하면서.

♫

식당에 손님이 오면, 강욱은 혜옥보다 먼저 일어나 달려 나갔다.

"어서 오세요. 두 분이십니까? 여기 앉으세요."

이런 일은 한 번도 안 해 봤을 텐데 어색한 구석이 없었다. 열심히 물을 나르고 행주로 테이블을 닦으며 강욱은 싹싹하게 손님들을 대했다.

그런 그가 대견했지만 부담스러운 배경이 여전히 마음에 걸려 혜옥은 편치 않았다.

"어디서 이렇게 잘생긴 종업원을 구했대? 여기 더 자주 와야겠어."

"그러게 말이야. 난 인테리어 새로 한 줄 알았다니까. 이 총각 꽃미모에 가게가 너무 환해져서."

강욱의 외모를 찬양하며 손님들이 한마디씩 했다.

"이 가게 사위라는 소문이 있던데. 진짜야?"

시장에서 소문을 주워듣고 직접 확인하러 온 손님도 있었다.

"네, 맞습니다. 앞으로 저희 장모님 식당 자주자주 찾아 주세요."

혜옥이 아니라고 반박하기도 전에 강욱은 서글서글한 미소를 지으며 대답했다.

혜옥은 그런 그를 가만히 바라보았다. 희영의 혼삿길이 단단히 막히게 생겼다. 그런데 그게 또 그리 기분 나쁘지 않았다. 아무래도 저 꽃미모에 홀랑 넘어가고 있는 건 동네 여자들뿐만이 아닌 것 같았다.

정신 차리자. 마음을 다잡으며 혜옥은 강욱에게서 시선을 거두었다. 하지만 그것도 잠시, 손님들을 보며 웃는 강욱의 모습에 넋이 나가 또다시 그를 지켜보게 되었다.

"잘생기긴 참 잘생겼단 말이야."

도훈도 인물이 훤칠하긴 했지만 강욱에 비할 바가 못 되었다. 강욱은 TV에서만 보던 배우 같은 비주얼을 갖고 있었으니까.

"누가 내 딸 아니랄까 봐. 남자 보는 눈은 나하고 똑같네."

희영의 아버지 역시 동네에서 유명한 미남이었다. 우연히 시골 할머니 댁에 놀러 갔던 혜옥은 그를 보고 첫눈에 반해, 고향인 양평을 등지고 한동안 어촌에서 살았었다. 처음엔 제게 관심을 보이지 않는 그 양반 때문에 어찌나 마음고생을 했던지.

그래도 끝내 어찌어찌 결혼까지 하게 되었다. 살림살이는 넉넉하지 않았지만 한가로운 어촌 마을에서 남편과 희영을 키우며 살던 그 시절이 혜옥에겐 가장 소중한 날들이었다.

갑작스러운 배 사고로 남편을 잃고 말았지만 혜옥은 그와 결혼한 걸 후회하지 않았다. 그래서 희영이 그런 사람을 만나길 바랐는지도 몰랐다.

평범하고 소박했던 어촌에서의 생활이 좋은 기억으로 남아 있어 분수에 맞게 평범하고, 소탈한 남자를 만나 행복하게 살길 바랐다.

"그렇게 살 팔자가 아닌가 보네."

그러니 이리도 분수에 넘치는 남자만 꼬이지. 그래도 희영을 위해 노력하는 강욱의 모습이 점점 예쁘게만 보였다. 왜 희영이 이 남자를 사랑하는지 혜옥은 조금은 알 것 같았다.

♫

식당을 정리하고 집으로 돌아가는 혜옥의 모습을 보고 나서야 강욱은 지친 얼굴로 뒤돌아섰다. 하루 종일 웃고 있었더니 입이 아플 지경이었다.

혜옥의 태도는 여전히 달라지지 않았다. 벌써 이틀째 이러고 있는데도 혜옥은 그에게 다정한 말 한마디 건네지 않았다. 그나마 내치지 않는 걸 다행이라 여겨야 할 정도였다.

"어머님을 쏙 닮았네."

쉽게 넘어오지 않는 뚝심은 인정할 만했다. 이미 희영을 겪으면서 이골이 났기에 혜옥의 냉대는 충분히 견딜 만했다. 무엇보다 사랑하는 여자의 응원이 함께했기에 힘들지 않았다.

때마침 걸려 오는 희영의 전화에 강욱은 환한 얼굴로 재빨리 전화를 받았다.

"여보세요."

—식당 문 닫았죠? 오늘도 고생했어요.

수화기를 통해 들려오는 다정한 희영의 목소리에 입가에 절로 미소가 번졌다.

"고생은요, 무슨. 즐거워요. 어머님이랑 함께 있는 시간."

—그렇게 말해 주니 고맙긴 한데. 미안한 마음은 더 커지

는 거 있죠. 엄마 여전히 아무 말도 안 해요?

"네. 그래도 오늘은 식사도 챙겨 주셨어요. 엄청 맛있던데요?"

―엄마 음식 맛있어요. 요리 솜씨가 좋으셔서.

"응. 당신 요리만큼이나 맛있어."

목소리를 듣고 있으니 강욱은 그녀가 너무나 보고 싶어졌다. 당장이라도 서울로 올라가고 싶을 만큼.

―어쨌든 내일까지만 하고 올라와요. 너무 무리하지 말고요.

"안 돼요. 휴가 더 써서라도 어머님 마음 돌려놓을 거예요."

―그러다 쓰러지는 거 아니에요? 회사 일도 엄청 밀렸는데.

"어머님 마음만 돌릴 수 있다면 한번 쓰러지죠, 뭐."

―본인 몸도 소중히 여기죠? 난 당신 쓰러지는 거 싫어요.

"안 피곤하니까 걱정하지 말아요. 아, 근데 몸은 안 힘든데 마음이 힘들다."

―왜요?

걱정이 가득 담긴 목소리가 수화기를 통해 들려왔다.

"당신 너무 보고 싶어서."

―그럴 줄 알았어요. 거기서 앞으로 조금만 걸어와요.

"뭐? 설마 당신……."

핸드폰을 든 채 강욱은 앞으로 걸어갔다. 그러자 골목 끝 가로등 아래에 서 있는 희영의 모습이 보였다.

"나 당신이 보이는 것 같은데."

—맞아요. 강욱 씨 보고 싶어서 왔어요. 금방 돌아가야 하지만.

가까이 다가간 강욱은 그대로 팔을 뻗어 희영을 끌어안았다. 그러고는 그녀의 부드러운 입술에 제 입술을 포갰다. 그녀가 곁에 있다는 사실만으로도 충전되는 기분이었다.

♫

한 시간 정도의 짧은 만남이었지만, 전날 희영을 만났다는 사실만으로도 강욱은 기운이 펄펄 나고 있었다.

힘이 빠질 법도 한데 더욱 기합이 들어가 있는 강욱의 모습에 혜옥은 오히려 당황스러웠다. 도저히 열정으로 똘똘 뭉친 그를 이길 방법이 없을 것 같았다.

"식당 문 닫고, 잠시 이리 와서 앉게나."

점심 손님이 모두 빠져나간 후, 혜옥이 강욱을 향해 말했다. 늘 존댓말을 쓰던 혜옥이 편안하게 말을 놓자 강욱은 희망이 담긴 눈으로 그녀를 바라보았다.

"네, 어머님."

문을 닫고 의자에 앉은 강욱은 혜옥이 따라 주는 술을 재빨리 받아 들었다.

"회사는 안 가? 언제까지 여기서 이러고 있을 건가?"

"어머님이 허락해 주실 때까지요. 저 얼른 희영 씨와 결혼하고 싶습니다."

포부 넘치는 강욱의 말에 혜옥은 걱정 가득한 눈으로 그를 바라보았다.

"부모님은? 자네가 우리 희영이 만나는 거 아시고?"

"네. 반대하지 않으세요. 그럴 자격도 없으시고요."

"그게 무슨 말이야. 자식 일에 관여하지 않는 부모가 어디 있다고."

"그런 부모도 세상에 존재하더라고요. 그래서 희영 씨 보면 부러워요. 이렇게 좋은 어머님이 계셔서."

자신을 반대하는 것 역시 희영을 위한 일이라는 걸 알기에, 강욱은 혜옥의 이런 모습도 좋았다. 진짜 부모 같은 그녀의 모습이.

"자네 술 좀 하는가? 그냥 들을 이야기는 아닌 것 같은데."

"네. 잘 마십니다."

"그래. 그럼 한 잔 더 받게나."

두 사람은 어느새 술잔을 주거니, 받거니 하며 거나하게 취해 갔다.

강욱의 가정사를 알게 된 혜옥은 따뜻한 손길로 그의 손을 붙잡아 주었다.

"이제부터 날 엄마라고 생각하게나."

"네, 장모님."

"그래, 그래. 우리 사위."

술에 취한 두 사람은 어느새 서로를 부르는 호칭마저 정답게 변해 있었다. 강욱에게 마음을 활짝 연 혜옥은 함께 노래방에 가자며 그를 이끌었다.

"내가 사위가 생기면 꼭 해 보고 싶었던 일이야. 자네 노래 좀 하는가?"

"잘 못하지만 장모님을 위해서 열심히 부르겠습니다."

혀가 꼬인 채로 비틀거리며 노래방에 도착한 두 사람은 춤까지 춰 가며 신나게 노래를 불러 댔다. 분위기는 장모와 사위가 아니라, 엄마와 아들 같았다.

♫

내일 스케줄을 보며 희영은 고민을 시작했다. 사흘 동안의 일정은 다음 주로 미뤄 두긴 했다. 하지만 내일 스케줄은 어떻게 해야 좋을지 알 수 없었다. 이제 그만 그가 출근을 했으면 좋겠는데, 퇴근 시간이 다 되어 가도록 강욱에게선 아무런 연락도 없었다.

"아무래도 전화를 해 봐야겠네."

희영은 핸드폰을 들어 전화를 걸었다. 여전히 변함없는 그의 컬러링을 들으며 미소 짓고 있는데, 곧 시끌벅적한 소리가 들려왔다.

"강욱 씨."

—어? 우리 여보 전화네.

완전히 꼬인 발음으로 '여보' 타령을 하는 강욱의 말에 희영은 얼떨떨한 표정을 지었다.

"여보세요? 강욱 씨?"

—장모님! 우리 여보 전화 왔어요.

—그래? 우리 딸! 엄마야!

수화기 너머 들려오는 혜옥의 목소리도 술에 잔뜩 취해 있는 듯했다. 깔깔거리는 두 사람의 웃음소리를 들으며 희영은 헛웃음을 내뱉었다.

—장모님! 우리 여보 예쁘죠?

전화를 받은 채로 혜옥에게 말을 거는 강욱과.

—그럼, 그럼! 그런데 우리 사위가 더 예뻐! 그리고 엄마라고 부르라니까! 내가 엄마 해 준대도.

신이 난 목소리로 맞장구를 쳐 주는 혜옥의 대화를 엿들으며 희영의 얼굴엔 차츰 미소가 번져 갔다. 친해진 듯한 두 사람의 모습에 저절로 기분이 좋아졌다.

—엄마!

—그래, 우리 잘생긴 사위!

희영은 안중에도 없는 듯 두 사람은 대화를 나누느라 바빴다. 아무래도 그가 제대로 작전에 성공한 모양이었다.

—엄마. 우리 여보야 오라고 할까요?

—그래! 우리 딸. 얼른 와!

—여보. 얼른 와요!

차례로 들려오는 두 사람의 목소리에 희영은 끝내 웃음을 터트리고 말았다. 술에 취한 모습마저도 꼭 닮아 있었다. 마치 진짜 부모 자식처럼.

♫

혜옥과 통화를 하는 강욱의 목소리에 희영은 스르르 잠에서 깨어났다.

"네, 장모님. 잘 다녀올게요. 이번 주말에 못 내려가서 죄송해요. 다음 주엔 꼭 같이 내려갈게요. 네, 도착해서 또 전화하겠습니다."

술에 취했던 그날처럼 엄마라고 부르진 않았지만 여전히 두 사람의 사이는 좋았다. 하루 세 번 꼭꼭 안부 전화를 할 정도로. 오히려 딸인 희영보다도 혜옥과 더 자주 통화를 하는 것 같았다.

"엄마랑 통화했어요?"

전화를 끊은 강욱을 향해 희영이 미소를 지으며 물었다.

"네. 안 그래도 깨우려고 했는데 일어났네요? 얼른 씻어요. 같이 갈 데가 있으니까."

"어디요?"

"가 보면 알아요. 아침 준비해 놓을 테니까. 씻고 나와요."

희영의 머리를 부드럽게 쓰다듬고는 강욱은 침실을 빠져나갔다.

혜옥에게 요리를 배운 후로 그의 음식 솜씨는 더욱 좋아졌다. 날이 갈수록 완벽해지니, 그것 또한 걱정이었다. 도대체 저 남자가 못하는 건 뭘까?

따스한 시선으로 강욱의 뒷모습을 보던 희영은 재빨리 침대에서 몸을 일으켰다. 그리고 욕실로 들어가 씻은 후, 곧장 주방으로 걸음을 옮겼다.

"와, 콩나물 국밥 끓인 거예요?"

"먹어 봐요. 장모님에 비해선 형편없지만 그래도 못 먹을 정도는 아니니까."

"고마워요. 잘 먹을게요."

국물을 한입 떠먹은 희영은 감탄 어린 시선으로 강욱을 바라보았다.

"와, 진짜 우리 엄마 국밥이랑 맛이 비슷해요."

"그 정도는 아닌 것 같은데."

"진짜 비슷해요. 내가 보장할게요."

"그렇게 말해 주니 기분은 좋네요. 요리라는 게 하면 할수록 재미있어요."

희영은 칭찬에 신이 난 강욱을 보며 입가에 미소를 지었다. 알면 알수록 그는 은근히 귀여운 구석이 있었다.

"그런데 어디 가는지 진짜 말 안 해 줄 거예요?"

"네. 도착할 때까지 비밀입니다."

이렇게 말하니 더욱 궁금해졌다. 그가 자신을 데리고 가려는 곳이 어딘지.

♫

차로 한참을 달려 도착한 곳은 거제도에 있는 작은 섬 가조도였다. 희영에겐 아주 익숙한 곳이었다. 아빠가 묻혀 계신 곳이기도 했으니까.

"여길 어떻게?"

"아버님 여기 계신다면서요?"

"엄마가 말해 줬어요?"

희영의 물음에 강욱은 천천히 고개를 끄덕였다.

"좋은 곳에 계시네요, 아버님."

"네. 무척 예쁜 섬이에요."

희영이 나중에 혜옥과 함께 살고 싶다 꿈꾸던 섬이 바로 이곳이었다. 서울에서 너무 멀리 떨어져 있어 자주 내려올 수는 없었지만 올 때마다 이곳 풍경에 감탄을 하곤 했다.

아빠와 함께한 세월은 몇 년밖에 되지 않았지만, 엄마는 아직도 아빠와의 행복했던 추억을 기억하고 있었다.

희영은 혜옥이 해 주는 아빠 얘기가 너무 좋아 어릴 때부터 늘 얘기를 해 달라고 졸라 댔었다.

그러면서 자연스레 꿈을 꾸었다. 한적한 마을에서 예쁜 집을 짓고, 남편과 아이와 오순도순 살아가는 그런 꿈을.

"일단 아버님한테 먼저 인사드리러 갈까요?"

"네, 좋아요."

두 사람은 산에 위치한 산소에 도착했다.

"아빠, 인사해요. 내가 사랑하는 사람이에요."

잡초를 뽑으며 희영은 부드러운 목소리로 말했다.

"아버님. 늦게 인사드리러 와서 죄송합니다. 앞으로 자주 찾아뵐게요."

준비해 온 과일과 술을 올린 후, 강욱은 절을 했다. 그런 강욱을 따뜻한 시선으로 보며 희영도 그 옆에서 절을 올렸다.

"잘 지내셨죠? 엄마도 건강하게 잘 지내요. 지금도 가끔 아빠 생각하면서 한 번씩 우시지만."

희영은 길게 살아 보지도 못했으면서 다시 태어나도 아빠와 살고 싶다 말하는 혜옥을 떠올렸다.

“이젠 제가 대신해서 장모님 잘 모시겠습니다.”

두 사람은 말없이 산소 주변의 잡초 정리에 몰두하기 시작했다. 그러다 문득 햇빛을 받아 찬란하게 반짝이는 바다를 돌아보곤 아름다운 그 모습에 한참 동안 넋을 잃었다.

“정말 아름다운 곳이네요.”

“네.”

“살고 싶다던 바닷가가 여기인 거죠?”

강욱의 물음에 희영은 웃으며 천천히 고개를 끄덕였다.

“맞아요. 이 풍경은 매일 봐도 안 질릴 것 같아.”

“그럴 것 같네요. 특히 사랑하는 사람과 함께한다면.”

희영의 뒤에 선 강욱이 그녀를 따뜻하게 끌어안았다.

“우리 여기서 살래요?”

그 말이 농담이 아닌 것 같아 희영은 놀란 눈으로 그를 돌아보았다.

“아주 괜찮은 집도 하나 구해 놓았는데.”

“네?”

“따라와 봐요.”

어리둥절한 표정으로 희영은 그의 손을 잡은 채 뒤따라 걸음을 옮겼다. 산 중턱으로 내려와 차에 타서도 희영은 믿기지 않는다는 듯 눈을 느릿하게 깜박였다.

“정말 집을 구했어요?”

“네. 그것도 아주 괜찮은 위치의 집을요.”

씩 웃으며 강욱은 천천히 산 아래로 차를 몰았다. 바다 근처 마을로 들어선 차는 꼬불꼬불한 길을 지나 마을 제일 위에 위치한 황토로 지어진 집 앞에 멈추었다.

"여기 기억나요?"

조수석 문을 열어 주며 강욱이 희영을 향해 물었다.

"네?"

"장모님이 당신은 기억 못 할 거라 그랬는데 진짜네요."

"여기가 어딘데요?"

"당신이 어렸을 때 살던 집. 물론 건물은 새로 지었지만, 당신과 장모님이 살던 곳이래요. 아버님과 함께."

믿기지 않는다는 듯 희영은 눈을 느릿하게 깜박였다.

"당신이 이 집에서 첫 걸음마를 떼고, 마당을 아장아장 걸어 다녔대요. 가끔 나비나 새가 날아오면 아주 정신없이 따라다녔대. 마루에 누워 파도 소리를 들으면서 낮잠도 자고. 아, 맞다. 아버님이 잡아 온 해산물로 만든 죽을 제일 좋아했대, 당신이."

강욱을 통해 전해 들은 이야기를 따라 희영의 눈앞에 어린 시절의 풍경이 펼쳐졌다.

서툴게 걸음마를 하고 있는 어린 제 모습과 마루에 걸터앉아 그런 자신을 다정한 눈으로 보고 있는 엄마, 아빠의 모습이 차례로 그려졌다. 그 생각에 희영은 왈칵 눈물을 쏟아 내고 말았다.

강욱은 손을 뻗어 다정하게 희영의 눈물을 닦아 주었다.

"좀 더 빨리 데려오고 싶었는데 늦어져서 미안해요. 여기 살던 할머님께 더 좋은 집 얻어 드린다고 오래 걸렸어요."

"아니에요. 이렇게 데리고 와 줘서 고마워요."

강욱은 감동의 눈물을 흘리는 희영의 이마에 따뜻하게 입을 맞추었다. 그리고 코트 주머니에서 반지 케이스를 꺼냈다.

"이 집에서 우리 새로운 추억을 만들까요? 우리 아이가 이 마당에서 걸음마를 하고, 당신과 나는 그걸 지켜보고. 내가 낚시해 온 생선들로 우리 아이 죽도 끓여 주고."

손가락에 반지를 끼어 주며 묻는 강욱을 향해 희영은 힘차게 고개를 끄덕였다.

"좋아요. 당신만 있다면, 어디든지."

"고마워요. 내 프러포즈 받아 줘서."

서로를 마주 본 두 사람은 어느새 닮아 버린 예쁜 미소를 짓고 있었다. 저물어 가는 태양은 푸르른 바다를 붉고 아름답게 물들이고 있었다.

"그런데 장모님은 우리랑 같이 안 사신대요."

"왜요?"

"신혼 방해하기 싫다고 하시네요. 대신 재롱 떨 손주나 많이 낳아 달래요."

"많이요?"

"그러려면 분발해야 될 것 같은데 지금부터 시작할까요? 어차피 해도 져 가는데."

"뭐, 좋아요."

한적한 어촌 마을에 두 사람의 다정한 웃음소리가 번져 갔다.

# 에필로그 2

첫 아이가 희영을 닮은 딸이길 원했던 강욱은, 병원에서 아들이란 소리를 듣자 실망감을 감출 수 없었다.

"난 아들도 좋아."

정기검진을 받고 나오며 희영은 실망한 강욱의 어깨를 다정한 손길로 두드렸다. 아이가 태어나면 아무래도 기존의 황토집은 작을 것 같아 바다를 닮은 연하늘색 2층집을 새로 지었다. 2층은 희영이 원하던 대로 통창을 내 바다를 한눈에 볼 수 있게 만들었다.

두 사람은 1층보다 2층에서 시간을 보내는 일이 많았다. 희영은 집에 와서도 여전히 시무룩한 얼굴을 하고 있는 강욱의 손을 잡아 2층으로 이끌었다.

"아들인 것도 알았으니까. 이왕이면 당신 닮았으면 좋겠어."

바다가 보이는 소파에 앉아 강욱의 넓은 어깨에 머리를 기대며 희영이 말했다.

"무슨 소리야. 그건 절대 안 돼. 아들이어도 상관없으니까 당신 닮았으면 좋겠어, 난."

결혼한 지 1년이 지났건만 희영을 향한 강욱의 사랑은 변함없었다.

"왜 이래? 거제도 최고 미남께서."

"또 그 소리. 어르신들이 하도 권하셔서 어쩔 수 없이 나간 거야."

몇 달 전, 거제도에 큰 축제가 있었다. 그중 가장 백미는 섬 최고의 미남을 뽑는 '미스터 거제' 라는 코너였다.

가조도 이장님부터 올해 98세가 되신 마을 최고령 할머니까지 대회에 나가 달라며 부탁을 하는 바람에 강욱은 어쩔 수 없이 대회에 참여하게 되었다. 물론 거기서 그는 당당히 1등을 차지했다.

1등 상품으로 받은 한우 세트로 그날 가조도에선 마을 잔치가 열렸었다. 떠올리면 입가에 미소가 지어지는 아주 행복한 추억이었다. 강욱은 잊고 싶은 기억인 듯하지만.

"난 좋았어요. 이렇게 멋진 남자랑 사는 거잖아, 내가."

"당신이 좋았으면 됐어. 어쨌든 바다야. 넌 무조건 엄마를 닮아야 해. 알겠지?"

강욱은 태명을 부르며 다정한 손길로 제법 부풀은 희영의 배를 쓰다듬었다. 하지만 그러면 뭐하겠는가. 배 속 아이와 직접적인 교감을 하고 있는 건 희영이었다. 그가 안 볼 때마다 희영은 배를 쓰다듬으며 아빠 닮아라, 하고 주문을 외웠다.

"참, 지금 몇 시지?"

"2시."

희영의 대답에 강욱은 재빨리 몸을 일으켰다.

"늦었다. 아주머니들이랑 홍합 캐러 가기로 했는데. 당신 홍합 좋아하잖아."

"그래요? 많이 따 와서 홍합탕 끓여 줘, 여보."

이상하게 임신을 하고 나서 홍합이 더욱 좋아졌다. 청양고추를 넣어 매콤하게 끓인 홍합탕이 그렇게 맛있을 수가 없었다.

"나만 믿어. 다녀올게요."

희영의 입술에 부드럽게 입을 맞춘 강욱은 서둘러 계단을 내려갔다. 그런 그의 뒷모습을 보며 희영은 부드러운 미소를 지었다.

한적한 어촌 마을에 내려와서 사는 게 정말 좋았지만, 그가 잘 적응할 수 있을까 많이 걱정했었다. 하지만 생각보다 강욱은 너무 잘 적응하고 있었다.

아니, 오히려 희영보다 마을 사람들과 친분이 더 두터웠다. 아주머니들과 함께 홍합이나 소라를 캐러 가서 새로운 요리들도 하나씩 배워 왔다. 마을 아저씨들과 배를 타고 나가 싱싱한 물고기를 잡아 오기도 했다.

시간이 날 때 가끔 놀러 오는 수호는 그런 강욱을 볼 때마다 깜짝 놀랐다. 그동안 알고 지내던 까칠하고 성격 더러운 최강욱이 맞냐며. 그래서 희영은 더욱 고마웠다. 자신을 위해 완벽하게 어촌 생활에 적응해 준 그가.

"아빠 진짜 멋지지?"

살짝 태동이 느껴지는 배를 어루만지며 희영이 따뜻한 목소리로 중얼거렸다.

"그러니까 바다야. 우리 바다는 꼭 아빠 닮아야 해. 알겠지?"

희영은 배 속의 바다가 아들이라면 더더욱 강욱을 닮았으면 좋겠다고 생각했다. 강욱은 세상에서 제일 멋진 남자였으니까.

♫

"늦어서 죄송합니다!"

인사를 건네는 강욱을 향해 아주머니들은 손을 내저었다.

"우리도 방금 왔어. 그런데 오늘 성별 나온다 하지 않았어? 뭐래?"

"아들이요."

"아이고, 잘됐네! 잘됐어!"

"그러게 말이야."

아주머니들은 입을 모아 축하해 주었다.

"잘되긴요. 전 아내 닮은 딸을 원했는걸요."

"자네 닮은 아들이면 더 예쁘겠구먼, 왜? 물론 새댁도 미인이지만 자네가 조금 더 인물이 좋지 않은가."

"무슨 소리예요? 제 아내 인물이 훨씬 좋죠."

마을 사람들은 강욱의 팔불출 발언에 이미 적응을 완료한 후였다. 그렇기에 다들 덤덤한 눈으로 그의 말을 받아들였다.

"왜 이래? 미스터 거제가. 자넨 거제가 인정한 최고 미남이라니까."

"아, 또 그 소리. 자꾸 이러시면 내년엔 안 나갑니다!"

"안 돼, 안 돼. 우리 마을에 자네를 대체할 인물이 어디 있다고!"

"우리가 자네 덕에 포식을 했잖아. 그 비싼 한우를."

"맞아, 맞아."

그 말에 강욱은 싱그러운 미소를 지었다.

"고마우시면 오늘 캐는 홍합이나 좀 나눠 주세요. 그러면 내년에도 나가겠습니다."

주먹을 불끈 쥐는 강욱을 보며 아주머니들은 고개를 끄덕였다.

"그래, 그래. 알겠어. 어서 캐러 가자고."

아주머니들과 강욱은 배로 바삐 걸음을 옮겼다. 홍합을 캐려면 배를 타고 조금 나아가야 했다.

"아기가 홍합을 무척 좋아하나 보네. 요즘 자주 캐러 나오는 걸 보니."

"그러게 말이에요. 다른 음식은 입덧 때문에 못 먹으면서 홍합만 잘 먹어요. 보고 있으면 신기하다니까요."

"그래도 잘 먹는 음식이 있는 게 어디야."

"맞아요."

배에서 내린 강욱은 아주머니들과 수다를 떨며 열심히 홍합을 캤다. 기다리고 있을 희영과 배 속의 바다를 위해서.

♫

강욱의 보살핌 속에서 편안한 날들을 보내던 희영은 어느새 임신 막달이 되었다.

"태풍이라더니 비 많이 온다."

아까부터 쉬지 않고 내리는 비를 보며 희영이 걱정스러운 목소리로 말했다.

"그러게. 이른 태풍에 다들 걱정이 많으시더라고. 아무래도 어업으로 생활하는 분들이니까."

멈출 줄 모르는 비를 보며 강욱이 걱정스레 중얼거렸다.

"당신 참 많이 변했다."

그런 강욱을 따스한 눈길로 바라보며 희영이 한마디 했다.

"왜? 이상해졌어?"

"아니. 정말 좋아. 솔직히 예전엔 다른 사람들 일에 별 관심 없었잖아. 여기 와서는 많이 바뀐 것 같아. 정말 보기 좋아요."

희영의 칭찬에 강욱은 살짝 붉어진 얼굴로 머리카락을 쓸어 넘겼다.

"당신이 보기 좋다니, 나도 좋아. 가끔은 이런 내가 적응 안 되지만."

"멋지다, 우리 남편."

다정히 손을 마주 잡은 두 사람은 서로를 따뜻한 시선으로 바라보았다.

"그나저나 오늘은 우리 바다가 너무 조용한데?"

다른 날 같으면 신나게 태동을 하며 놀았을 텐데 오늘은 움직임이 거의 없었다. 배가 꿀렁거릴 정도로 힘차게 움직이는 바다였기에 손을 대지 않아도 태동을 볼 수 있을 정도였다.

"그러네."

"피아노 연주하면 잘 움직이던데."

"맞아요."

"바다가 피아노 소리를 좋아하는 것 같아."

유난히 희영의 피아노 연주에 바다는 힘찬 태동을 보였다. 강욱이 희영의 배를 쓰다듬으며 말했다.

"그런 의미에서 한 곡 쳐 주는 건 어때?"

순간 희영은 터져 나오려는 웃음을 삼켰다.

"당신이 듣고 싶구나?"

"눈치챘어?"

웃음을 삼키며 강욱은 머쓱한 표정을 지었다.

"여기 와서 제일 좋은 건 당신 피아노 연주를 들을 수 있다는 거야."

"홍합 캐는 걸 제일 좋아하는 거 아니었어요?"

희영의 놀림에 강욱의 얼굴은 또다시 붉어졌다.

"그거야 당신이 홍합을 잘 먹으니까 그런 거지."

"아주머니들이랑 수다 떠는 거 좋아하는 줄 알았는데. 어제 산책하다가 아주머니들 만났는데 다들 한마디씩 하던데? 우리 바다 입체 초음파 사진 봤다고."

"그래?"

"당신 닮은 것 같대."

희영의 말에 강욱은 휘휘 고개를 내저었다.

"무슨 소리. 내가 보기엔 당신이랑 똑 닮았는데."

제법 이목구비가 뚜렷하게 나온 초음파 사진을 떠올리며 희영은 조용히 미소 지었다. 그녀의 생각 역시 아주머니들과 같았지만, 강욱만 그걸 모르는 것 같았다.

"뭐, 어쨌든 우리 바다 태동하게 피아노 연주해 볼까?"

희영의 물음에 강욱은 세차게 고개를 끄덕였다.

"신청곡은?"

"당연히 'Love Me Tender' 지."

"좋아요."

손가락을 풀며 희영은 피아노 앞에 앉았다. 잠시 후, 감미로운 피아노 소리가 집 안에 울려 퍼졌다. 그런데 희한하게 피아노 소리에도 바다가 태동을 보이지 않았다.

"바다 안 움직여?"

걱정스러운 얼굴로 묻는 강욱을 향해 희영은 천천히 고개를 끄덕였다.

"자는 거 아닐…… 아!"

갑자기 느껴지는 통증에 희영은 말을 멈추고 배를 움켜잡았다.

"왜 그래?"

"배가 너무 아파."

찢어지는 듯한 통증에 목소리도 잘 나오지 않았다.

"혹시 진통인가? 아직 예정일까지 2주 남았는데."

초조한 얼굴로 희영을 부축하며 강욱이 중얼거렸다. 병원까지 꽤 거리가 있어 예정일 일주일 전에 미리 입원할 생각이었다. 하지만 예상하지 못한 진통에 강욱은 놀랄 수밖에 없었다.

"아무래도 병원 가야겠다."

아파하는 희영을 보며 강욱은 이런 날을 대비해 미리 싸 둔 짐을 챙겨 들었다. 그때 딩동, 하는 초인종 소리가 들렸다.

"누구세요?"

"나야. 부침개 좀 했어. 새댁 좋아하는 것 같아서 나눠 주려고."

쏟아지는 비를 뚫고 찾아온 사람은 옆집에 사는 이 씨 아주머니였다. 재빨리 문을 열어 준 강욱은 통증을 호소하는 희영의 곁으로 다시 달려갔다.

"어휴, 태풍이라더니. 비가 그칠 생각을 안 하……."

집으로 들어오던 아주머니는 통증으로 괴로워하는 희영을 보며 말을 멈추었다.

"새댁, 왜 이래?"

"모르겠어요. 아직 진통 올 시기는 아닌 것 같은데. 가진통 아닐까요?"

"가진통이면 저렇게 아파하지 않지. 아무래도 진통 같은데?"

아이 셋을 낳은 이 씨 아주머니는 단번에 희영의 상태를 알아챘다.

"바로 병원에 가야겠어요."

"태풍 때문에 비가 많이 와서 걱정이네. 내가 같이 가 줄게. 자네는 운전에 집중해야지."

"감사합니다."

아주머니 덕분에 강욱은 조금이라도 마음을 놓을 수 있었다. 먼저 밖으로 달려 나가 짐을 차에 실어 놓고, 다시 집 안으로 뛰어 들어와 희영을 등에 업었다. 아주머니가 우산을 씌어 주어 수월하게 차까지 갔다.

"아윽!"

차에 타서도 진통에 괴로워하는 희영의 손을 이 씨 아주머니가 꼭 잡아 주었다.

"새댁, 내 말 잘 들어. 후, 하고 숨을 길게 내쉬어. 그러면 통증이 좀 나아질 거야."

이 씨 아주머니의 지시를 따라 희영은 호흡을 하기 시작했다. 병원에서 미리 배웠지만 막상 실제 상황이 되니 마음대로 되지 않았다. 그래도 옆에서 같이 숨을 쉬어 주는 이 씨 아주머니 덕분에 방금 전보다 수월하게 진통을 견딜 수 있었다.

"여보, 괜찮아?"

운전을 하던 강욱이 걱정스러운 목소리로 물었다.

"운전에나 집중해. 사고 나면 큰일 나."

이 씨 아주머니의 충고에 강욱은 고개를 끄덕였다. 이 씨 아주머니 없이 혼자 운전해서 희영을 병원에 데려갔다면 정말 위험할 뻔했다는 생각이 들었다.

서울에 살 땐 미처 알지 못했던 이웃의 정을 느끼며 강욱은 또 한 번 그녀에게 감사했다.

♫

병원에 오자마자 양수가 터지고, 여덟 시간의 긴 진통 끝에 우렁찬 울음소리를 내며 바다가 세상에 나왔다. 분만실 밖에서 이 씨 아주머니의 손을 꼭 잡고 아이가 태어나길 기다리던 강욱은 바다의 우렁찬 울음소리에 기쁨의 눈물을 흘렸다.

"축하해. 드디어 진짜 아빠가 되었구먼."

자신의 일처럼 기뻐하며 이 씨 아주머니가 강욱의 어깨를 토닥였다.

"감사합니다, 감사합니다."

고개 숙여 감사를 표한 강욱은 분만실로 들어오라는 간호사를 따라 안으로 걸음을 옮겼다. 초록색 천에 싸인 바다가 희영의 가슴 위에 올려져 있는 게 보였다.

"여보."

눈물을 글썽이며 희영이 강욱을 불렀다.

"응, 여보."

"우리 바다 정말 예쁘죠?"

바다는 어느새 부드러운 손짓으로 희영의 손가락을 붙잡고 있었다. 그 모습에 크나큰 감동이 밀려왔다.

"예쁘다. 당신도, 바다도."

바다에게서 눈을 떼지 못한 채 두 사람은 서로 똑 닮은 행복한 미소를 지어 보였다.

♫

많은 도움을 준 이 씨 아주머니께 강욱과 희영은 바다의 이름을 정해 달라 부탁을 드렸다. 처음엔 그런 중요한 것을 어떻게 자신이 짓냐며 펄쩍 뛰셨지만 두 사람의 간곡한 부탁에 몇 날 며칠을 고심하신 끝에 '해준'이라는 멋진 이름을 지어 오셨다.

"바다 해, 높을 준을 썼어. 괜찮아?"

아이 이름을 처음 지어 본다던 이 씨 아주머니는 긴장된 눈으로 두 사람을 바라봤다.

"정말 좋네요. 멋진 이름 감사합니다."

"이름까지 지어 주니, 내 손주 같네. 이 녀석이."

고이 잠든 해준을 보며 이 씨 아주머니는 환한 미소를 지었다.

"그나저나 볼수록 아빠를 빼다 박았어. 어디 가서 애 잃어버릴 걱정은 없겠네. 저리 똑같이 생겼으니."

아무래도 아빠의 바람보단 엄마의 바람이 더 컸나 보다. 해준은 누가 봐도 강욱을 떠올릴 정도로 그와 닮아 있었다.

"그러게 말이에요. 그렇게 엄마를 닮길 바랐는데."

해준이 자신을 닮았다는 걸 인정하면서도, 희영을 닮지 않은 게 강욱은 못내 아쉬운 눈치였다.

"또 낳으면 되지, 뭐 그런 걱정을 해."

이 씨 아주머니의 말에 강욱은 웃으며 고개를 끄덕였다.

"그래야죠."

"그래. 딱 셋만 낳아."

"네. 열심히 노력하겠습니다."

강욱이 주먹을 불끈 쥐며 말했다.

하지만 막상 희영의 사랑을 해준에게 다 뺏기고 나니 살짝 샘이 나는 모양이었다.

"해준아, 엄마 여기 있어. 아유, 예쁜 우리 아기."

희영은 해준을 품에서 놓지 않았다. 잠을 잘 때도, 깨어 있을 때도 늘 해준을 품에 안고 다녔다.

"아무래도 애 셋은 다시 생각해야겠어."

그런 희영을 보며 강욱은 나지막하게 불만을 쏟아 냈다.

"왜?"

"그랬다간 당신이 아예 나 쳐다도 안 볼 것 같아서. 지금도 찬밥 신세잖아."

해준을 안고 있는 희영의 뒤를 쫄래쫄래 따라다니며 강욱이 어린아이처럼 투정을 부렸다.

"해준이 자면 당신도 안아 줄게요."

"진짜지? 이리 줘 봐. 내가 재울게."

강욱은 재빨리 해준을 안아 들었다. 하지만 엄마를 향한 독점욕이 아빠 못지않은 해준은 희영의 품에서 떨어지자마자 울음을 터트렸다.

"아, 생긴 것만 날 닮은 게 아니었어."

다시 해준을 안아 드는 희영을 보며 강욱은 나지막하게 혼잣말을 중얼거렸다.

"내가 재울 테니까 방에 가서 기다려요, 남편 씨."

강욱은 마지못해 고개를 끄덕였다. 조용한 집 안에 희영이 부르는 아름다운 자장가가 울려 퍼졌다.

"엄마가 섬 그늘에 굴 따러 가면~"

배 속에 있을 때부터 자주 불러 주던 노래라 그런지 그 노래를 들으면 해준은 금세 잠이 들곤 했다. 어느새 쌔근쌔근 잠이 든 아이를 행복한 눈으로 바라보던 희영은 침실에 있는 아기 침대에 해준을 조심스레 눕혔다.

"잠들었어?"

나지막한 목소리로 묻는 강욱을 향해 희영은 웃으며 고개를 끄덕였다.

"이제야 오붓한 시간을 가질 수 있겠네."

그녀 곁으로 다가온 강욱은 희영의 두 볼을 감싸며 부드럽게 입을 맞추었다. 태어난 지 어느덧 6개월이 지났건만 엄마한테서 좀처럼 떨어지지 않으려는 해준 덕분에 두 사람의 뜨거운 밤은 제대로 이루어지지 못했다.

"오늘은 기필코 한다."

비장한 각오까지 느껴지는 강욱의 중얼거림에 희영은 웃음을 삼켰다. 하지만 그녀 역시 그와의 관계를 기다렸기에 이내 조용히 고개를 끄덕였다.

두 사람의 진한 입맞춤이 이어졌다. 희영을 번쩍 안아 든 강욱은 침대에 그녀를 눕혔다.

그의 손길은 한없이 다정하면서도 대범했다. 입고 있던 원피스를 벗긴 그는 쇄골부터 천천히 입을 맞추어 갔다. 혹시나 해준이 깰까 봐, 희영은 신음 소리도 내지 못하고 몸을 버둥거리며 그의 애무를 받아들이고 있었다.

"얼마나 당신을 안고 싶었는지 몰라."

살짝 땀에 젖은 희영의 앞머리를 쓸어 넘기며 강욱이 귓가에 조용히 속삭였다.

"나도요."

희영 역시 수줍은 미소를 지으며 고개를 끄덕였다. 생각보다 모유가 잘 나오지 않아 얼마 전부터 모유 수유를 끊어서 그런지 희영의 몸은 예전처럼 민감하게 반응하고 있었다. 그의 손길이 스치는 것만으로도 온몸이 뜨겁게 달아올라 정신을 차릴 수 없었다.

"으앙!"

그런데 그 순간, 우렁찬 해준의 울음소리가 들려왔다.

"해준이 깼나 봐."

재빨리 강욱을 밀치고 희영은 바닥에 떨어진 옷을 다시 입었다. 그리고 서둘러 아기 침대에 있는 해준을 향해 다가갔다.

"최해준, 이 눈치 없는 아가 같으니라고."

임신 기간까지 합치면 무려 1년 만에 가진 관계였는데 해준의 방해로 무참히 깨지고 말았다.

"여보, 해준이 배고픈가 봐. 분유 좀."

"우리 해준이는 먹성도 참 좋지."

강욱은 투덜거리면서도 침대에서 몸을 일으켜 주방으로 걸어 나갔다. 자주 희영을 도왔기에 강욱은 금세 능숙한 손길로 적정 온도의 분유를 탔다.

"해준아, 맘마 왔다."

어느새 희영의 품에서 눈물을 그친 해준은 분유를 보며 방긋 웃음을 지었다.

"마마, 마마."

귀여운 옹알이를 내뱉는 그 모습에 강욱의 입가에도 미소가 번졌다.

"미워할 수가 없다니까."

"미운 구석이 하나도 없잖아."

다정한 눈길로 해준을 바라보며 희영은 분유를 먹이기 시작했다.

"미운 구석이 왜 없어? 중요한 순간을 방해하는데."

"당신도 참."

"넌 좋겠다. 엄마 품에 계속 안겨 있을 수 있어서."

희영의 품에 안긴 해준을 보며 강욱이 부러움 가득한 목소리로 중얼거렸다.

"해준이 크면 많이 안아 줄게, 당신."

"언제 크냐? 이 조그마한 녀석이."

"그래도 하루가 다르지 않아?"

"그렇긴 하지. 분유 다 먹으면 잠은 내가 재울게. 당신도 좀 쉬어야지. 해준이 때문에 제대로 못 잤잖아."

"괜찮겠어?"

"이 녀석도 내 품에 적응 좀 해야 될 거 아니야. 그래야 당신도 편하고."

배려해 주는 강욱의 말에 희영은 웃으면서 고개를 끄덕였다.

"고마워. 트림도 시켜 줘."

막 젖병을 다 비운 해준을 강욱에게 넘겨주며, 희영은 다정한 말투로 부탁을 했다. 배가 불러서 그런지 해준은 순순히 그에게 안겼다.

미소를 지으며 부자(父子)의 모습을 지켜보던 희영은 주방으로 가 밀린 일들을 하기 시작했다.

젖병을 소독하고 내친김에 싱크대 청소까지 마친 희영은 어느새 서로를 꼭 끌어안은 채 잠들어 있는 강욱과 해준의 모습에 조용히 웃음을 터트렸다.

"잘 자, 여보. 잘 자, 해준아."

희영은 나란히 누운 강욱과 해준의 이마에 차례대로 입을 맞춰 주었다.

다정한 인사를 건넨 희영 역시 해준의 옆에 누워 잠을 청했다. 무척이나 행복한 꿈을 꿀 것 같은 기분이 들었다. 이미 현실이 꿈보다 더 행복했지만.

♫

먹을 걸 좋아하는 해준은 성장 발달이 유난히 빨랐다. 10개월이 되어 첫 걸음마를 떼더니, 돌이 지난 지금은 정원을 아장아장 잘도 걸어 다녔다.

"해준아, 여기!"

박수를 치는 강욱을 따라 해준은 '빠빠' 라고 그를 부르며 바삐 걸음을 옮겼다. 의자에 앉아 그런 해준의 사진을 찍으며 희영은 해맑은 미소를 지었다. 보고 있는 것만으로도 행복이 가슴속에 가득 차올랐다.

"해준아, 이쪽으로!"

해준이 쫓아오면, 강욱은 반대쪽으로 뛰어가 또다시 손뼉을 치며 소리를 냈다. 그렇게 30분 동안 아빠를 쫓아다니던 해준은 어느새 녹초가 되어 잠에 빠져들었다.

"성공했군."

막 잠에 빠져든 해준을 보며 강욱은 흐뭇한 미소를 지었다.

"무슨 애가 이렇게 잠이 없는지 모르겠어. 엄마 아빠 오붓한 시간도 못 가지게."

침실 옆에 위치한 아기 방에 해준을 눕히고 나온 강욱이 의미심장한 눈빛을 지으며 희영을 바라보았다.

"오늘은 꼭 성공하자고. 미래의 예쁜 딸을 위해서."

아직도 딸에 대한 열망을 놓지 않은 강욱을 보며 희영은 웃음을 삼켰다.

"그렇게 딸이 가지고 싶어요? 난 또 아들이어도 괜찮을 것 같은데."

"내 로망은 당신 쏙 빼닮은 딸을 가지는 거야."

"뭐, 그것도 나쁘진 않지만."

사실 희영은 강욱과 해준을 쏙 빼닮은 아이를 하나 더 낳고 싶었다. 셋이 같이 다니면 귀여울 것 같았다. 지금도 둘이 같이 있는 모습이 사랑스러워서 미칠 것만 같았기에.

"어쨌든 오늘은 성공하자고. 해준이도 푹 잠들어서 안 깰 것 같으니."

매번 깊게 잠을 자지 않는 해준의 방해 덕에 최근 들어 관계를 끝까지 성공해 본 적이 없었다. 홀로 욕실에서 해결하는 강욱이 안타까워 희영은 먼저 곁으로 다가가 두 팔로 그의 목을 휘감았다.

"오, 간만에 제대로 유혹하는데. 예전에 말했지? 도발에 넘어가는 건 예의라고."

고개를 숙인 강욱은 희영의 입술에 입을 맞추었다. 요즘 워낙 스킨십을 하는 게 쉽지 않아 키스만으로도 두 사람은 쉽게 불타올랐다.

침대에 누우면서도 두 사람은 진한 키스를 이어 나갔다. 그런데 그때 또다시 으앙, 하는 해준의 울음소리가 들려왔다.

"벌써 깼나 봐. 잠든 지 10분밖에 안 된 것 같은데."

재빨리 강욱을 밀쳐 내며 희영이 침대에서 몸을 일으켰다.

"최해준."

강욱은 주먹을 꽉 쥐며 나지막하게 아들의 이름을 읊조렸다. 하지만 이미 희영은 바람처럼 해준을 향해 달려간 후였다.

"우리 해준이 벌써 일어났어요?"

"엄마, 마."

희영을 보자 안심이 됐는지 그제야 해준은 까르르 웃음을 터트렸다. 두 사람 곁으로 다가온 강욱은 비장한 눈으로 해준을 내려다보았다.

"최해준, 너 나중에 '난 왜 동생이 없어요? 동생 갖고 싶어요', 이런 소리 절대 하지 마라. 너에게 동생이 없는 건 무조건 네 탓이다. 알겠어?"

어린아이처럼 불만을 늘어놓는 강욱의 모습이 귀여워 희영은 조용히 미소를 지었다. 웃는 엄마의 모습이 보기 좋은지 해준도 희영을 따라 방긋방긋 웃었다.

"좋아. 네가 딱 세 살 될 때까지만 엄마 양보한다. 그 뒤로는 절대 안 돼. 알겠어?"

소유권을 강력하게 주장하며 강욱은 해준을 뚫어지게 바라보았다. 희영을 가운데에 둔 두 남자의 전쟁은 쉽사리 끝날 것 같지 않았다.

# 외전

영종도 리조트 입찰 건으로 인해 수호의 일은 더욱 많아졌다. 임원진들이 그 일에 걸고 있는 기대가 큰 걸 알기에 더욱 바삐 움직일 수밖에 없었다.

임원진들은 처음엔 강욱을 등에 업고 회사에 들어온 낙하산이라며 수호를 견제했었다. 하지만 강욱의 말대로 사업이 체질인 건지, 추진해 오던 몇 가지 사업을 연달아 성공시키며 수호는 회사 내에서 입지를 굳혀 갔다.

그러다 보니 최 회장의 견제를 받게 되는 건 어쩔 수 없었다. 그를 따르는 세력 또한 마찬가지였다. 그런데 요즘은 최 회장이 작전을 바꾼 건지, 툭하면 그의 딸 혜란이 수호를 찾아오곤 했다.

도훈을 따라 미국에 간 혜란은 그곳에서 완벽하게 그에게 차인 후, 한동안 폐인처럼 집에만 박혀 지낸다는 소문이 떠돌았었다. 그런데 그랬던 그녀의 관심이 갑자기 수호에게 향했다. 그는 그런 그녀의 태도를 이해할 수 없었다.

"오빠!"

오늘도 어김없이 들려오는 오빠 소리에 수호는 절로 인상을 찡그렸다.

"최혜란, 적당히 하자. 친구 동생이라고 봐주는 것도 한계가 있어."

"뭐, 내가 어쨌다고. 점심이나 같이할까 해서 찾아왔더니만."

"그러니까 그런 걸 하지 마. 날 찾아오지 마. 나 무지 바쁜 사람이야, 알겠어?"

언젠가 강욱처럼 운명의 짝을 만나게 될 거라 믿으며 연애만큼은 절대 쉬지 않았던 자신이 무려 2년이 넘는 긴 시간 동안 혼자 지냈다는 생각만 하면 눈물이 앞을 가렸다.

"밥도 안 먹어? 아무리 바빠도 밥은 먹을 거 아니야."

혜란은 최 회장의 막무가내 성격을 그대로 빼닮은 듯했다.

"안 먹어. 먹을 시간 없어."

"치이, 너무해. 알았어. 다음에 올게."

그나마 포기가 빠른 게 혜란의 장점이었다. 그녀가 사라진 문을 바라보며 수호는 나지막하게 한숨을 내쉬었다. 아무리 바빠도 연애를 쉬는 게 아니었다. 그랬다면 혜란이 이런 식으로 접근할 일도 없었을 텐데.

그때 액정에 강욱의 이름을 띄운 핸드폰이 울어 댔다.

"웬일이야? 전화를 다 하고."

실질적인 수호의 보스는 강욱이었다. 그의 사업 아이템을 점검해 주는 것 역시 강욱의 몫이었다.

—영종도 입찰 건은 잘 진행되고 있고?

"웬일로 먼저 회사 일에 관심을 다 가져?"

—너 바쁠 것 같아서.

"바쁘다. 무지 바빠. 네가 좀 출근해서 도와주면 안 되겠니?"

이건 100% 진심이었다. 사업을 하는 게 재미있긴 했지만 이제 여유를 좀 가지고 싶었다. 이렇게 지내다간 총각으로 늙어 죽을 것 같아 무섭기까지 했다.

—무슨 큰일 날 소릴. 한가해지면 놀러 와. 우리 해준이가 삼촌 보고 싶대.

"해준이가?"

강욱을 닮은 천사 같은 해준의 얼굴을 떠올리며 수호는 입가에 미소를 지었다. 최강욱이 타락 천사라면, 최해준은 리얼 천사였다. 방긋 웃는 얼굴이 어찌나 예쁜지 가끔 강욱이 메시지로 해준의 사진을 보내 줄 때면 수호는 한참 넋을 놓곤 했다.

—해준아, 삼촌 해 봐.

"해준이가 삼촌을 할 줄 알아? 와, 우리 해준이는 천재다. 돌 넘자마자 삼촌을 말하는 애가 있어? 천재네, 천재. 진짜 천재네."

누가 보면 수호의 아들인 줄 알 정도로 그는 요즘 해준에게 푹 빠져 있었다. 결혼 생각이 간절해진 이유 역시 해준같이 예쁜 아이를 낳고 싶어서였다.

—사춤, 사안춤.

발음은 부정확했지만 수호는 해준이 자신을 부르고 있음을 단번에 알아챘다.

"그래, 해준아. 삼촌이야. 삼촌 우리 해준이 보고 싶어요. 네 아빠만 아니면 당장 회사 때려치우고 내려가서 매일매일 우리 해준이 볼 텐데."

—정신 차려라, 김수호. 누가 보면 네 아들인 줄 알겠다.

"내 아들 하고 싶다."

—꿈 깨셔. 부러우면 너도 결혼을 하든가.

누구 때문에 워커 홀릭이 되어서 결혼은커녕 연애도 못하고 있는데. 수호는 기가 막혔다.

"회사 때려쳐?"

—얘기가 왜 거기로 튀어?

"회사를 그만둬야 연애를 하든지, 말든지 하지."

—난 회사 다니면서도 열심히 연애했거든?

강욱의 연애사를 모조리 알고 있었기에 수호는 할 말이 없어졌다.

—멀리서 찾지 말고, 가까운 데서 찾아.

"가까운 데는 최혜란밖에 없거든."

—절대 반대다. 우리 아버지 꼼수에 넘어가지 마.

"넘어가라고 해도 안 넘어가. 최혜란은 내 타입이 아니거든."

그때 비서인 현지가 똑똑, 하며 노크를 해 왔다.

"회의 들어가실 시간입니다."

"네, 알겠어요. 끊어. 나 회의 들어가야 해."

전화를 끊은 수호는 자리에서 일어났다. 핸드폰 배경 사진으로 지정해 둔 해준의 사진을 보고 싱긋 웃으면서.

♫

영종도 리조트에 관한 임원 회의는 지루하기 짝이 없었다. 최 회장 쪽 사람인 강 이사가 조감도를 발표하는 걸 보며 수호는 하품이 나오려는 것을 꾹꾹 참았다. 저런 걸로 입찰에 도전했다간 물먹을 게 뻔했다.

"정말 멋집니다."

"확실히 입찰에 성공할 수 있을 겁니다."

"하하, 우리 M 리조트가 더욱 커지겠군요."

하지만 최 회장 라인의 사람들은 임팩트라고는 하나 없는 조감도를 보며 아부하기 바빴다.

"형편없네요."

그런데 그때, 그들을 비웃기라도 하듯 차가운 여자의 목소리가 회의실 안에 울려 퍼졌다.

누가 저와 이리도 똑같은 생각을 하고 있는 걸까? 수호는 반가운 마음에 얼른 고개를 들어 목소리의 주인을 찾았다.

그러자 처음 보는 여자의 얼굴이 눈에 들어왔다. 여자는 천사같이 아름다웠다. 그녀를 보는 순간 수호의 심장은 미친 듯이 뛰기 시작했다.

"자넨 누군가?"

여자를 처음 보는 건 최 회장도 마찬가지인지 인상을 찌푸리며 물었다.

"이번에 뉴욕에서 스카우트한 이유안 인테리어 디자인 팀장입니다."

최 회장 라인 중 한 명인 유 전무가 얼른 보고를 했다.

"아, T 호텔 인테리어를 했다던?"

"네, 맞습니다."

"그런데 이 팀장은 조감도가 마음에 안 든다, 그거지?"

최 회장의 물음에도 유안의 시선은 전혀 흔들림 없었다.

"네, 단순히 마음에 안 드는 게 아니라 아주 형편없어요.

저런 걸로 입찰에 도전했다간 100% 물먹을 겁니다."

거침없는 유안의 발언에 회의장은 술렁이기 시작했다. 수호는 오랜만에 심장을 두근거리게 하는 여자가 저와 똑같은 생각을 하는 게 반가웠다.

물론 천사 같은 외모와 다르게 성격이 까칠해 보여 긴장되긴 했다. 마치 여자 최강욱 같다고 해야 할까?

성격 더러운 강욱과 친구로 지내는 자신이 그동안 대견하다 생각했었는데 알고 보니 저런 스타일의 사람에게 약한 것 같았다.

"하나도 새로울 게 없어요. 아주 진부하네요."

유안의 독설은 멈추지 않았다. 그녀의 말에 발표를 한 강 이사와 멋있다며 동조를 한 임원들은 잔뜩 얼굴을 굳혔다.

"크흠, 이 팀장. 적당히 하는 게 어떤가?"

보다 못한 유 전무가 한마디를 던졌다.

"이런 말 하라고 회의실에 불러 모은 거 아닙니까? 영혼 없는 칭찬만 할 거면, 뭐하러 회의를 하는지 모르겠군요."

유안은 전혀 물러날 생각을 하지 않았다.

"이 팀장 말에도 일리가 있어. 다들 돌아가서 제대로 일들 좀 해. 이런 것밖에 못 내놓나?"

호통을 치는 최 회장의 말에 임원들은 모두 고개를 숙였다. 그러면서도 바른말을 하는 유안을 못마땅한 시선으로 쳐다보는 걸 잊지 않았다. 하지만 그녀는 그런 시선을 전혀 개의치 않아 하는 눈치였다.

"회의 끝난 거면 먼저 일어나겠습니다. 할 일이 많거든요."

덤덤한 눈으로 사람들을 둘러보던 유안은 가벼운 몸놀림으로 의자에서 몸을 일으켰다. 그 모습에 자료를 챙겨 든 수호는 얼른 유안을 뒤쫓아 회의실 밖으로 나왔다.

"저도 같은 생각이었습니다."

워커 홀릭이 되기 전, 열심히 연애할 때 써먹던 상큼한 미소를 날리며 수호가 유안을 향해 말을 걸었다. 하지만 그녀는 아무런 대꾸도 하지 않았다.

수호는 이런 상황이 왠지 모르게 상당히 익숙하다 생각했다. 그래, 바에서 아주 질리도록 봤었다. 강욱에게 접근했던 여자들이 개무시당하는 상황을. 아마도 지금 그가 그 상황에 놓인 듯했다.

"소신 있는 이 팀장님의 발언에 제 속이 다 시원했습니다."

여전히 유안은 아무런 답도 하지 않고 있었다.

"아, 제 소개를 깜박 잊었네요. M 리조트 사장 김수호입니다."

혹시 관심을 가질까 해서 수호는 사장이란 단어에 힘을 주어 말했다. 하지만 유안은 역시나 별다른 관심을 표하지 않았다.

"이 팀장님?"

"제게 이럴 시간 있으시면 좀 더 책임감을 가지고 회의에 임하시는 건 어떨까요, 사장님?"

무심하게 내뱉는 유안의 말에 수호는 눈을 동그랗게 떴다.

"네?"

"소신 있는 제 발언에 속이 시원하셨다면서요? 거기서 끝내지 말고, 앞으로 소신 있는 발언을 할 수 있는 사장님이 되었으면 좋겠습니다. 그래야 제가 이 회사에 희망을 가지고 열심히 일하죠."

심장이 미쳤나 보다. 부하 직원에게 훈계를 듣는 순간에도 미친 듯이 심장이 뛰어 댔다.

"그럼 이만."

도착한 엘리베이터에 올라타며 유안은 수호를 향해 고개를 숙였다.

"잠시만요."

급하게 유안을 따라 같이 엘리베이터에 탄 수호는 긴장된 눈으로 그녀를 바라보았다.

"좋은 의견 감사합니다. 점심이라도 같이하면서 더 좋은 얘기를 많이 듣고 싶은데. 어떠십니까?"

이 여자에게 빠지면 분명 피곤해질 거란 예감이 들었다. 그럼에도 뛰는 심장을 주체할 수가 없었다. 많은 여자를 만나 왔지만 이렇게 심장을 뛰게 하는 여자는 처음이었다.

"조금 전 회의실에서도 말했지만, 제가 아주 바빠서요. 식사는 아무래도 못 할 것 같네요."

차였다. 이건 분명히 차인 거였다. 충격에 휩싸인 수호를 홀로 버려둔 채, 유안은 고고한 자태로 엘리베이터에서 내렸다.

그 모습에 수호의 심장은 또다시 정신을 못 차리고 두근거리기 시작했다.

"정신 차려, 김수호."

왜 하필 저런 여자에게 반한 걸까? 저 여잔 딱 봐도 강욱과 똑같은 부류의 인간이었다. 천사의 얼굴을 가졌지만 악마의 성격을 가진.

하지만 후회할 새도 없이 이미 사랑은 시작되어 버렸다. 유안에게 첫눈에 반해 버린 수호의 처절한 사랑이.

—*fin*

## 작가 후기

참으로 오랜만에 책을 출간하는 것 같습니다. 더 자주 찾아뵙고 싶음에도 불구하고, 슬럼프로 인해 그러기가 어렵네요.

이번 작품은 슬럼프를 제대로 맛보면서 쓴 작품이에요. 중간중간 설정을 몇 번이나 바꿨는지 모릅니다.

사실, 연재 후기에도 썼듯이 좀 더 사랑에 미친 남주를 쓰고 싶었는데 그게 또 마음대로 잘되지 않았네요. 쓰는 내내 절 무척이나 힘들게 한 강욱이었지만, 그럼에도 참 애정이 많이 가는 캐릭터입니다.

제가 쓴 캐릭터가 원래 비현실적이긴 하지만 그중에서도 강욱이 가장 비현실적인 남주가 아닌가 싶어요. 그래도 연재 때 우리 강욱이를 많이 사랑해 주신 여러분들 덕분에 힘내서 끝까지 쓸 수 있었습니다.

무려 세 번이나 연중을 했던 저임에도 불구하고, 믿고 기다려 주신 독자님들에게 다시 한 번 감사하다는 말을 전하고 싶습니다.

아울러 계속해서 마감을 못 지킨 저를 끈기 있게 기다려 주신 손수화 팀장님을 비롯한 봄 미디어 관계자분들 진심으로 감사드립니다.

출간을 포기하고 싶을 만큼 중간에 글이 안 풀려서 고민을 많이 했었는데, 기다려 주신 분들 덕분에 끝까지 쓸 수 있었습니다.

그리고 저를 늘 응원해 주시고 파이팅을 북돋아 주시는 작가님들! 늘 항상 감사드려요! 원고 끝나면 이제 자주 만나서 수다도 떨고 그랬으면 좋겠습니다. 많이 보고 싶습니다.

바쁘다고 제대로 못 놀아 주는 엄마를 둔 우리 딸, 그리고 저 대신 애 본다고 고생 많았던 친정 엄마와 우리 신랑도 진심으로 고맙습니다.

메르스 때문에 요즘 참 많이 힘들지만, 제 글을 보며 즐겁게 웃으시는 분들이 계시다면 진심으로 행복할 것 같습니다.

작품을 쓰는 것만큼이나 작가 후기를 쓰는 일은 어려운 것 같아요. 제가 얼마나 글재주가 없는 작가인지 작가 후기를 쓰면서 느낍니다.

다음번엔 더욱 발전된 글로 찾아올 수 있도록 노력하겠습니다. 가을이 되기 전, 한 번 더 만났으면 싶네요.

이 글을 읽으시는 모든 분들 건강 조심하시고요! 늘 행복한 일만 가득하시길 다시 한 번 기원하겠습니다. 좋은 날 되세요.

무더운 여름에 성큼 다가간 6월
붉은새 올림.